Fiesta
10,00

Spanish Books

1988

PLAZA & JANÉS

P & J

EDITORES

Los *JET* de Plaza & Janés

BIBLIOTECA DE

Manaos
Alberto Vázquez-Figueroa

106799

Plaza & Janés Editores, S.A.

F
VAZQ

Portada de

IBORRA & ASS.

Foto de la portada:

ARCHIVO FOTOTECA

Decimosexta edición (Quinta en esta colección):
Enero, 1988

Editado por PLAZA & JANES EDITORES, S. A.
Virgen de Guadalupe, 21-33
Esplugues de Llobregat (Barcelona)

Printed in Spain — Impreso en España

ISBN: 84-01-49069-3 (Col. Jet)
ISBN: 84-01-49904-6 (Vol. 69/4)
Depósito Legal: B. 2.561 - 1988

Impreso en Litografía Rosés, S. A. — Cobalto, 7-9 — Barcelona

*Nunca creí que Arquímedes da Costa, El Nor-
destino, fuera algo más que una leyenda amazónica, como lo habían sido las mujeres guerreras
o el Príncipe de El Dorado, hasta que durante mi
primer viaje a Manaos —hace ya más de diez
años— le conocí: viejo, borrachín y acabado. Él
mismo me contó gran parte de su increíble historia.*

*Lo traté luego durante todos mis viajes, sin
conseguir sacarlo nunca de su querida taberna del
«Irmao Paulista», y acudí a su entierro cuando me
encontraba de nuevo en Manaos recogiendo datos
para mi libro sobre Francisco de Orellana.*

*En esos días, la Prensa local dedicó mucho es-
pacio a las andanzas de Arquímedes medio siglo
atrás, y debo admitir que el serial publicado bajo
el título* Las semillas del caucho *constituye, junto
con los relatos del mismo Arquímedes, la base de
esta novela.*

A. V.-F.

Caracas, 1970

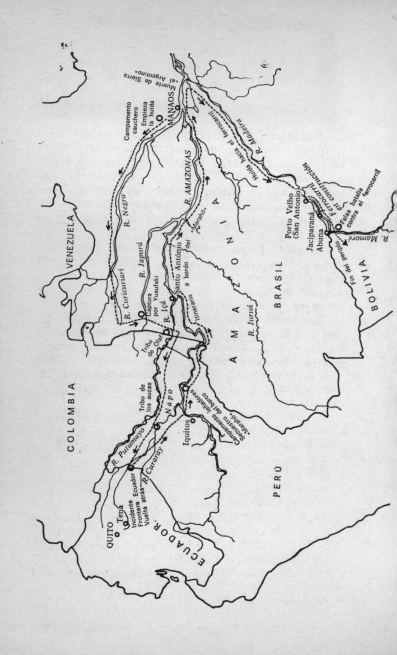

CAPÍTULO PRIMERO

Al poco de abandonar las agitadas aguas del gran cauce del Amazonas y entrar en las quietas del Río Negro, comenzaron a distinguirse al frente, aún muy lejos, las luces de la ciudad.

El timonel iba buscando intencionadamente la orilla opuesta y dio orden a los bogas de que aceleraran la marcha.

El hombre que aparecía encadenado junto a Arquímedes, y que apenas había dicho media docena de palabras durante las dos semanas que duraba el viaje, comentó:

—Manaos. ¿La conoces?

Arquímedes negó con un gesto.

—No. Yo soy del Nordeste; de Alagoas.

En la oscuridad no pudo distinguir la expresión del otro cuando dijo:

—Hay muchos nordestinos en las caucherías. Se dejan engañar. Fíjate bien en esas luces, porque no volverás a verlas. De donde vamos, nadie vuelve.

—¿Eres de aquí?

—«Nací bajo un árbol de caucho. Creo que en vez de leche me criaron con goma. Sé todo lo que se puede saber sobre estas tierras, y me consta que nunca volveremos.»

—Mi deuda es pequeña —señaló Arquímedes—. Con suerte, en un año, la habré pagado.

—No seas iluso —comentó una voz bronca tras él—. Dentro de un año, aunque hayas trabajado por cien, tu deuda será diez veces mayor.

Arquímedes da Costa, El Nordestino, recorría el sendero que él mismo había abierto entre su árbol treinta y cinco y treinta y seis. Le vino una vez más a la memoria lo que le dijeron casi dos años atrás, cuando una noche distinguiera a lo lejos las luces de Manaos. Había trabajado duro, muy duro: tenía ciento cincuenta y cinco árboles a su cargo, y se veía obligado a caminar de uno a otro desde antes de salir el sol, hasta que no se distinguía una rama de otra en la oscuridad de la selva. Pese a ello, pese a casi quinientos días de fatiga, su patrón juraba que no había sido capaz de liquidar la deuda por la que le habían comprado e insistía en que el par de pantalones, los machetes de trabajo y la miserable comida que le había proporcionado en este tiempo la habían hecho aumentar.

De nada valía protestar en las soledades del Curicuriarí, y si insistía en sus protestas, acabaría muerto a latigazos como tantos otros. Al capataz le gustaba manejar el látigo.

Llegó al nuevo árbol y se detuvo un instante a descansar. Luego recogió la blanca savia que había ido deslizándose por las hendiduras hasta la pequeña cazoleta, y la vació en el saco que llevaba al hombro. Daba gracias mentalmente porque sus árboles eran buenos, grandes y sanos. Conocía «siringueros», que tenían que ingeniárselas y trabajar extra para reunir los veinte litros de goma que exigían diariamente.

Al pensar en esos veinte litros, El Nordestino cayó en la cuenta de que tal vez, con un poco de suerte, habría reunido los de la jornada. Eso le permitiría regresar a la ranchería sin tener que emprender la pesada caminata hasta el próximo árbol. Sopesó el saco; lo abrió para comprobar lo que había dentro y llegó a la conclusión de que si el capataz no estaba de mal humor, tal vez podría pasar con lo que llevaba.

Desde donde se encontraba, y atravesando la zona de Howard, El Gringo, ahorraría casi media hora de camino. Existía el peligro de que el norteamericano le sorprendiera y creyera que estaba tratando de robarle goma de sus árboles, pero Arquímedes creía poder evitar encontrarse con él.

Aunque llevaba poco tiempo en la ranchería y apenas habían hablado un par de veces, presentía que Howard era un tipo peligroso.

Decidido, colocó de nuevo al pie del árbol la cazuela, abrió con su machete un tajo más ancho en la corteza ya cuajada de cicatrices, y emprendió el camino hacia el Suroeste, hacia la zona del Gringo.

Tuvo suerte al localizarle, y de no ser por el ruido que hacía, probablemente se lo habría topado inesperadamente.

Ese ruido era el espaciado golpear de un objeto duro contra otro; inconfundible sonido en la espesura de un machete al clavarse en el árbol. Al Nordestino le intrigó advertir que el golpe era más violento y mucho menos rítmico que el acostumbrado machetear del siringuero que sangra un árbol.

Se fue aproximando, conducido por el extraño ritmo, hasta que al fin, en un diminuto claro, al otro lado de un riachuelo, distinguió la silueta de Howard, con su cabello de fuego, su alta estatura y sus caídos bigotes. No parecía dedicado a su tarea de cauchero sino a arrojar, contra el grueso tronco de una ceiba aislada, un corto y ancho cuchillo fabricado con los restos de un machete.

Oculto en la espesura, Arquímedes no pudo menos que asombrarse por la extraordinaria pericia del americano. Una y otra vez el cuchillo iba a clavarse a pocos centímetros de una pequeña cruz grabada en el tronco de la ceiba. Sorprendente resultaba también el modo como extraía el arma oculta en la manga de su camisa y la lanzaba, sin alzar el brazo, haciéndolo balancear ligeramente a la altura del muslo. Aparentemente desarmado, podía matar a quien se le aproximara a menos de quince metros, antes de que su víctima tuviera tiempo de comprender qué estaba ocurriendo.

En la ranchería corrían muchos rumores sobre Howard. Decían que allá, en California —en Norteamérica, de donde llegó—, había matado a tanta gente en los yacimientos de oro que toda la Policía y parte del Ejército le andaban buscando con la intención de ahorcarle. En Manaos, donde vivió un tiempo como guardaespalda de Sierra, el cauchero, también había hecho de las suyas, logrando salir con bien gracias a la protección de su poderoso patrón. Un día cometió, sin embargo, la estupidez de acostarse con la amante de su jefe, y éste, en lugar de matarle, optó por la refinada y cruel venganza de enviarle a sus caucherías del Curicuriarí. Todos sabían en el campamento que no duraría mucho, porque no era hombre hecho a aquellas tierras, y pronto las fiebres o el beriberi se lo llevarían para siempre.

Arquímedes dejó al norteamericano entretenido en su tarea de lanzar el cuchillo, y se alejó en silencio, dando un amplio rodeo. Preferiría que ignorara su presencia.

Cuando llegó a la ranchería, la encontró agitada. Un niño había muerto de fiebres, y su madre, una de las más antiguas mujerucas del campamento, lo lloraba a grandes gritos.

A Arquímedes le sonó a comedia. Elvira no se había preocupado nunca ni de ése, ni de ningún otro de sus cuatro chicuelos, y jamás pareció importarle mucho o poco que se los llevaran las fiebres, un jaguar o una anaconda. Sus gritos y desespero pretendían algo: tal vez una ración extra de ron, o que la dejaran en paz esa noche y el capataz no la obligara a acostarse con cuatro o cinco caucheros.

Éste, por su parte, pareció sorprenderse al ver llegar a Arquímedes.

—¿Cómo de regreso tan temprano? —preguntó.

Arquímedes dejó caer a sus pies la bolsa de la goma.

—Traje mis veinte litros.

El negro Joao tomó la bolsa, sopesándola con gesto crítico.

—Muy justo está.

—Si quieres lo medimos *litro a litro*. Si falta, lo traigo de más mañana.

El negro se encogió de hombros y con la cabeza señaló un bulto que aparecía al pie de la cabaña de las mujeres:

—A cambio del «jebe» que falta, entierra al niño. Llévalo lejos, que luego vienen los bichos a comérselo y revolucionan la ranchería.

Arquímedes fue hasta el galpón, tomó una pala, y al pasar recogió el esquelético cadáver de la criatura. Debía tener cuatro o cinco años, pero apenas le pesaba bajo el brazo.

Se alejó entre los árboles, caminó doscientos metros y cavó un hoyo en la tierra blanda, maloliente y húmeda. Depositó dentro el cuerpo del chiquillo, lo cubrió de nuevo y regresó con la pala al hombro. Cualquiera de los niños que habían nacido últimamente en la ranchería podría ser hijo suyo, y algún día tendría que enterrarlo de idéntica manera, pero prefirió pensar en otra cosa. Pensar, por ejemplo, en el día en que saliera de aquella selva.

Cuando desembocó nuevamente en el claro del campamento, Elvira se le echó encima:

—¿Dónde dejaste a mi hijo? —preguntó violenta.

—Lo enterré dentro, en el bosque; a la derecha del camino.

—¡Mentira! Lo tiraste. Lo dejaste allí para que se lo coman los perros o los jaguares.

El Nordestino quiso tener paciencia.

—Lo enterré. Te lo prometo.

La mujer, con un histerismo que se antojaba fingido, trató de abalanzarse sobre él y arañarle.

—¡No lo has enterrado, cerdo!

Arquímedes la apartó de un empujón, y con la parte plana de la pala le golpeó las costillas. El palazo resonó secamente. Elvira salió corriendo, aullando de dolor, y esta vez su dolor parecía auténtico. El Nordestino no prestó atención a los insultos y siguió su marcha hacia el rancho donde dormían los caucheros. Se tumbó en la hamaca, y al poco vio entrar al Gringo y cuatro o cinco peones. Venían agitados, comentando a grandes voces. El pelirrojo, sin embargo, guardaba silencio y Arquímedes se esforzó por distinguir el bulto que el cuchillo debía hacer bajo su manga. Resultó imposible; si El Gringo lo llevaba encima, sabía disimularlo.

Los otros, por su parte, parecían cada vez más excitados y sus voces subían de tono hasta que, al fin, Arquímedes no pudo contener la curiosidad.

—¿Se puede saber qué diablos pasa? —preguntó.

Le miraron como si acabara de bajar de la luna.

—¿Es que no lo sabes? —inquirió uno de ellos—. El patrón llega mañana. Está cruzando los raudales. Los vigías han visto sus curiaras.

No pudo evitar un sobresalto involuntario.

—¿Sierra? —exclamó—. ¿Sierra, El Argentino?

El cauchero asintió.

—El mismo. Sierra, El Argentino, dueño y señor de todos nosotros, llegará mañana y que el diablo nos ayude.

—¿A qué viene?

—A nada bueno. Sierra nunca da un paso si no es por algo. Si ha hecho veinte días de camino desde Manaos, sus razones tendrá.

El Nordestino se volvió a Howard, que acababa de tumbarse en su hamaca.

—Lárgate unos días al bosque, Gringo. Por lo que he oído, no te tiene mucha simpatía. Tal vez venga por ti.

—De un modo u otro hay que morir —comentó El Gringo sin moverse—. ¿Qué importa que sean unas fiebres o ese hijo de perra? Cuanto más rápido, mejor.

—Si Sierra decide acabar contigo —indicó uno de los peones—, no lo hará con rapidez. Le he visto matar gente de diez modos distintos. Sería capaz de echarte a las hormigas.

—O a las pirañas —comentó otro.

—O proporcionarte de cena a una anaconda.

—Gracias —replicó con tranquilidad el pelirrojo—. Son muy amables, pero hay algo seguro: no voy a echar a correr delante de ese argentino. Si viene, aquí estoy.

CAPÍTULO II

Tal como anunciaran los vigías de los raudales, la flotilla de curiaras de Sierra llegó a la ranchería al día siguiente.

Acompañaban al Argentino su amante Claudia, la que había costado a Howard ir a parar a las caucherías, siete de sus guardaespaldas y unos ochenta esclavos indios, que sorprendieron a los caucheros por su aspecto —tan diferente al de los indígenas de las cercanías—, su tez, muy clara, y su idioma, que los mismos indios del rancho apenas comprendían.

Carmelo Sierra, delgado, nervioso, luciendo un ridículo bigotito y un pelo eternamente engomado bajo el blanco e impecable sombrero, saltó el primero a la orilla y soportó paciente los abrazos y las efusiones del capataz, Joao, y los restantes miembros de su cuadrilla, encargados de la vigilancia de los trabajadores.

Éstos, que habían recibido orden de no salir ese día a purgar los árboles para ser inspeccionados por su amo, se encontraban alineados ante el rancho mayor, cerca del agua.

Acompañado por los guardaespaldas que se habían colocado a su altura, rifle en mano, avanzó hacia los esclavos y los fue observando con detenimiento. Al llegar a la altura del norteamericano, sonrió:

—¡Hola, Gringo! No esperaba encontrarte con vida —dijo.

—Ya ves: aún aguanto. La selva no ha podido conmigo.

—No durarás mucho —contestó Sierra; luego, ante la expresión de Howard, añadió—: No te preocupes; no tengo intención de hacértelo más corto. Aquí estás bien, y rindes más que muerto.

Luego se volvió a la muchacha, que había saltado a tierra ayudada por una sirvienta negra.

—¡Claudia! —llamó—. Mira quién está aquí.

Claudia había visto a Howard y no parecía tener interés en él. Sin embargo, avanzó sumisa y se detuvo junto al que parecía ser también su amo. Joven aún —no pasaría de los veinticinco años—, Claudia tenía ya un gesto de suprema fatiga, de infinito cansancio, que la avejentaba. Era su rostro el de una mujer sin ilusiones. Nacida en Venezuela, tuvo lo mejor de Caracas a sus pies, pudo casarse con quien quisiera y todo habría sido perfecto si en su vida no se hubiera cruzado un rico cauchero de Ciudad Bolívar, millonario entonces en libras esterlinas. Se casó con ella, se la llevó a la selva y a los tres meses murió asesinado por sus propios hombres.

Botín de guerra, pasó a propiedad del capataz y asesino de su marido, que —huyendo de la justicia venezolana— la arrastró por las selvas del Alto Orinoco, el Casiquiare y el Negro, hasta Manaos, donde se la vendió al Argentino. De eso hacía dos años, y ese tiempo había permanecido encerrada en la gran villa de Sierra, vigilada día y noche, sin posibilidad de escapar para acudir al cónsul de su país en Manaos.

Ahora, Sierra se había empeñado en llevarla

con él en su visita de inspección a sus caucherías, y el largo viaje por los ríos acabó de agotarla.

—¿Te acuerdas de Howard? —inquirió burlón El Argentino—. Mírale ahora; ya no es el gran pistolero que conociste. Ya no es más que un sucio cauchero hambriento; un esclavo que se arrastraría por salir de aquí.

Howard le miró de frente, fijamente.

—Yo nunca me arrastraría —replicó—. Ni ante ti, ni ante nadie, y lo sabes.

Carmelo Sierra movió la cabeza afirmativamente:

—Lo sé —admitió—. Por eso fuiste mi hombre de confianza. Y por eso no te hice matar cuando te encontré con esta zorra. A ti no te importa la muerte. Pero esto: ser esclavo, saber que vas a serlo hasta que las fiebres te coman, eso sí te importa, ¿verdad?

El pelirrojo no replicó; se limitó a dar media vuelta y alejarse hacia su cabaña. Sierra le gritó:

—No te vayas, que aún no te he dado la noticia. ¿La echabas de menos?, pues aquí la tienes. Desde ahora estarán juntos —rió burlón—. Hasta que la muerte los separe.

El norteamericano se volvió con rapidez. Claudia palideció, como si comprendiera, de improviso, cuál había sido la intención de Sierra al llevarla a las caucherías.

—¿Qué quieres decir? —preguntó con voz cortada.

—Está claro —replicó El Argentino—. Te quedarás aquí. Serás una más entre las mujeres de la ranchería y podrás estar siempre cerca de tu Gringo.

—¿Vas a darme a tus caucheros como una de esas prostitutas?

—No eres mejor que ellas.

—Pero no puedes hacerlo. No te pertenezco.

—Te compré, y todo lo que compro me pertenece.

Claudia pareció darse cuenta de que resultaba inútil discutir. Lentamente, se alejó hacia los primeros árboles de la selva, seguida por la mirada curiosa de los caucheros, que comenzaban a comentar sobre la nueva inquilina de la choza de mujeres. Salvo alguna india joven, llegada de tanto en tanto y que solía durar poco, todas eran viejas enfermas que llevaban más de diez años en el rancho. Darles a Claudia era como regalarles un tesoro. Sierra, dirigiéndose al grupo pero sin dejar de mirar al americano, añadió:

—Espero que esta noche me demuestren que les gusta.

Los caucheros asintieron entre risas y comentarios soeces, excepto Howard y Arquímedes, El Nordestino, que, un poco apartado, había asistido silencioso a la escena. Carmelo Sierra, cuyos inquietos ojillos parecían percibir cuanto ocurría a su alrededor, advirtió la expresión de Arquímedes y se dirigió a él.

—¿Qué te ocurre? ¿No te gustan las mujeres?

—No de ese modo.

El otro se encogió de hombros:

—Eres libre de tomarla o dejarla. ¿Quién eres?

—Me llaman El Nordestino. Compraste mi deuda de veinte contos hace dos años y tu capataz pretende que aún no he pagado. ¿Cuánto tiempo vas a tenerme aquí?

—Si Joao dice que no has pagado, es que no has pagado. Serás un mal cauchero. Todos quieren vivir a mi costa porque me encuentro lejos, pero Joao se ocupa de lo mío. Ya te dirá cuándo puedes marcharte.

—Nunca me lo dirá.

—Entonces, ve haciéndote a la idea.

Dando por terminada la discusión, Sierra volvió junto a las curiaras, de las que estaban terminando de desembarcar la tropa de indios encadenados.

A las preguntas de Joao, que quería saber qué

clase de gente eran, respondió que «aucas», nativos de la margen derecha del Napo, allá en Ecuador. Se los había comprado a los Arana —los caucheros peruanos—, que los capturaron en una de sus *razzias*. Eran fuertes y resistentes en el trabajo, pero rebeldes y dados a la evasión, por lo que los Arana, cuyas caucherías estaban demasiado cerca del territorio auca, habían decidido vendérselos a Sierra. Aquí, en el Curicuriarí, todo intento de regresar al Napo resultaba inútil.

A Joao no pareció hacerle gracia tener que ocuparse de insurrectos que sólo le proporcionarían problemas, y El Argentino trató de aplacarle señalando que dejaría allí también seis de los blancos que había traído. Necesitaba poner en explotación nuevos territorios del interior. Las caucherías del Curicuriarí estaban produciendo poca goma, y se hacía imprescindible aumentar las concesiones si quería continuar siendo uno de los «Cinco Grandes» del caucho en Manaos. Para Carmelo Sierra, ese título era lo más preciado que había tenido en su vida y no estaba dispuesto a perderlo aunque costara la vida a cientos de seres humanos.

Sierra, El Argentino, era uno de los llamados «forjadores de Manaos». Con el caucho estaban convirtiendo un villorrio de chozas, perdido en la selva amazónica, en la ciudad más rica del mundo. El día que Charles Goodyear descubrió que combinando la savia de un árbol llamado *Hebea brasiliensis* con azufre se obtenía caucho —un producto de extraordinarias peculiaridades—, condenó a la más espantosa desgracia a millones de seres. El *Hebea brasiliensis* no se daba más que en determinadas regiones de Sudamérica, especialmente en la cuenca amazónica, pero sus árboles no aparecían nunca formando bosques, sino aislados unos de otros, perdidos en la inmensidad de la selva, profundamente escondidos en la maraña de una jungla impenetrable.

Para obtener esa savia y convertirla en caucho, que se pagaba a peso de oro, se requería, por tanto, un auténtico ejército de trabajadores que recorrieran la selva sangrando los árboles, volvieran días más tarde a recoger el látex, lo coagularan y lo llevaran a las factorías desde donde se embarcaría a Manaos y de allí al resto del mundo.

En un principio, aventureros de todas partes se sintieron atraídos por la idea de buscar árboles y conseguir bolas de caucho que les enriquecieran en poco tiempo, pero a medida que el negocio fue cobrando fuerza, surgieron los inevitables desaprensivos que intentaron monopolizar la producción. Comenzaron por obtener de los Gobiernos inmensas concesiones en territorios tan aislados que muchos no figuraban aún en los mapas ni habían sido visitados jamás por hombre blanco alguno. Mas para poner en explotación tales concesiones precisaban de una mano de obra imposible de conseguir. Pocos eran los que —por cuenta de otros— estaban dispuestos a desafiar los increíbles peligros del desierto verde: enfrentarse a las tribus salvajes, lanzarse por ríos embravecidos, caer víctimas de las infinitas especies de serpientes venenosas, ser destrozados por los jaguares o morir lentamente de fiebre o beriberi.

Raro era el cauchero que sobrevivía a cinco años de trabajo, y miles eran ya los cadáveres que sembraban los más perdidos rincones de la jungla. Por ello, los dispuestos a internarse en la selva querían cobrar de acuerdo a los riesgos, lo que hacía que el negocio no fuera tan beneficioso como pretendían los patrones de Manaos. La solución que encontraron fue fácil: dar un paso atrás en la Historia y volver a los viejos tiempos de la esclavitud.

Los primeros en sufrir sus consecuencias fueron los indígenas de la región. Los caucheros entraron a sangre y fuego en sus poblados, asesinaron a mujeres, viejos y niños, y se llevaron encadenados a cuantos estaban en condiciones de trabajar. En el transcurso de unos años, tribus enteras fueron aniquiladas, desaparecieron de la faz de la Tierra, y el valle amazónico —que Orellana en su primera visita encontrara próspero y poblado oc convirtió, cuando pasó la fiebre del caucho, en un semidesierto.

Pero el indio era poco resistente al trabajo, moría con facilidad, y a la menor ocasión escapaba a la selva, convirtiéndose en salvaje al que resultaba muy difícil capturar de nuevo. Los patrones de Manaos llegaron a la conclusión de que rendía más un esclavo blanco que diez indios. Tardaba más en morir, y raramente huía a una jungla que le aterrorizaba y en la que no sabía sobrevivir. Conseguir esclavos blancos resultaba difícil, y tuvieron que recurrir a infinidad de astucias. La primera era contratarlos en extraordinarias condiciones de trabajo por uno o dos años, traerlos de países muy distantes y no dejarles regresar jamás.

Era una trata del blanco muy semejante al tráfico de mujeres.

La segunda fórmula, «la deuda», consistía en prestar a los necesitados una cantidad que luego deberían devolver en trabajo, de modo que ese trabajo jamás pudiera compensar la cifra prestada. Era el caso de Arquímedes, El Nordestino. Existía también el engaño, e incluso el rapto descarado de quienes aparecían por la Amazonia atraídos por el espejuelo de la riqueza fácil. Antes de que se pudieran dar cuenta de lo que pasaba, se encontraban a bordo de una embarcación que los conducía, encadenados, a una lejana cauchería.

Naturalmente, la primera intención de los esclavos, blancos, negros o indios, era escapar. Para evitarlo, no se encontró mejor solución que convertir la Amazonia en una inmensa cárcel: la mayor cárcel que haya podido existir jamás: cinco mil kilómetros cuadrados de largo, por casi cuatro mil de ancho.

Cada propietario apostaba en los puntos clave de los ríos, en los raudales, o las angosturas, grupos de vigilantes, centinelas encargados de cortar el paso de quien quisiera cruzar. Como los ríos constituyen el único camino de la selva; como no se puede ir ni volver de parte alguna en la Amazonia si no es sobre ellos, pronto o tarde, todo fugitivo, o simplemente todo viajero, iba a caer en manos de los patronos caucheros.

Éstos habían establecido un pacto mediante el cual los fugitivos eran devueltos a su propietario, y, de ese modo, un puñado de hombres establecidos en Manaos, Iquitos, Santaren o Belén de Pará, dominaba la más extensa e indomable región del mundo, sin permitir que nada ni nadie escapara a su bien montada red.

Carmelo Sierra, El Argentino, era uno de los poderosos de esa mafia del caucho del Brasil; tan poderoso como podrían serlo los Arana en Perú, Echevarría en Colombia, o el coronel Funes en la Amazonia venezolana. Se había quedado con las cabeceras del Río Negro, mientras Saldaña dominaba el Madeira, Marcos Vargas, las orillas del Xingu, y el inglés Scott —quizás el más cruel de todos por afeminado—, el río Trombetas.

Otros patrones poseían extensas caucherías, algunas tan grandes como un país europeo, pero no pertenecían al grupo selecto de los indiscutiblemente poderosos. Sierra aspiraba a quedarse alguna vez con los dominios de Saldaña, con lo cual llegaría a ser más rico y más fuerte que el mismo Julio Arana, monopolizador del caucho del Perú, y de cuyo ejército privado se decía que podía contarse por miles de hombres.

Mas para dar la batalla a Saldaña, Carmelo Sierra necesitaba dinero, y el caucho había que buscarlo cada vez más al interior de la selva.

Para ello traía ahora a los esclavos aucas.

CAPÍTULO III

Los gritos de Claudia comenzaron a escucharse apenas oscureció, cuando entre cuatro caucheros la sujetaron y fueron pasando por ella, uno tras otro, la mayoría de los hombres del campamento: blancos, negros, o indios. Los gritos no duraron más allá de media hora, y luego se convirtieron en un gemir intermitente; gemir que resultaba, sin embargo, más estremecedor aún que los mismos gritos. Era como la agonía de un animal al que martirizaran sin permitirle morir definitivamente.

Carmelo Sierra asistió divertido al principio, e incluso animó a sus hombres. Después, la escena pareció aburrirle y poco a poco fue decayendo su interés por el bárbaro espectáculo.

Howard, El Gringo, se refugió en su chinchorro, consciente de que el menor movimiento por acudir en ayuda de Claudia sería aprovechado por los matones del Argentino para meterle tres tiros en el pecho. Desde antiguo, desde Manaos, se la tenían juramentada.

Arquímedes, asqueado por una escena que se sentía incapaz de soportar, estremecido por los gritos y más aún por los gemidos, fue a refugiarse a su lugar predilecto: bajo la choza grande, en un punto desde el que se dominaba la amplia curva del río por el que un día pensaba regresar a la libertad. La luna estaba menguante y las nubes la ocultaban, pero de tanto en tanto asomaba entre ellas, y al Nordestino le gustaba contemplar cómo se reflejaba en el río. La criada negra de Claudia cruzó cerca, sin verle, como una sombra desconcertada. Le dio pena advertir el aire de tristeza de la buena mujer, que sin duda estaba sufriendo con los padecimientos de su patrona. Le había impresionado también el modo con que las mujerucas del campamento, prostitutas degeneradas, de las que nada bueno había esperado nunca, habían acogido la violación de Claudia, y por primera vez las vio silenciosas, como espantadas de lo que estaba ocurriendo en su cabaña.

Vino luego a sentarse a su lado Vicente Contímano, que gustaba también de aquel rincón del río, y que parecía haber disfrutado ya de la diversión del día.

Arquímedes no dijo nada, y fue el cauchero quien, espontáneamente, confesó:

—Daría ahora cualquier cosa por no haber participado en eso, Nordestino. Es lo más sucio que he hecho en mi vida, y empiezo a creer que merezco estar donde estoy. Y ese cerdo de Sierra riéndose de la pobre muchacha, como si fuera divertido.

Arquímedes continuó sin hablar. Contímano decidió levantarse y se alejó río abajo, pensativo, por el mismo camino que la negra.

El Nordestino siguió solo en la sombra largo rato, hasta que sintió risas y voces que se aproximaban. Cansado del espectáculo, Carmelo Sierra regresaba a la cabaña grande, seguido por Joao, el capataz, y sus inevitables guardaespaldas.

Instintivamente, Arquímedes se ocultó más en las sombras; el grupo pasó junto a él sin verle y comenzó a subir los escalones del rancho. Se encendió una vela arriba y desde su posición, a través del enrejillado de cañas del suelo, Arquímedes podía ver los pies de los que estaban sobre él. Se detuvo a pensar que desde allí, con su largo machete, podía incluso atravesar al Argentino, sentado en una hamaca, casi sobre su cabeza, sin que sus guardaespaldas, dos de los cuales montaban guardia ante la puerta, pudieran evitarlo.

Arriba el grupo reía y comentaba las incidencias de la violación. Se destapó una botella y Arquímedes sintió cómo se servían los vasos. Entre las voces surgió, clara, la de Sierra, que ordenaba:

—Quiero que esto se repita, aunque de ahora en adelante no creo que se resista. Que todos, absolutamente todos, hasta el último indio, disfruten de ella, excepto El Gringo.

—Será difícil evitarlo —replicó una voz que Arquímedes reconoció como la de Joao.

—A ti, personalmente, te lo encargo —replicó autoritario Sierra—. No quiero que ese cerdo pelirrojo la toque.

Joao refunfuñó:

—No puedo poner mis hombres a vigilar que El Gringo y la fulana no vayan a verse entre los árboles. —Hizo una pausa—. A menos que...

Se hizo un silencio. Al fin Sierra lo rompió.

—A menos que ¿qué...? Termina de una vez.

Joao rió groseramente.

—A menos que le quitemos al Gringo las razones de verla. Por algún lado debe estar la tabla del agujero, y en el río están hambrientas las pirañas.

La risa del Argentino resonó ahora violenta, escandalosa, divertida.

—¿Cómo no se me había ocurrido...? Ya lo tenía olvidado. ¿Cuánto tiempo que no se lo hacíamos a nadie?

—Años, patrón. Desde que se nos fue la mano

con aquel franchute y los peces le comieron las tripas. ¡Cómo gritó el condenado hasta que se murió...!

—Busca esa tabla —ordenó Sierra—. A la amanecida vamos a gastarle una al Gringo de la que se va a acordar toda la vida. Se le acabará la hombría.

Arquímedes permaneció unos instantes inmóvil, meditando la salvajada que los de arriba estaban preparando. Había oído hablar de ella, pero siempre creyó que eran fantasías, exageraciones de cauchero. Se trataba de tender a un hombre boca abajo sobre una tabla, sacarle a través de un agujero sus partes genitales y —tras hacer en ellas un ligero corte para que manara sangre— echar la tabla al río, a que flotara. Al reclamo de la sangre, las feroces pirañas acudían y en cuestión de segundos devoraban cuanto colgaba en el agua. Era el método más cruel, refinado y sanguinario de castrar a un hombre que podía imaginarse. A veces si se dejaba a la víctima demasiado tiempo en el agua, las pirañas, en su voracidad, llegaban a devorarle las entrañas.

Silenciosamente, moviéndose centímetro a centímetro, para que los guardianes que estaban junto a la puerta no advirtieran su presencia, Arquímedes se alejó de la cabaña grande, desapareció en la maleza y, dando un gran rodeo, fue a parar a su propia choza, donde dormía Howard.

Entró, procurando no hacer ruido, pero resultó inútil. Los restantes caucheros no habían vuelto, y el norteamericano —despierto en su chinchorro— lo vio llegar desde el primer momento. El Nordestino se dirigió directamente a él:

—Tienes que largarte, Gringo —dijo—. Sierra piensa echarte mañana a las pirañas.

El otro ni se movió siquiera. Dio una chupada a su cigarro y replicó calmosamente:

—De algo hay que morir (ya te lo dije), y quizá me lo lleve por delante.

—No te hagas ilusiones. Tu cuchillo no va a valerte. He visto cómo lo manejas... Te vi en el bosque, pero no podrás sorprender al Argentino. Además, no va a echarte entero a las pirañas... ¿Conoces el juego de la tabla agujereada...?

Ahora El Gringo dio un salto y se quedó en pie delante de su hamaca. Tiró el cigarrillo al suelo y lo aplastó.

—¿Es que pretende castrarme ese hijo de puta?

—Acabo de oírselo. Desmonta tu chinchorro y huye al monte. Es un consejo.

—Me echarán los perros. No llegaré muy lejos.

—Tírate al río, deja que la corriente te arrastre y, cuando llegues al caño, el pequeño que lleva hasta mis árboles, sube por él. No toques tierra, no roces ramas. Ve siempre por el caño hasta mis palos, y espérame allí, cerca de la ceiba grande. Te llevaré comida.

—¿Por qué haces esto? —quiso saber el pelirrojo—. Si se enteran, te costará la vida.

—Ya oíste a Sierra. No me queda esperanza de salir de aquí. He pensado que huyamos juntos.

—Nadie ha logrado «picurearse» de esta cauchería —le señaló el otro—. No creo que seamos los primeros.

—Lo seremos —afirmó convencido El Nordestino—. No queda alternativa. Ahora vete.

El Gringo no replicó; descolgó su chinchorro, metió dentro sus escasas pertenencias, se lo echó todo al hombro, e introduciéndose en el cinto el largo machete de cauchero, se encaminó a la salida.

—Gracias —dijo, cuando ya desaparecía—, y hasta la vista.

—Hasta la vista —respondió El Nordestino, y se quedó mirando hacia la oscuridad exterior, hacia el punto donde suponía que el pelirrojo se había dirigido.

Luego se tumbó en su propio chinchorro y con las manos bajo la nuca se durmió sin dejar de escuchar los gemidos de Claudia, que aún llegaban desde la cabaña de las mujeres.

Sierra montó en cólera cuando a la mañana siguiente descubrió que Howard había huido. No lo achacó a que se hubiera enterado de lo que le preparaba; pensó que no había podido soportar los gritos de Claudia. Confiaba, sin embargo, en que sus hombres lo encontrarían, y en que podría disfrutar aún del espectáculo de su castración. Pero, pese a que se soltaron los perros de Joao, y éste —el único capaz de dominarlos— les ordenó buscar la pista, no dieron con ella. El rastro se perdía en el río, y aunque recorrieron extensamente ambas orillas, cauce arriba y cauce abajo, no se pudo averiguar por dónde había salido.

Como los vigías de los raudales juraban y perjuraban que por allí no pasó, llegaron a creer que las pirañas habían dado buena cuenta de él.

Nadie sospechó de Arquímedes, que, a las preguntas, respondió que nada había oído ni nada había visto.

Tuvo que ingeniárselas, sin embargo, para conseguir una ración supletoria de comida cuando se encaminó al trabajo, y durante la larga caminata iba meditando cómo se las arreglaría para alimentar al Gringo los días que permaneciera escondido, si ya para alimentarse él pasaba calamidades.

Inútil resultaba imaginar que Howard consiguiera algo por sí mismo.

Sin armas de fuego con que cazar, sin la técnica de un indio para pescar en los riachuelos, poco podría obtener de la selva, pues poco había en ella que pudiera comer un ser humano. En casos excepcionales, perdidos en la jungla, algunos lograron subsistir unos días a base de raíces y frutos desconocidos, pero lo probable, en esos casos, era acabar envenenándose o morir rápidamente de una disentería aguda. Tenían que evitar recurrir a las raíces. A Arquímedes le interesaba sobremanera que, a la hora de «picurearse», El Gringo estuviera en buenas condiciones físicas. De lo contrario, sería más estorbo que ayuda.

Varias veces se detuvo en su camino y prestó oído para cerciorarse de que nadie le seguía. Cuando estuvo seguro de ello, se encaminó a la ceiba donde le esperaba, tranquilamente sentado en una de sus gruesas raíces, el pelirrojo.

Tenía hambre y había entretenido su tiempo en recolectar parte del látex que Arquímedes necesitaba en el día. No dio explicaciones. Se limitó a comentar:

—De ahora en adelante lo compartiremos todo: el trabajo y la comida. Aparte de ello, te debo la vida, y nunca lo olvidaré. Tenlo presente.

Arquímedes fue directamente a lo que le interesaba: la fuga.

El plan era fácil, y a la vez imposible. Esperar varios días a que los ánimos se calmaran y Sierra regresara a Manaos: reunir la mayor cantidad posible de víveres y dirigirse por tierra, abriendo trocha en pleno monte, hasta los raudales. Caer sobre los vigilantes por la espalda y deshacerse de ellos. Apoderarse luego de sus armas y sus embarcaciones y lanzarse río abajo a lo que la suerte deparara.

—No llegaremos muy lejos —le hizo notar el americano—. Más abajo hay otro puesto de guardia, y luego otro, y otro. Y la mayoría no sabemos dónde están. Nos cazarán como conejos.

—Al menos, les habrá costado trabajo. Y me llevaré a más de uno por delante.

—¿Has matado a alguien? —quiso saber El Gringo.

Arquímedes negó con un gesto:

—Nunca. Y jamás pensé que tuviera que hacerlo. Pero ahora no creo que esa gente merezca vivir.

—También yo creía tener razones para empezar —comentó Howard—, pero pronto me di cuenta de que no eran lo suficientemente fuertes. Llegas a sentirte enfermo, a desear morir antes que volver a hacerlo. Sin embargo, luego te acostumbras y ya nada importa. Déjamelos a mí, mientras sea posible. Quédate tú al margen.

—Estoy decidido —insistió El Nordestino—. No es solamente que trate de escapar de aquí y salvar mi vida. Alguien tiene que pagarme estos dos años. Y también tienen que pagar lo de anoche.

—¿Qué te importa ella? No la conocías. Nunca la habías visto.

—Creo que aunque viva mil años recordaré esos gritos.

—¿Has vuelto a verla? —quiso saber El Gringo.

—No. Hasta la madrugada estuvieron yendo los hombres a la cabaña. Pero cuando me vine, ya no gemía.

—¿Vivirá?

—Eso nadie puede saberlo. ¿Tú la quieres?

El Norteamericano negó con la cabeza. Con la punta de su machete dibujaba figuras en el suelo, o cortaba en pedacitos las hojas caídas. Tardó en responder. Al fin dijo lentamente:

—No. No la quiero, ni la quise nunca. Era la chica del patrón, una mujer hermosa, y me apeteció acostarme con ella sin meditar las consecuencias. Tampoco ella me amaba. Lo hizo por venganza; para demostrar de algún modo cuánto despreciaba a Sierra. Quizá fui el único que se atrevió a seguirle el juego.

—Caro lo habéis pagado.

—Caro, sí, en efecto. Pero te juro que algún día ese cerdo argentino lo pagará. Le costará la vida, y su muerte será tan lenta, tan espantosa, que aún no puedo describírtela. No he logrado imaginarla.

—Tiempo habrá si logramos salir de aquí. Ahora vamos. Necesito recoger mi «jebe» del día, si no quiero que mañana me dejen sin ración.

Se pusieron en pie y comenzaron a recorrer la senda entre los altos palos del caucho. Cuando llegaron al primero, Arquímedes se calzó las espuelas, enlazó el árbol con su grueso mecate y comenzó a ascender para clavar bien alto su machete y sacarle rápidamente la savia al gomero. En el siguiente fue El Gringo el que subió a lo alto, y así pronto reunieron la goma que El Nordestino necesitaba.

Luego se sentaron a descansar y a planear una vez más los detalles de su fuga. Cuando, al caer la tarde, el brasileño emprendió el regreso al campamento, lo hizo con el convencimiento de que allí, bajo la ceiba, dejaba a un amigo, un compañero con el que podía lanzarse ciegamente a la aventura de escapar al fin de aquel infierno.

CAPÍTULO IV

Cuando a la mañana siguiente se disponía Arquímedes a salir para el trabajo, Joao le mandó llamar a la cabaña grande:

—El Gringo ha muerto, y tienes que encargarte de sus árboles. Desde mañana traes cuarenta litros de goma.

—Nadie recoge cuarenta litros de «jebe» en un día —negó El Nordestino.

—Llévate un indio de los nuevos —indicó el capataz—. El que quieras. Enséñale el oficio y que te ayude, pero no vuelvas sin los cuarenta litros.

No había posibilidad de discusión, y Arquímedes se alejó hacia la empalizada en que estaban encerrados los indios. Nada en ese momento le disgustaba más que tener que llevar compañía al bosque, pero si quería reunir cuarenta litros de goma sin levantar sospechas, necesitaba ayuda. Sabía las consecuencias que podría acarrearle no cumplir la orden.

El guardián de los nuevos esclavos le franqueó la entrada sin hacer preguntas. Lentamente fue

inspeccionando al grupo: cansados y desmoraliza-
dos indígenas de los que poco podía esperarse,
aunque en conjunto parecían fuertes.

Su mirada recayó sobre uno que, por su aspecto, le dio la impresión de jefe o notable y
parecía mucho menos quebrantado que sus compañeros. Estaba sentado en cuclillas, un poco
apartado de los otros, y le miraba de frente, con
fijeza, cosa desacostumbrada entre los indios amazónicos.

Se sentó frente a él de idéntica manera y, tras
un silencio en que se contemplaron largamente,
preguntó:

—¿Hablas cristiano?

—Ramiro habla cristiano cuando quiere —dijo
el indio—. Y siempre lo entiende.

—¿Quién es Ramiro y cuál es su nombre completo? —quiso saber Arquímedes.

—Ramiro es hermano del gran Tipuany, jefe
de las familias aucas del Curaray. Pero Tipuany
ha muerto en el viaje hasta aquí. Ya no hay jefe;
ya no hay familias aucas del Curaray. Su nombre
completo es Ramiro «Poco-poco».

—«Poco-poco» es un extraño nombre para un
indio tan grande y tan fuerte, hermano del jefe
Tipuany.

—Ramiro se llamaba anteriormente Payarmino —aclaró el indio—, pero Ramiro hace siempre
las cosas con lentitud, pensadamente. Por eso acabó llamándose «Poco-poco».

Arquímedes permaneció un rato pensativo, meditando los pro y los contra del indio. Al fin se
decidió.

—Está bien, «Poco-poco», te prefiero lento. ¿Te
gustaría trabajar conmigo? Seré para ti mejor que
cualquier otro.

—Ramiro sabe que serás mejor que cualquier
otro —replicó el indio—. Ramiro vio que la otra
noche no acudías a la cabaña de las mujeres con
los demás blancos. Sólo tú y el de los pelos colo-

rados. El de los pelos colorados dicen que está muerto. Ramiro acepta trabajar contigo.

Arquímedes quedó sorprendido. Resultaba incomprensible cómo el indio pudo haber advertido, en la oscuridad, que él no había acudido a la cabaña de las mujeres. Tal vez podía ver en la noche como los gatos, virtud que los caucheros atribuían a los salvajes. No supo qué responder y optó por ponerse en pie y llamar al guardián para que le quitara las cadenas.

Diez minutos después, indio y blanco se adentraron juntos en la espesura en busca de los altos árboles del caucho.

Cuando llegaron al primero, El Nordestino le explicó cómo debía calzarse las espuelas, enlazar el tronco con el grueso mecate y trepar para trazar un surco cada vez más alto y extraerle así la savia al gomero.

Ramiro se hizo repetir las instrucciones tres veces, escuchó con atención y, al fin, se colocó las espuelas y trepó con seguridad. Manejó el machete con la agilidad con que lo hubiera hecho el mismo Nordestino y descendió nuevamente. Arquímedes se felicitó a sí mismo por su elección.

Condujo al indio hasta el siguiente árbol, le ordenó que hiciera lo mismo con cuantos encontrara en su camino, y tras aconsejarle afectuosamente que no se le ocurriera evadirse, pues no era aquél ni lugar ni tiempo para hacerlo, se alejó quedando en volver a buscarle. Cuando se reunió con Howard y le contó lo ocurrido, el pelirrojo pareció preocupado:

—Que no sospeche mi presencia aquí —dijo—. Me molestaría tener que matarle.

Arquímedes le tranquilizó. Dejó la comida que llevaba y recogió la goma que había reunido para él. Cuando regresó junto a Ramiro, advirtió que efectivamente éste había trabajado de modo lento, pero firme. Entre los dos se afanaron el resto del día, y al regresar al campamento habían reunido casi los cuarenta litros exigidos. Arquímedes se dijo que debería acelerar la huida o aquel ritmo de trabajo le dejaría extenuado.

Sin embargo, hubo de continuar así durante dos semanas. Sierra no acababa de marcharse y sabía que una evasión estando él en el campamento era una locura. Joao y sus hombres, azuzados por el patrón, no pararían hasta encontrarles aunque se escondieran en el mismísimo infierno. Con el amo en Manaos resultaba más fácil; sus hombres se mostrarían menos animosos.

A la semana pudo ver por primera vez a Claudia. La muchacha, sostenida por dos de las mujeres de la cabaña, trataba de dar un paseo por la orilla del río. Estaba pálida, quebrantada, increíblemente enflaquecida, y se diría que le resultaba casi imposible caminar. Si los caucheros continuaban desfilando sobre ella como lo hacían, no viviría un par de meses.

Cuando se lo contó a Howard, éste pareció afectado:

—Me gustaría llevarla con nosotros —dijo—. Intentar sacarla de allí a cualquier precio.

—Moriría en el camino —replicó Arquímedes—. No está en condiciones. Y aunque lo estuviera, una evasión no es algo que pueda soportar una mujer.

—Creo que preferiría morir libre, huyendo, que como va a hacerlo: a manos de esa cuadrilla de salvajes. Pregúntaselo.

El Nordestino le miró con asombro.

—¿Preguntárselo? —repitió.

—No va a denunciarnos —señaló Howard—. Ve a verla como si fueras uno más que quiere acostarse con ella y, cuando estés a solas, le dices que vas de mi parte. Cuéntale que pretendemos escapar y la llevaremos con nosotros. Adviértele que si es un estorbo la abandonaremos, pero si resiste, seguirá hasta el fin.

A Arquímedes no le hizo gracia la proposición.

Presentía que iba a salir mal; que podría traer problemas, pero al recordar a la muchacha y lo que debía estar pasando, llegó a la conclusión de que, en efecto, mejor sería que muriera en la selva que en aquella sucia cabaña de ranchería.

Esa noche pidió turno y tuvo que soportar, malhumorado, las bromas de los caucheros, satisfechos al ver que se rendía el único que quedaba sin compartir la culpa común.

Cuando entró en la maloliente cabaña, apenas iluminada por una triste candela, Claudia ni le miró, ni hizo movimiento alguno. Seguía tendida en el sucio jergón, en la posición en que la dejara el cauchero que acababa de salir, esperando lo mismo del siguiente, fuera quien fuera.

Arquímedes se sentó a su lado, y agitándola por el brazo, intentó que abriera los ojos. Totalmente desnuda, y aunque resultaba hermosa, El Nordestino no experimentó el menor deseo.

—¡Claudia! —llamó en voz baja—. Claudia, escucha, por favor. Vengo de parte de Howard, El Gringo.

La muchacha abrió los ojos, vidriosos, ausentes, como si estuviera dormida y le miró.

—Howard ha muerto —musitó.

—No; no es cierto. Te juro que no es cierto —insistió Arquímedes—. Está vivo: escondido en la selva, pero vivo. Lo he visto esta tarde. Me envía a preguntarte si quieres huir con nosotros.

Lentamente, el significado de aquellas palabras pareció llegar al embotado cerebro de la muchacha. Tardó en reaccionar, y cerró los ojos un instante, como si respirase aliviada; como si hubiera estado aguardando aquellas palabras desde que todo comenzara.

—Sácame de aquí —rogó—. Cueste lo que cueste.

—Probablemente costará la vida —señaló Arquímedes.

—Esto es peor que la muerte —replicó ella—.

Cada noche pienso en echarme al río, a que las pirañas acaben conmigo. ¡Llevadme con vosotros!

—Te llevaremos, pero aún pasarán días. Procura cobrar fuerzas. Come; intenta ponerte en condiciones. La huida va a ser dura.

—Lo haré —asintió la muchacha con firmeza—. En una semana estaré dispuesta.

Les hubiera gustado seguir hablando. A Claudia, porque él era su única esperanza; a Arquímedes, por servir de consuelo a la muchacha, pero fuera los caucheros se impacientaban; esperaban su turno y gritaban porque El Nordestino se entretenía más de lo estipulado.

Se despidió rápidamente y al salir tuvo que soportar las bromas de los que hacían cola. Avergonzado, se encaminó a su choza y se durmió pensando en las dificultades que le presentaba el futuro.

Al día siguiente advirtió que Ramiro, el indio, lo miraba extrañamente y permanecía más hosco y en silencio que de costumbre.

Por dos veces le preguntó qué le ocurría y no obtuvo respuesta. Al fin, cayó en la cuenta:

—Ya comprendo —comentó—. Tus ojos de gato que nunca duerme me vieron ir a la cabaña de Claudia.

Comprendió que había dado en el clavo e intentó justificarse, aunque ninguna razón tenía para hacerlo. En realidad comenzaba a apreciar al indio.

—Me gustaría poder explicarte a qué fui y por qué lo hice —dijo—. Pero no creo que llegaras a entenderlo.

El indio se detuvo en medio del sendero y le miró con fijeza:

—Ramiro «Poco-poco» puede comprender cualquier cosa —dijo—. Incluso puede comprender que des tu comida y escondas al de los pelos colorados. Pero no puede comprender que te guste una mujer contra su voluntad haciendo cola con otros hombres.

Arquímedes se quedó clavado en el lugar. Nunca sospechó que el indio supiera lo del norteamericano, y no podía imaginar cómo lo averiguó si siempre lo dejó y lo encontró trabajando.

—¿Desde cuándo sabes lo del Gringo? —preguntó.

—Ramiro lo sabe desde el segundo día —replicó el otro—. Ramiro es «Poco-poco», pero cuando quiere, se mueve por la selva muy aprisa y muy en silencio.

—Si nos hubieras denunciado, tendrías una buena recompensa —señaló El Nordestino.

—Ramiro no quiere más recompensa que volver a su tierra y no ser esclavo. Ramiro espera que huyendo contigo y con el del pelo colorado lo conseguirá.

Arquímedes se apoyó en el árbol que encontró más cerca y se rascó la cabeza desconcertado.

«¡Vaya con el "indio"! Parecía tonto, y ya tiene hechos sus planes.»

—Ramiro es útil en la huida —continuó el indígena—. Es buen rumbero, conoce la selva y se mueve en silencio. Será capaz de llegar hasta su territorio a orillas del Curaray, junto al gran Napo.

—¡El Napo! —exclamó Arquímedes—. ¿Estás loco? ¿Sabes dónde queda el Napo? Al otro extremo de la Amazonia. Tendríamos que descender todo el Negro, subir por el Gran Río... ¡No sabes lo que dices!

—Ramiro lo sabe —insistió el otro tercamente—. Ramiro estudió bien el camino por el que le trajeron. Tú tienes razón. Primero bajamos por el Napo, luego por el Gran Río y volvimos a subir por el Negro hasta el Curicuriarí. Pero ésta es una gran curva. Si regresa por arriba, en cien días de marcha Ramiro puede volver al Napo.

Mientras hablaba se había acuclillado, y en la tierra del camino dibujaba, con extraña aproximación, la ruta de los ríos. Arquímedes estudió con detenimiento el tosco mapa y advirtió que, en el fondo, el indio tenía razón.

Le miró fijamente.

—¿El Napo está en Ecuador? —preguntó.

—Ecuador —admitió el indio.

—En Ecuador los caucheros no tienen fuerza. El poder de los Arana llega hasta allí, pero no son realmente sus dominios. —Parecía que estuviera haciéndose a sí mismo tales reflexiones. Luego se volvió al indio—: ¿Desde el Napo se puede llegar a tierra de blancos...?

—Ramiro te lleva en tres días desde su territorio a la ciudad de Tena, con soldados ecuatorianos que protegen contra los caucheros. Desde Tena, dicen que en cuatro días se llega a una gran ciudad, capital del país, donde los blancos se cuentan por miles y nunca nadie habla del caucho.

—¡Quito!

—¿Quito? —repitió, incrédulo, Howard—. ¿Estás loco? ¿Cómo puedes hacerle caso al primer indio que encuentras? ¿Qué sabe de geografía? No sabe leer ni escribir, ni lo que es un mapa... ¡Qué estupidez!

—Pero tiene razón —insistió Arquímedes—. Su plan es mejor que el nuestro. Al huir, creerán que vamos río abajo, hacia Manaos. Nos esperarán a cada vuelta y nos cogerán tarde o temprano. Pero si hacemos lo que Ramiro dice, si cruzamos territorio colombiano evitando la gente de Echevarría, llegaremos en cien días al Putumayo y luego al Napo.

—No hay quien resista cien días de selva. Nos perderemos mil veces; nos volveremos locos. No tenemos víveres, ni armas, ni nada. ¿Y qué sabes de este indio? Él dice que es buen rumbero, mas ¿quién garantiza que no se perderá al segundo día, o nos dejará abandonados a la primera dificultad?

—Ramiro llegará en cien días al Napo —intervino el indio—. Irán con él si quieren salvar la vida. Ramiro no miente. Ramiro puede ir solo.

Howard tardó en responder. Contemplaba al indio con detenimiento. Al cabo de unos instantes, hizo un gesto de asentimiento:

—¡Qué diablos! —exclamó—. Tanto me da una cosa que otra. Avisa a Claudia. Si es cierto que Sierra se va mañana, saldremos la semana próxima. No quiero arriesgarme siguiendo aquí.

—La semana próxima —repitió Arquímedes—. Antes habrá que matar a los perros de Joao. Nos seguirán la pista fácilmente.

—No mates los perros. Mata a Joao —señaló El Gringo—. Los perros no le obedecen más que a él, y los guardianes perderán parte de su entusiasmo si no está.

—No resultará fácil matar a Joao —dijo Arquímedes—. Muchos lo intentaron y ninguno puede contarlo.

El americano tardó en responder. Estaba muy en silencio contemplando pensativo algún punto perdido. Al fin indicó:

—Díselo a Claudia.

CAPÍTULO V

La noche elegida fue la del sábado siguiente a la marcha de Sierra. El sábado les pareció un día perfecto. Joao hacía venir a Claudia a su cabaña y quedarse hasta el amanecer.

Apenas oscureció, Arquímedes se deslizó bajo la cabaña del capataz, estando éste ausente, y apartando las cañas del enrejillado que formaba el suelo, introdujo entre ellas un afilado cuchillo que dejó con la empuñadura hacia arriba, justamente bajo el catre.

La cabaña de Joao estaba edificada, como todas las del campamento, sobre cuatro pilares de casi la altura de un hombre. Así en alto, los ranchos estaban a salvo de las rápidas crecidas del río, o la invasión de insectos y reptiles.

Concluida su tarea, concluida también la frugal cena, El Nordestino se reunió con el indio Ramiro, y ultimados los preparativos, se sentaron a aguardar no lejos del vigilante que cuidaba las piraguas.

Era ya noche cerrada cuando Joao mandó venir

a Claudia a su cabaña. Apenas entró, la obligó a desnudarse y andar así por la choza mientras le servía un vaso de aguardiente.

—Toma —dijo—. A ver si esto te anima y nos divertimos un poco.

Claudia bebió en silencio. El otro se sentó enfrente y se regodeó en contemplarla desnuda, inerme frente a él. El negro se desnudó a su vez, exhibiéndose ante ella, tratando de despertar su admiración por su enorme cuerpo y su desproporcionado miembro.

—Si dejas de estar como muerta, y me haces pasar bien las noches de los sábados, puedo conseguir que todo te sea más fácil —dijo—. Yo soy quien manda aquí. Una orden mía, y los caucheros dejarían de tocarte. Tan sólo tendrías que atender a los guardianes, y son pocos para una mujer como tú.

Claudia continuó en silencio. Tan sólo un pensamiento la ocupaba: tenía que hacer algo, y hacerlo rápidamente. Se dirigió al camastro y se tumbó en él. El negro, desconcertado y molesto por aquel silencio, fue a hablar, pero se arrepintió. Bebió de un trago el resto de su aguardiente y la siguió.

Claudia esperó con paciencia, hasta estar segura, y en el momento en que supo al negro más indefenso bajó la mano, tanteó en el suelo buscando el mango del cuchillo y luego, fríamente, sin la menor duda, alzó el brazo armado y de un solo tajo, fuerte y preciso, lo degolló.

El rostro del negro pasó sin transición del éxtasis al asombro. De la herida abierta manó un chorro de sangre que cayó sobre los brazos y el pecho de la mujer, y con un último estremecimiento se relajó como si se desinflara y quedó muerto, desangrándose.

Claudia lo apartó a un lado y se puso en pie. En la palangana se lavó la sangre, y limpiando el cuchillo sobre el mismo jergón, lo escondió entre sus ropas. Se vistió y salió sin dirigir una sola mirada al muerto.

No sentía nada, absolutamente nada; como si lo que acababa de hacer fuera algo normal, cotidiano; más normal que soportar cada noche la presencia de un puñado de sucios caucheros.

Descendió por la orilla del río y llegó junto al guardián de las piraguas, que —rifle en mano— fumaba con la espalda apoyada en un árbol. El hombre se sorprendió al verla. Primero le apuntó con el rifle; luego, al advertir quién era, lo bajó.

—¿Cómo tú por aquí? —preguntó—. ¿No te tocaba pasar la noche con el capataz?

Claudia no respondió. Se sentó en la arena y quedó inmóvil, contemplando el río en la penumbra. Subió un poco la falda al sentarse y parte de sus muslos quedaron al aire. El guardián los contempló con fijeza. Dirigió una mirada a su alrededor, vio que todo estaba tranquilo y apoyó el fusil en el árbol. Se sentó junto a ella y la obligó a tumbarse de espaldas.

—Ven —dijo—. Aprovechemos que estás aquí.

Claudia le dejó hacer. Luego, en el instante mismo en que supo al hombre tan indefenso como lo estuviera el negro, sacó de entre sus ropas el cuchillo, e igualmente, de un solo tajo, lo dejó muerto.

Ni Joao ni el guardián tuvieron tiempo ni fuerzas para emitir un grito. No pudieron hacer más que estremecerse por última vez y quedar sin vida.

Apostados en la espesura, Arquímedes y el indio observaron la escena, y El Nordestino advirtió que un escalofrío le recorría la espalda al ver cómo Claudia se quedaba unos instantes muy quieta antes de apartar el muerto e ir a lavarse al río.

Reaccionó cuando el indio se puso en pie, cargó cuanto llevaban y se dirigió sigiloso a las pira-

guas. Le siguió como hipnotizado. Recogió el rifle
del vigilante, lo echó en la mayor de las embarcaciones, a la que ya había subido Ramiro, y cortando las amarras de las restantes, dejó que se
las llevara la corriente. Luego chistó a Claudia
—que continuaba lavándose— para que se apresurara. La ayudó a embarcar en la frágil curiara y,
silenciosamente, empezaron a remar. Minutos después, se habían perdido entre las sombras, río
abajo.

A la entrada del caño, recogieron a Howard,
que les aguardaba desde horas antes, y clareaba
cuando las aguas comenzaron a correr con más
rapidez, dando aviso de que se aproximaban a los
raudales.

Antes de abordar la curva de las primeras chorreras, vararon la curiara, ocultándola en la espesura y dejaron allí, dormida, a Claudia.

Los tres hombres —el indio delante— se internaron en la selva buscando la trocha que les con-
dujera a la ranchería de los vigilantes de los raudales, y los blancos se sorprendieron gratamente
por la rapidez y seguridad con que Ramiro les
condujo a la vista de la choza.

Se aproximaron sigilosos, Arquímedes empuñando el rifle, El Gringo armado de su corto cuchillo de lanzar, y los tres con la inseparable compañía de sus largos machetes de caucheros, sin
los que no podía concebirse vivir en la selva.

Llegaron a menos de quince metros de la choza, de la que no salía rumor alguno, y, sin abandonar la protección de la espesura, observaron.
El indio señaló unas peñas sobre el río, donde un
guardián vigilaba, fusil en mano, la corriente. Aparecía semioculto, tendido boca abajo sobre una
losa, y se podría pensar que dormía. Observándo-
le detenidamente advirtieron que no era así; cum-
plía bien su cometido de no permitir que nada
cruzara por aquel trozo de río sin ser visto. Por
la noche, la vigilancia era inútil: las rocas de las

rápidas chorreras hubieran hecho naufragar a cualquiera que intentara atravesar el paso.

Howard susurró que se encargaba del vigilante y comenzó a deslizarse hacia allí. Arquímedes preparó su arma. Por mucho que el pelirrojo pudiera aproximarse sin ser visto, siempre le quedaría un espacio abierto entre él y el guardián; espacio que no sabía cómo esperaba salvar.

El indio y el brasileño aguardaron inmóviles, observando las evoluciones del americano, que llegó a la linde del bosque, hizo un gesto a sus compañeros, y de rápida carrera se precipitó hacia donde se encontraba el vigía. Éste debió oírle, porque se volvió. No había expresión de alarma en su rostro; probablemente no esperaba peligro a sus espaldas. Cuando quiso reaccionar, era ya tarde: El Gringo se había detenido casi en seco y, con un rápido movimiento del brazo, lanzó su corto cuchillo. El otro no tuvo tiempo de aferrar su arma. Cayó de espaldas al río, y su grito —si lo hubo— quedó ahogado por el tronar de la corriente.

El Gringo regresó sobre sus pasos y entraron juntos en la cabaña. Dos hombres dormían en sus chinchorros y nunca despertaron. A machetazos acabaron allí mismo, y por las rejillas de caña comenzó a gotear la sangre al suelo.

El Nordestino, Howard y el indio cargaron con las armas y cuantos víveres y ropas encontraron, y regresaron a la piragua, donde Claudia continuaba durmiendo como si nada hubiera ocurrido. Despertó cuando la agitación de los raudales hizo bambolearse la embarcación y tuvo que aferrarse fuertemente a las bordas para no salir despedida.

Dirigida por Ramiro, con El Gringo y Arquímedes también al remo, la curiara sorteó hábilmente las rocas y los bajíos.

Luego, ya con el río en calma, continuaron la navegación sin detenerse un instante, ni durante el día, ni en la noche que siguió.

Al amanecer del segundo día, Ramiro «Poco-poco» señaló un afluente que entraba por la mano derecha viniendo del Suroeste. Era un río de aguas negras y limpias; rápido, aunque no demasiado caudaloso.

—Ramiro piensa que éste es buen camino hacia el Napo —señaló el indio—. Ramiro cree que nadie sospechará que subimos por aquí.

El Gringo y Arquímedes se miraron. Claudia continuó silenciosa. No había dicho una sola palabra desde que salieron de la ranchería.

Howard se encogió de hombros.

—Si vas a llevarnos a Quito, indio, tú sabes el rumbo y tú mandas. ¿Dices que este río? Pues este río.

Arquímedes asintió y comenzaron a remar con fuerza para vencer la potencia de las aguas que desembocaban en el Curicuriarí.

Durante tres días y tres noches remaron sin interrupción, aguas arriba por el desconocido afluente, sin encontrar alma viviente y sin más compañía que algunos monos, paujiles y escandalosas loras que volaban de uno a otro árbol.

No se detuvieron. Mientras unos dormían en el fondo de la curiara, otros remaban, y en la más profunda oscuridad, cuando ni la luna ni las estrellas alcanzaban a proporcionar claridad alguna, los ojos del indio distinguían las piedras, los bajíos o los troncos clavados en el fondo del río.

Día a día el cauce fue perdiendo agua, y llegó un momento en que pasaban más tiempo empujando la embarcación sobre los callados, que navegando por aguas profundas. Esa noche, ante la imposibilidad de avanzar con tan poco fondo, se detuvieron a descansar por primera vez.

Montaron el campamento en una diminuta playa y, sin encender fuego, consumieron sus últimas provisiones. Luego durmieron profundamente, tumbados sobre la arena, cara al cielo, sin preocuparse de montar guardia.

Arquímedes se despertó con la primera claridad del día. Tendido boca arriba contempló el cielo de color rojizo, los altos árboles sobre su cabeza, una blanca nube que cruzaba, y escuchó el suave rumor del río y el parloteo de las loras, que empezaban a inquietar el aire. Se sintió descansado y feliz; le pareció que descubría por primera vez la selva, aquella inacabable extensión verde que hasta el presente tan sólo había podido ver como una inmensa cárcel, infinidad de altos barrotes que le atosigaban. Ahora todo tenía otro aspecto: el color del cielo se le antojaba distinto; el verdor de los árboles, más intenso; los sonidos, más limpios.

Se irguió sobre un codo y contempló a Howard, que a su lado también aparecía despierto y tal vez pensando lo mismo. Claudia dormía, y a Ramiro no se le veía por parte alguna. Lo buscó largo rato hasta distinguirlo junto a un remanso con las manos en el agua y tan inmóvil que parecía una piedra más entre las piedras.

No se atrevió a moverse ni a llamarle, admirado de la resistencia del salvaje, que no hizo gesto alguno hasta que de improviso se alzó bruscamente con un grueso pez que arrojó a tierra. Luego corrió a recogerlo, lo mató quebrándole la espina dorsal y lo dejó junto a otros que descansaban en la arena. Arquímedes llegó junto a él y, mientras se lavaba en el río, comentó:

—No comprendo cómo puedes permanecer tanto rato quieto como una estatua.

—Ramiro lo comprende porque aprendió a pescar así de niño. Tú también lo aprenderás, porque tendrás que hacerlo para comer.

Cuando El Gringo y Claudia se levantaron, el indio comenzó a buscar madera seca para asar la pesca. El norteamericano se inquietó por la posibilidad de que el humo pudiera delatarles, pero el indígena lo tranquilizó:

—Ramiro hará un fuego del que no se verá el humo. A Ramiro nadie lo descubrirá por el humo de su fuego.

Comenzó a asar los peces, y mientras lo hacía, con ayuda de unas ramas iba agitando el aire de forma que el humo se esparcía; se diluía por así decirlo, y no alcanzaba a las copas de los árboles. Pronto lo apagó, sin embargo, y terminó su labor utilizando las brasas aún calientes.

A la hora del desayuno, Howard admitió:

—Con un poco de sal, esto estaría delicioso.

Ramiro se puso en pie, se alejó unos pasos y regresó con unas hierbas secas que restregó entre dos piedras y espolvoreó sobre la comida del norteamericano. Éste, sorprendido, la probó y advirtió que, aunque no sal, el sustitutivo resultaba, en verdad, aceptable.

—Ramiro cree que deberemos encontrar verdadera sal —dijo el indio—. Sin sal, el hombre blanco se debilita y enferma aquí en la selva.

Terminado el almuerzo, emprendieron la marcha empujando la curiara río arriba, hasta que éste se convirtió en un arroyo y al fin la selva se cerró impidiendo continuar.

Escondieron la embarcación, que tan útil había sido, para que nadie pudiera descubrir por ella que habían llegado hasta allí, y echándose a la espalda las escasas pertenencias que quedaban, emprendieron el camino abriendo trocha a través de la selva, siguiendo el rumbo que marcaba el indio, en busca de algún cauce que les llevara ahora hasta el Marié.

Durante ocho días marcharon sin grandes penalidades. De tanto en tanto, encontraban en su camino una trocha o un sendero que debía conducir a algún poblado indígena, y los escasos gomeros que aparecían mostraban cicatrices de haber sido explotados tiempos atrás. Luego, paulatinamente, la jungla comenzó a espesarse, desapareció **todo** rastro de vida humana y el avance se hizo más difícil a medida que progresaban hacia el Sur.

El suelo aparecía empantanado, los árboles alcanzaban una altura portentosa y durante cinco días no distinguieron siquiera un pedazo de cielo, sumidos en una penumbra lechosa, que desdibujaba los contornos, abatía el ánimo y tenía la virtud de desconcertar incluso al indio, de modo que llegó un momento en que temieron haber perdido la ruta.

Una mañana, Ramiro se levantó más temprano que de costumbre, aún oscuro, y con ayuda de las espuelas de cauchero, que no había querido abandonar en la huida, y de un grueso mecate, trepó al más alto de los árboles que se erguía hasta perderse de vista sobre las copas de cuantos lo rodeaban.

Trepó y trepó hasta no ser más que una figura perdida en el follaje, a más de cuarenta metros sobre el suelo, y allá arriba, suspendido sobre el abismo, acompañado de monos araguatos, aguardó a que saliera el sol para orientarse por él. Desde donde estaba, no distinguía más que un mar infinito de verdura, oleada tras oleada de vegetación; millones de árboles idénticos a otros millones que se extendían por aquel inacabable desierto verde.

Apareció el sol y le complació advertir que no aparecía muy lejos de donde suponía, lo que significaba que —algo desviado hacia el Suroeste— llevaba en realidad rumbo correcto.

Abajo, le aguardaban expectantes sus compañeros, aunque la mujer, tan muda o indiferente como siempre, no parecía prestar la menor atención a sus actos ni al camino que pudieran seguir. El indio, al llegar a tierra, marcó una señal en el árbol y luego indicó con el machete:

—Por allí.

Y por allí siguieron, cansados y hambrientos, hasta encontrar en su camino una enorme laguna poco profunda que tuvieron que bordear, perdiendo en ello un largo día. Tras la laguna — sucia y sin posibilidad para la pesca—, el bosque adquirió un aire fantasmagórico, y de tanto en tanto encontraron en su andar grandes palos de caucho intactos, señal de que los caucheros, pese a su ambición y ansia de goma, nunca habían llegado hasta allí. Arquímedes calculó que en los alrededores de aquella laguna había caucho suficiente como para enriquecer a una docena de hombres.

Estaba aún preguntándose por qué nadie habría venido a sacar esa goma, cuando comenzaron a encontrar en su camino serpientes y más serpientes; una infinidad tal, que se diría que de toda la Amazonia habían acudido allí a una extraña reunión, a un gigantesco congreso de ofidios.

Las había de todas clases: jacarandás, caribitos, cuama-candela, corales y falsas corales; las conocidas y por conocer, y en las altas ramas se escuchaba el ulular de las araña-monas, como si todos los animales ponzoñosos tuvieran allí su sede.

Incluso el mismo Ramiro parecía impresionado, y su andar se fue haciendo cada vez más cauteloso, hasta que se armó de un largo palo, y no avanzaba un metro sin tantear el terreno.

Ante sus bastonazos silbaban o corrían las bichas, y más de una se le tiró a las piernas. Tan sólo su vista y su agilidad le evitó resultar mordido.

Afortunadamente, pudieron salir de la zona antes de la caída de la noche, y cuando advirtieron que el aspecto de la selva cambiaba y los reptiles parecían menos numerosos, se sintieron felices, como si comprendieran que acababan de poner entre ellos y sus posibles perseguidores una barrera difícil de atravesar.

—Ahora me explico por qué esos palos están intactos —comentó El Nordestino—. No hay cauchero que se atreva a sacarles la goma.

Se volvió hacia la muchacha.

—¿A ti no te asustan las serpientes?

Claudia le miró fijamente como si no hubiera comprendido su pregunta:

—¿Serpientes? —repitió.

Arquímedes y El Gringo se miraron. Era la primera palabra que le oían en todos aquellos días. Si no fuera porque obedecía sin rechistar cuanto se le decía, hubieran llegado a pensar que estaba trastornada. Cuando tenía que andar, andaba; cuando tenía que comer, comía; y cuando le decían descansar, descansaba. Pero lo hacía de un modo automático, como si en verdad no le importara comer, andar o descansar.

Al día siguiente encontraron un arroyo que corría hacia el Sur. Lo siguieron con el agua a media pierna, hasta que comenzó a hacerse navegable y, con ayuda de los machetes, construyeron una balsa de gruesos troncos amarrados con lianas y juncos. Su aspecto no era en verdad seguro, pero demostró ser capaz de soportar el peso de los cuatro.

Se dejaron arrastrar por la suave corriente. Ahora en el río había peces, y en los árboles, monos, con lo que pudieron satisfacer su hambre. Ramiro había construido arcos, y aunque resultaba milagroso que Howard o El Nordestino lograran acertarle a cualquier cosa que se moviera, el hábil indio suplía su inexperiencia proporcionando comida al grupo. A esas alturas estaban convencidos —El Gringo el primero— de que sin la ayuda de «Poco-poco» habrían muerto de hambre, o perdidos en la jungla.

Habían recobrado parte de sus fuerzas cuando el arroyuelo desembocó en un río ancho y caudaloso que corría hacia oriente. Atracaron en la orilla, en la conjunción de ambos, y se preguntaron si sería el Marié. Por si lo era, buscaron refugio en la espesura, pues sabían que el Marié formaba parte de los dominios de Sierra, y allí, en su orilla, debía encontrarse, en alguna parte, una de sus factorías.

Ramiro desapareció y volvió al cabo de una hora: los gomeros de los alrededores estaban marcados y tenían aspecto de haber sido sangrados recientemente; no más de tres días atrás.

La posibilidad de caer nuevamente en manos de caucheros pareció inquietar a Claudia, que comenzó a dar señales de vida, o al menos, de interesarse por lo que sucedía a su alrededor. No pronunció, sin embargo, una palabra, y cuanto pudiera preocuparla se advertía tan sólo en sus gestos nerviosos y la forma en que se rascaba constantemente el dorso de la mano. A Arquímedes le apenó la muchacha, y pensó que o salían de allí, o acabaría por perder la razón.

Permanecieron dos días en el lugar, descansando, sin saber qué dirección tomar ni adónde dirigirse, ignorantes de hacia qué parte se encontraba la ranchería de la gente de Sierra.

Al atardecer de ese segundo día, Howard —que vigilaba aguas abajo— llegó corriendo para avisar que una curiara con dos hombres armados venía subiendo.

No podían ser simples caucheros, sino guardianes o gente que les venía buscando, cosa rara, pues lo probable era que allí no tuvieran aún noticias de su fuga.

Estaban consultándose sobre la forma de sorprenderlos, cuando Claudia intervino:

—Yo los haré venir a la orilla —dijo.

La miraron; comprendieron que estaba decidida y corrieron a esconderse tras borrar las huellas que hubieran podido dejar en la arena.

Claudia quedó sola, y con su cuchillo en la mano, se tendió en la orilla, cara al cielo, claramente visible desde el río. La mano que empuñaba el cuchillo la enterró ligeramente en la arena, ocultándola, y esperó.

Al poco la piragua con los dos hombres apareció en el recodo. Venían remando con acompasados golpes de canalete y tardaron en advertir la presencia de Claudia. Se diría que iban a pasar de largo, cuando uno de ellos gritó:

—¡Eh, Ciriaco! Mira eso..., parece una mujer

Rápidamente remaron hacia ella, vararon la curiara en la arena y descendieron, rifle en mano, atentos a cualquier movimiento sospechoso, con un ojo puesto en la mujer inmóvil y otro en la espesura.

Tardaron en confiarse. En su escondrijo, Arquímedes, El Gringo y el indio no se atrevían ni a respirar siquiera. Sus armas cubrían a los dos hombres, a los que hubieran dejado muertos al menor gesto, pero temían atronar el silencio de la selva con ruido de disparos. Sabían por experiencia que el estampido de un rifle llega muy lejos sobre las copas de los árboles y alerta de inmediato a todos los habitantes de la jungla.

Al fin, los hombres parecieron tranquilizarse, y mientras uno avanzaba hacia la espesura y quedaba así, muy quieto, dando la cara a los árboles con el rifle alerta, el otro se inclinó sobre Claudia.

Todo ocurrió con una rapidez que ni el mismo Arquímedes —atento como estaba a la escena— pudo advertir cómo pasó. La mano oculta de Claudia se movió, el cuchillo brilló y el hombre inclinado sobre ella quedó muerto instantáneamente con un espantoso tajo en la garganta. Claudia atenazó entonces por la espalda al que estaba en pie, y le colocó el cuchillo en el cuello. Howard gritó:

—¡No lo mates! Por favor, Claudia. No lo mates.

Y saltó sobre el desconocido, que, al sentirse amenazado, había dejado caer el arma al suelo, alzando los brazos. Poco después estaba sentado sobre la arena fuertemente maniatado con su propio cinturón, y Howard y Arquímedes se acuclillaron frente a él.

—¿Quién eres? —interrogó El Gringo.

El otro, mortalmente pálido al contemplar el cadáver de su amigo, respondió con voz temblorosa:

—Me llamo Ciriaco y trabajo en la factoría de caucho de Carmelo Sierra, El Argentino, en el Marié.

—¿Dónde queda la factoría? —quiso saber Arquímedes.

—A dos días de marcha, río abajo.

—¿Adónde iban?

—A remplazar a los vigilantes de la angostura, a un día de curiara, aguas arriba.

—¿Qué hay más allá de esa angostura?

—Nada. Monte cerrado en el que nadie ha entrado nunca. Mucho indio bravo, mucha serpiente y pocos palos de caucho. No interesa la región.

—¿Cuánto se tardaría en llegar desde allí al Japurá?

—¿Al Japurá? —El hombre parecía sorprendido, casi atónito—. No tengo ni idea. Nadie lo ha intentado nunca. Tal vez un mes; tal vez más. No sé si se puede llegar siquiera.

—¿Cuántos vigilantes hay en la angostura?

—Sólo dos.

—¿Cómo se llaman?

El hombre dudó, tenía miedo o sospechaba algo. El norteamericano sacó su machete y se lo puso ante los ojos.

—¿Cómo se llaman? —repitió.

Dionisio y Barreto. Dionisio es uno alto, flaco, calvo; Barreto es el cojo.

Howard se irguió haciendo gestos de que había terminado. Sabía lo que quería saber. Entre él y el indio agarraron al hombre por los brazos y las piernas y, pese a sus gritos y protestas, lo balancearon y lo tiraron al río.

Aunque tenía las manos amarradas a la espalda, emergió un par de veces pidiendo auxilio, pero las aguas lo arrastraron y antes de llegar a la curva había desaparecido definitivamente. El indio despojó al cadáver del otro de cuanto llevaba, lo arrastró por los pies y lo echó también al agua. Como de su garganta aún manaba sangre, pronto comenzaron a acudir las pirañas al cuerpo que se alejaba, y desde donde se encontraban, se diría que el cadáver bailoteaba como si estuviera estremecido por un ataque de tos o de risa. Luego, súbitamente, desapareció en un agua enrojecida.

Cargaron cuanto tenían en la curiara y comenzaron a navegar lentamente río arriba en la misma dirección que traían los que estaban muertos.

Al día siguiente, y tal como señalara el hombre, avistaron la angostura. Claudia y el indio quedaron escondidos en un islote, mientras Howard y Arquímedes continuaban remando tranquilamente río arriba, bien visibles para quien vigilara desde el puesto de guardia. Llegaron al embarcadero, al pie de una cabaña; vararon la curiara y comenzaron a gritar:

—¡Dionisio! ¡Barreto...!

Un rifle apareció entre unas rocas y una voz autoritaria ordenó:

—Tiren las armas. ¿Quiénes son?

—Venimos a remplazarlos —dijo Arquímedes, obedeciendo—. Somos nuevos, llegamos con Sierra en su último viaje.

—¿Dónde están Ciriaco y el «Zambo»? —inquirió la voz.

—En la tripa de las pirañas. Hace una semana que se les volcó la curiara y no se oyó hablar más de ellos.

El hombre apareció tras la roca. Ahora más tranquilo, bajó el rifle, al que puso el seguro.

—¡Perra vida ésta! —comentó—. Cuando menos lo esperas, ¡plaff!, al agua y no encuentran de ti ni los huesos.

Sus ojos recayeron en la curiara y pareció inquietarse.

—Pero ésta es la curiara de Ciriaco —comentó—. ¿No es la que naufragó?

—Piraña no come curiara —replicó Arquímedes.

El otro rió la ocurrencia y les invitó a que siguieran hasta la cabaña. Para no levantar sospechas dejaron las armas en la curiara y subieron tras él.

En la choza, el otro vigilante, Barreto, guardó el rifle con el que había estado acechando por la ventana y los saludó.

—¿Traéis algo de caña? —fue lo primero que preguntó.

—Abajo hay un barril de aguardiente del mejor —replicó Arquímedes—. Traído directamente de Manaos. Nara de «guarapo» de indio.

Barreto colgó su fusil de un clavo y, renqueante, descendió apresuradamente hacia la embarcación.

Dionisio preparó los vasos mientras comentaba:

—Hace diez días que no probamos trago. Ese Barreto, ¡cojo maldito!, es un borrachín ansioso, que se lo chupó todo la primera semana.

Volvió un instante la espalda y fue suficiente: El Gringo le tapó la boca con una mano y con la otra le insertó el machete en las costillas. El hombre quiso gritar, pero no pudo emitir más que una especie de ronquido. Se desplomó, y tal vez hubiera derribado mesa y vasos si el americano no lo sujeta por los sobacos. Luego lo dejó deslizarse suavemente al suelo. Limpió el arma y se apostó junto a la puerta.

Barreto entró feliz y renqueante, con la garrafa de aguardiente pegada a los labios y antes de que pudiera darse cuenta de lo que ocurría, antes incluso de que pudiera bajar la garrafa, había pasado a mejor vida.

Howard y El Nordestino se sentaron uno frente al otro, entre los cadáveres, y se sirvieron una copa.

—Empiezo a estar asqueado de tanta sangre —comentó Arquímedes—. ¿Cuántos llevamos ya?

—No hemos hecho más que empezar —dijo el americano—. Te lo advertí: Si queríamos salir de ésta, era pasando sobre una montaña de cadáveres. Es su vida o la nuestra.

—¿Vale la pena?

El Gringo apuró de un golpe su copa.

—¡Qué pregunta! Naturalmente que vale la pena.

Arquímedes bebió a su vez y se dirigió a la puerta.

—Voy a buscar al indio y a la chica —dijo.

Howard quedó solo. Arrastró los cadáveres y los lanzó por la pendiente hacia el río. Uno cayó al agua; el otro quedó a mitad de camino, colgando de una rama.

Decidieron quedarse allí ese día. Claudia —aunque no se quejaba— parecía fatigada, y a todos les convenía un descanso. Encendieron fuego sin miedo, y por primera vez desde hacía tiempo pudieron cocinar algo caliente.

A la mañana siguiente, muy temprano, el indio salió a explorar; a buscar el camino que pudiera llevarlos más fácilmente hasta el lejano Japurá.

Arquímedes quiso acompañarle, y emprendieron juntos la marcha casi a oscuras aún, mientras Howard y Claudia continuaban durmiendo.

Cuando El Gringo despertó, la muchacha preparaba el desayuno. La saludó, pero sus «buenos días» no tuvieron más respuesta que una ligera inclinación de cabeza. Concluido el desayuno, El Gringo pasó el resto de la mañana tumbado sin hacer otra cosa que fumar el fuerte y negro tabaco que habían encontrado en la cabaña. Estaba satisfecho. Tenían provisiones y armas; le había quitado a uno de los muertos un hermoso revólver de grandes cachas blancas, y era libre. Sabía que le quedaba un largo, larguísimo camino, con infinidad de penalidades, hasta alcanzar nuevamente tierra civilizada, pero se sentía capaz de afrontarlo todo y quizás algún día pudiera regresar a Manaos, a ajustarle las cuentas a aquel hijo de perra de Sierra. Pensándolo bien, estaba convencido de que volvería a Manaos, aunque ahora huyera de la ciudad maldita. Había algo en él que le impedía escapar definitivamente. Tal vez tuviera que dar la vuelta al Continente; tal vez volvería antes a su propio país, donde ya se habrían olvidado de él, pero fuera como fuera, tomaría nuevamente el camino de Manaos. Él, Howard, El Pelirrojo, no era hombre que olvidara, y hasta el presente no se podía decir que ninguno de sus enemigos siguiera con vida. Dejar vivir a Sierra sería un síntoma de cobardía, una primera señal de decadencia, de que se volvía viejo, y Howard no quería que eso ocurriera.

Mientras fumaba y seguía hundido en sus pensamientos, su mirada estaba fija, aunque distraídamente, en las idas y venidas de Claudia, que andaba trajinando por la cabaña, preparando el almuerzo y acondicionando en macutos las provisiones que habrían de llevarse al día siguiente. Luego advirtió que recogía toda la ropa sucia y bajaba al río.

Cuando el americano decidió despegarse del «chinchorro», el sol estaba muy alto y afuera hacía calor. El río, quieto, tranquilo en el remanso, brillaba, y en la orilla encontró las ropas de Claudia y una camisa puesta a secar.

Descendió hacia el río y buscó con la mirada a la muchacha. Al fin pudo distinguirla en el más escondido recodo, bañándose. No había advertido su presencia, y con el agua a la cintura se enjabonaba el pecho y la espalda. El blanco y hermoso cuerpo, los senos bien formados y los redondos brazos alzados trajeron al Gringo recuerdos de los que había preferido prescindir en mucho tiempo.

Cayó en cuenta de lo hermosa que era y del tiempo que hacía que no tocaba a una mujer.

Cuando Claudia lo vio, estaba ya detenido al borde del agua, muy cerca, junto a sus ropas. No pareció alarmarse, ni trató de ocultar su desnudez. Terminó de bañarse, se echó hacia atrás el cabello mojado y salió del agua.

Al pasar junto a Howard, chorreando aún, él la tomó del brazo y la obligó a detenerse.

—Claudia.

Ella lo miró. No dijo nada, ni en su rostro había expresión alguna. Tan sólo aquella mirada perdida e indiferente, que parecía su única expresión desde que Sierra la entregara a los caucheros. Howard se sentía confuso, como si advirtiera que iba a cometer un grave error.

—Claudia —dijo nuevamente—, Claudia, yo...

Al fin se decidió:

—Hace más de un año que no toco a una mujer. Desde que salí de Manaos. Te recuerdo. Te recuerdo, y...

No sabía qué decir. La inexpresividad de la muchacha lo desconcertaba. Buscaba desesperadamente las palabras:

—Fuimos muy felices, ¿verdad? Podríamos volver a serlo.

Suavemente tiró de ella y la obligó a tenderse en la arena, junto a la ropa. Se sentó a su lado.

—Ven, por favor —pidió—. Imaginemos que nada ha ocurrido, que todo es como entonces...

Extendió la mano y le acarició el rostro y el

cabello. Luego descendió hasta el pecho y, al sentirse tocada, Claudia dio un salto, buscó en sus ropas, y el cuchillo apareció amenazador. Howard se echó hacia atrás. Claudia avanzó hacia él y le colocó el cuchillo ante los ojos. Su mirada no era ahora indiferente; había un extraño brillo en ella, como una fiebre o un deseo. Howard retrocedió nuevamente y sintió que sus pies se mojaban. Estaba entrando, de espaldas, en el río. Al fin —con el agua a media pierna— se detuvo avergonzado. Se daba cuenta de lo ridículo de su situación y decidió no retroceder más, pasara lo que pasara.

Claudia se detuvo también. Por unos instantes se diría que iba a adelantar el brazo armado y apuñalarle, pero dio media vuelta, recogió sus ropas y se alejó hacia la cabaña.

Howard, con el agua casi por los muslos, la vio marchar. Al fin suspiró y se zambulló en el río como si eso pudiera librarle de la tensión.

Cuando Arquímedes y Ramiro regresaron, contó lo ocurrido.

—Será mejor que la dejemos tranquila —concluyó—. La creo capaz de degollarnos. Esa chica no está en sus cabales.

—Con el tiempo se recuperará —dijo El Nordestino.

Howard lo miró con gesto de incredulidad.

—Por lo que a mí se refiere —comentó—, no voy a comprobarlo. Lo que quiero es no volver a verla desnuda.

CAPÍTULO VI

Emprendieron el camino hacia Japurá, convencidos de que les aguardaban largos y pesados días de marcha.

No había, desde las fuentes del Marié, trocha o sendero alguno señalado, ni rastro de ser humano civilizado o salvaje. Cuando, de tanto en tanto, encontraban algo que parecía camino, no eran más que pasos abiertos por las dantas en su constante vagar por la selva huyendo de los jaguares.

Normalmente, el indio Ramiro iba delante, abriendo brecha con su machete, y cuando el sudor comenzaba a chorrear por su cuerpo, señal de que se encontraba fatigado —pues por lo común jamás sudaba—, Howard y El Nordestino lo remplazaban.

Apenas clareaba, a las seis en punto de la mañana, se ponían en pie, Claudia preparaba el desayuno, y media hora después estaban en marcha. Caminaban durante cinco horas con alguna ligera interrupción para descansar o cazar si llegaban a algún árbol en que abundaran los loros o monos.

y al mediodía se detenían a preparar la pieza capturada. Procuraban no tener que echar mano de sus escasas provisiones: la harina, el «papelón» y la cecina que habían quitado a la gente de Sierra. El único gasto que se permitía era el de sal, azúcar y café, pues eso no podía sustituirse en la jungla.

Nunca paraban más de media hora para comer, y reanudaban la marcha hasta la caída de la tarde, las seis en punto también, cuando —bruscamente— comenzaba a oscurecer. Sabían entonces que tenían el tiempo justo para buscar un claro, colgar los chinchorros y encender una hoguera para preparar la cena.

Los días en que se atravesaba una danta o un capibara en su camino y Ramiro alcanzaba a abatirlo, era fiesta grande a la hora de la cena. Podían atiborrarse de carne y aún tenían la seguridad de almuerzo al día siguiente.

Cuando la comida escaseaba, escaseaba para todos, y en eso Claudia se mostró inflexible. No permitía trato de favor; ella misma hacía las particiones, y con frecuencia la suya era la menor. Si intentaban darle cuando no había para los demás, lo dejaba sin tocar, y prefería que se desperdiciara a comerlo.

Día a día adelgazaba y se endurecía a ojos vistas. Vestía un viejo pantalón, camisa y botas de cauchero, y llevaba el pelo recogido bajo un sombrero de ala corta. Cargaba con su macuto y su chinchorro, y, aparte de su escondido cuchillo, jamás se separaba de un afilado machete de gomero. No le impresionaban arañas, ni serpientes, ni aun el rugido del jaguar en la espesura, y aunque los mosquitos parecían cebarse en ella con preferencia sobre sus compañeros, apenas hacía gesto para espantarlos. Había días en que sufría tanto sus ataques que en las noches tenía el rostro hinchado y tumefacto. Pese a ello, jamás lanzó una queja ni un suspiro, aunque Arquímedes y El Gringo constantemente renegaban y maldecían de los insectos.

Poco a poco, los dos hombres se fueron acostumbrando a tratar únicamente entre sí, como si marcharan solos. Ramiro hablaba menos cada día, y a Claudia habían desistido de sacarle una palabra.

Tampoco eran ellos, en realidad, demasiado habladores, y sus conversaciones se limitaban a comentar las pequeñas incidencias del día y hacer cálculos sobre dónde se encontraban y cuánto podrían tardar aún en llegar a Japurá.

Los días de marcha se hicieron tan iguales y monótonos que perdieron la cuenta y llegó un momento en que el caminar se convirtió en algo automático, como si no hubieran hecho otra cosa en la vida; como si estuvieran condenados a andar eternamente por aquella verde espesura.

Una noche, Arquímedes sintió que Claudia se agitaba y gemía quedamente en su chinchorro, y a la mañana siguiente le asombró su extremada palidez. Quiso saber si le ocurría algo, pero obtuvo la muda respuesta de siempre. Sin embargo, a la media hora de camino, la muchacha cayó de bruces y no pudo dar un paso. Rápidamente tendieron su chinchorro entre dos árboles y la acostaron, pero por más que quisieron saber lo que sucedía, no obtuvieron contestación. Fue el indio quien, apartándolos unos metros, lo aclaró.

—Ramiro lo sabe —dijo—. Ramiro cree que, hasta anoche, este camino no lo andábamos cuatro sino cinco, pero ya nuevamente somos cuatro.

Arquímedes trató de comprender lo que el indio quería decir. Al fin recordó los lamentos de la noche antes y cayó en la cuenta. Involuntariamente un escalofrío le recorrió la espalda.

—Pero eso es una bestialidad —exclamó—. Si estaba embarazada, ¿cómo ha podido callarlo tanto tiempo...?

—Tal vez se sentía avergonzada —comentó Ho-

ward—. No podía saber de quién era hijo. Probablemente de uno cualquiera de los caucheros.

—Pero ella no tiene la culpa...

—Las mujeres son muy raras. A veces se cul-
pan de lo que no deben.

—¿Y ahora qué vamos a hacer? —quiso saber
El Nordestino—. Si seguimos la marcha, morirá.

El indio intervino:

—Ramiro buscará un lugar para montar el
campamento. Ramiro piensa que no tenemos prisa si encontramos caza.

—Está bueno, indio —señaló El Gringo—. Ve
a buscar un lugar. Nosotros cuidaremos de ella.

El indio desapareció entre los árboles. Los
otros volvieron junto a la enferma, que, al verles,
trató de incorporarse. La obligaron a echarse suavemente y tomaron asiento a su lado.

—¿Cómo te encuentras? —quiso saber Arquímedes.

Claudia no contestó, según su costumbre, pero
pudieron advertir que lloraba silenciosamente.
Fue el único gesto femenino que El Nordestino
le había visto hasta el momento, y sería el único
que le vería nunca.

Cuando Ramiro regresó, anunciando que había
encontrado el lugar apropiado, cortaron una gruesa rama y, colgando de ella el chinchorro de la
enferma, se turnaron en llevarla hasta el punto
elegido por el indio.

El lugar, sin constituir un enclave ideal, era,
según Ramiro, lo mejor que podía encontrarse por
los alrededores. A la orilla de una pequeña laguna —más bien una gran charca sucia y poco profunda— se abría un claro, y en una de sus orillas
un espacio que tuvieron que ensanchar a machetazos. En unos árboles vecinos chillaban los capu-
chinos, y eso quería decir que, con suerte, tendrían comida.

Ramiro volvió a alejarse para regresar al poco
tiempo con unas hierbas, y preparó un brebaje

que hizo beber a Claudia. Ésta, en cuyo rostro podían leerse los dolores por los que estaba pasando, lo tomó sin rechistar y poco después dormía.

Cuando hubieron terminado de cenar y se dispusieron a acostarse, el indio comentó:

—Ramiro cree que esta noche deberíamos montar guardia y dejar el fuego encendido. Ramiro está preocupado por la mujer, pero también está preocupado por esa charca. No le gusta.

El Nordestino y Howard se miraron. No ignoraban que, por las noches, cuando más profundo parecía el sueño del indio, éste estaba siempre en semivela y el menor ruido, cualquier rumor de la selva, los silenciosos pasos de una fiera que se aproximara, le ponían en pie, pronto a la defensa. Se habían acostumbrado a esa vigilancia, como el cazador que duerme con el perro a la puerta.

—¿Qué puede haber en esa charca? —quiso saber Arquímedes.

—Ramiro no lo sabe —respondió el indio—. Pero si es lo que sospecha, Ramiro prefiere estar despierto.

—¿Pero qué? —insistió Howard.

—Ramiro piensa en güio que puede estar durmiendo en el fondo.

El Nordestino sintió que se le ponían los pelos de punta. El güio del indígena, la temible anaconda de la Amazonia, era el animal que más espantaba, no sólo al Nordestino, sino a la mayoría de los habitantes de la selva. El jaguar acecha, la serpiente envenena, pero el güio —cuando sale de su letargo en el fondo de las aguas y tiene hambre— puede matar de miedo sólo al verlo.

Howard se puso en pie y paseó nervioso.

—¿Por qué nos has traído aquí? —preguntó malhumorado—. ¿Crees que vamos a dormir con semejante vecindad?

—Ramiro no está seguro de que el güio viva aquí abajo —replicó el indio—; Ramiro tan sólo toma precauciones. Si Ramiro supiera que el güio está bajo el agua, Ramiro correría toda la noche.

Arquímedes estaba realmente molesto. Decían que la mayor anaconda capturada nunca había sido cazada en la Amazonia colombiana y medía más de nueve metros, pero historias de caucheros aseguraban que selva adentro, en regiones que jamás había visitado hombre blanco alguno, vivían anacondas de trece y hasta quince metros, capaces de devorar a dos hombres. Y la región en que se encontraban era de las que jamás había visitado hombre blanco alguno. ¿Podría esconderse en aquella charca una anaconda de quince metros? Si era así, ¿cómo iban a hacerle frente con sus tristes machetes y sus rifles? Un güio de ese tamaño se reía de machetes y balas. Un güio de ese tamaño era capaz de tragárselos con rifle y todo.

Su antiguo compañero, Federico Contímano, aseguraba haber visto una vez, en el alto Madeira, cómo una de esas gigantescas serpientes de agua devoraba a dos caucheros que nadaban en el río: «Súbitamente el monstruo apareció junto a ellos —le había contado más de una vez—. Los miró fijamente, y ninguno —a pesar de que eran tipos bragados y con fama de valientes— fue capaz de hacer un solo gesto, como si realmente los hubiera hipnotizado, según cuentan que hacen los güios con sus víctimas. Los que estábamos en tierra comenzamos a gritarles, pero ellos dejaron de nadar, permitieron que la bestia se les acercara sin dejar de mirarles, y se fueron con ella al fondo. Poco después apareció en el agua una inmensa mancha de sangre, y te juro que desde ese día no he vuelto a bañarme.»

Recordando a Contímano, Arquímedes cayó en la cuenta de que, realmente, el cauchero había cumplido lo que dijo. En aquel mundo de cerdos de la cauchería, él tenía fama de sucio.

Sortearon las guardias. A Howard le correspondió la primera, a Arquímedes la siguiente, y a Ramiro la última, hasta el amanecer. Rodearon el minúsculo campamento de hogueras que ahuyentan a los mosquitos con su humo y a las bestias con su fuego, pero pese a ellas, y pese a la confianza que Arquímedes le tenía al americano, le costó gran esfuerzo conciliar el sueño, atento como estaba a los menores ruidos que vinieran de la charca. El chapotear de un pez le hizo dar un salto en el chinchorro, como si realmente la anaconda hubiera hecho su aparición. Howard, sentado sobre un tronco, con el rifle entre las piernas, le miró y sonrió burlón:

—Duerme, Nordestino, duerme, que no dejaré que te engulla.

Lo hizo, pero su sueño estuvo colmado de pesadillas; de enormes serpientes que le enroscaban el cuello, de pieles escamosas, de viscosas babas que le cubrían, y cuando el americano lo agitó para avisarle que había llegado su turno de guardia, estuvo a punto de soltar un grito.

Howard le entregó el rifle y se dirigió a su chinchorro.

—No te duermas ahora —respondió—. O nos meriendan a todos.

—¿Has visto algo? —quiso saber El Nordestino.

—Si hubiera visto algo, los gritos se oyen en Manaos.

Se tumbó, y al instante empezó a roncar. Arquímedes se sintió súbitamente solo y recordaría siempre aquella noche como una de las más desagradables de su vida. Trató de animarse con la idea de que si había una anaconda, tal vez fuera pequeña: un ridículo bicho de cinco o seis metros, del que se pudiera dar cuenta fácilmente, pero las leyendas de monstruos gigantescos revoloteaban en su imaginación, haciéndole concebir serpientes no ya de quince, sino de treinta metros, acechando sobre su cabeza, dispuestas a dejarse caer sobre él desde aquellos altos árboles cuyas copas se perdían en las sombras a cuarenta metros del suelo.

Al poco comenzó a llover, y el rumor de la lluvia en las ramas, en las hojas, en el suelo, cubrió todos los demás ruidos de la selva e impidió distinguir uno de otro.

Buscó el único impermeable que tenían y cubrió con él a Claudia. Estaban acostumbrados a dormir bajo la lluvia y despertar empapados, pero suponía que en su actual estado, presa de la fiebre, el agua podía matarla. La observó con detenimiento; dormía, pero su sueño era inquieto, entrecruzado de gemidos.

Le dio pena. Siendo mujer soportaba peor las calamidades que estaban pasando. Unido a sus sufrimientos de los últimos tiempos, no debía extrañarse de su hostil actitud. Aunque trataban de demostrarle que eran sus amigos, que nada debía temer de ellos, resultaba difícil que, a aquellas alturas, Claudia pudiera confiar en nadie.

Quizá si lograban salir con bien de la aventura, podría encontrar un camino más fácil en la vida.

Desde Quito no le resultaría difícil regresar a Caracas. Tal vez dentro de algunos años todo aquello —incluso ellos mismos— no sería para Claudia más que un amargo recuerdo, una lejana pesadilla.

La anaconda no acudió tampoco a la cita durante la guardia de Arquímedes, y cuando despertó al indio para que lo remplazara, comentó:

—Nos asustaste tontamente. El güio no apareció.

—Güio come siempre al amanecer —dijo el indio repitiendo un dicho de la selva—, Ramiro lo esperará.

Aquello tuvo la virtud de volver a inquietar al Nordestino, que ya se había tranquilizado. Cuando se metió en el chinchorro lo volvieron a asaltar los mismos sueños, y cuando despertó —ya en pleno día—, lo hizo maldiciendo al indio por la mala noche que le había hecho pasar.

Eso pareció ofender a Ramiro, que, apenas concluido su frugal desayuno, desapareció en la espesura.

Howard y Arquímedes comenzaban a preguntarse adónde habría ido, cuando reapareció para conducirlos a un extremo de la laguna, allí donde en un rincón de aguas poco profundas aparecía enroscada sobre sí misma la anaconda que el indio presintiera.

Debía medir de siete a ocho metros, aunque resultaba difícil calcularlo por su posición, y se encontraba en período de letargo, bien cebada. La parte central de su cuerpo aparecía mucho más gruesa que el resto, señal de que aún estaba digiriendo su última captura.

La observaron largo rato, felices de saberla inofensiva, pero aun con el convencimiento de que pasarían semanas antes de que pudiera volverse peligrosa nuevamente, prefirieron no tener en las cercanías del campamento semejante vecindad. Armados con sus machetes, procurando no herirse el uno al otro, se introdujeron en el agua y en pocos instantes despedazaron al güio, que no hizo gesto alguno para defenderse. Se limitó a dar tres coletazos, inundar de sangre la charca y morir.

Tranquilos con respecto a la anaconda, permanecieron cinco días en aquel lugar, a la espera de que Claudia mejorase.

En un principio tuvo fiebres altas, pero poco a poco se fue recuperando lo suficiente como para que el sexto pudieran reemprender la marcha aunque mucho más lentamente y tomando frecuentes descansos.

Nadie se atrevió a comentar ante ella lo ocurrido, y, por su parte, continuó sumida en el silencio, como si nada hubiera pasado. Únicamente parecía molesta por haberlos obligado a retrasarse, e intentaba por todos los medios que no se detuvieran, queriendo demostrar que no se sentía fatigada, pese a que en ocasiones su rostro lo acusara.

Al cuarto día salieron a una trocha abierta en la espesura que Ramiro estudió con ojo crítico. Anduvo largo rato arriba y abajo, y al fin comentó:

—Ramiro cree que conduce a un poblado indígena. Ramiro no piensa que por aquí hayan pasado caucheros. No hay señales de zapatos.

—¿Qué clase de indios? —quiso saber Howard.

—Ramiro no lo sabe.

Decidieron atravesar el camino, procurando no dejar sus huellas en él, y se internaron de nuevo en el monte tupido. Sin embargo, a todo lo largo del día fueron apareciendo nuevas señales de vida humana, hasta que el indio, venteando el aire como un perro de caza, dijo:

—Ramiro huele humo.

Ni Howard ni El Nordestino advertían lo más mínimo, pero sabían que desgraciadamente el hombre blanco había perdido facultades que el salvaje conservaba.

Éste se calzó las espuelas de cauchero, enlazó un árbol alto con la gruesa cuerda y trepó con agilidad hasta la copa.

Permaneció allí un rato, y cuando descendió parecía inquieto.

—Ramiro ha visto los humos de un poblado —dijo—. A dos horas de marcha, tal vez tres.

—¿Es grande?

—Hay más humos de los que Ramiro sabe contar. Muchos.

Eso no aclaraba gran cosa. Para la mayoría de los indios amazónicos, los números se limitan a uno, dos y tres. Luego ya todos son muchos. Resulta muy difícil acostumbrarlos a contar, y Arquímedes lo sabía. Pedir que Ramiro fuera una excepción, era pedir demasiado. Decidió calzarse él mismo las espuelas y subir. Efectivamente, había muchos fuegos, tal vez quince, tal vez más. Si era un campamento cauchero, no cabía duda de que en aquel momento estaban cuajando goma. Pero habían advertido que los gomeros que encontraban en su camino estaban intactos. Se trataba de un poblado indígena y resultaba aventurado aproximarse a averiguar si se trataba de amigos o salvajes.

Descendió, y decidieron alejarse de allí sin hacer notar su presencia. Se internaron por la zona más tupida, procurando no hacer ruido, y Ramiro, que abría la marcha, se detenía de tanto en tanto a escuchar. En un momento dado, les pareció oír voces lejanas, pero no podían asegurar si eran humanas o si se trataba de loros que disputaban en las copas de los árboles.

Cuando oscureció, se encontraban lejos del poblado, y eso los tranquilizó. Aun así, se abstuvieron de encender fuego y se acostaron con el estómago vacío.

El despertar resultó desagradable. Cuando Arquímedes sintió que agitaban el chinchorro, en lugar del familiar rostro de Ramiro se encontró frente a un barbudo y hosco desconocido que le apuntaba con un rifle. Se alzó de un salto y fue para advertir que ocho o diez tipos más, todos armados, se habían apoderado del campamento.

—Vaya —dijo uno de ellos—. Veníamos buscando indios y cazamos pájaros blancos. Yusufaki se va a poner contento. ¿Quiénes son?

El cerebro de Arquímedes trabajó con rapidez:

—Gente de Sierra, El Argentino —replicó—. Andamos a la búsqueda de nuevas tierras para abrir una factoría.

—¿Gente de Sierra? —comentó el que hablara primero y parecía dirigir el grupo—. No tienen aspecto de buscar caucho, sino de «picureados»...

De pronto cayó en la cuenta. Se volvió a sus compañeros:

—¡Oye! ¿No serán éstos los que organizaron la carnicería allá en el Curicuriarí?

Los hombres parecieron interesarse; los observaron con detenimiento y un cierto recelo.

—La descripción concuerda —dijo uno de ellos—. Un brasileño, una mujer y un indio.

—¿Y el pelirrojo? —inquirió el otro.

—Debe ser al que daban por muerto y que se había fugado antes.

—¡Mira dónde han ido a caer los pajaritos! —exclamó de nuevo el que mandaba—. Medio mundo buscándolos por Colombia y Venezuela, y ellos aquí, a orillas del Japurá.

A punta de fusil los obligó a ponerse en pie.

—¡Vamos, vamos! —ordenó—. Al Turco le alegrará verles.

CAPÍTULO VII

Howard había conocido al turco Yusufaki en Manaos. No era propiamente un traficante de caucho sino, sobre todo, un traficante de hombres. Al frente de su banda, un escogido grupo de los peores desalmados del río, recorría la Amazonia asaltando poblados indígenas y capturando trabajadores que luego vendía a los patronos caucheros. Se decía que durante sus *razzias* no desdeñaba tampoco asaltar alguna factoría aislada, asesinar a cuantos encontraba y apoderarse del caucho almacenado. Se las ingeniaba entonces para simular que había sido un ataque de los salvajes y descaradamente se ofrecía luego como pacificador de la región.

Se conocían, sin embargo, sus actividades, y él mismo no dudaba en reír de sus gracias en público, sin preocuparse de esconder sus crímenes, sabiendo que —por temido— nadie se atrevería con él.

Aún existía mucha gente en Manaos que lo recordaba cuando no era más que un pobre vendedor de baratijas que merodeaba por el puerto y la ciudad flotante, con su cómico acento en el que todo parecía hablarlo con la «B», y aspecto tan inofensivo que nadie hubiera podido sospechar, jamás, el extraordinario criminal que llevaba dentro.

Se decía que una noche tropezó en una callejuela oscura con un cauchero borracho que venía de vender su «jebe» y tenía la bolsa repleta de esterlinas de oro. Con una de las mismas navajas que vendía, Yusufaki lo asesinó, y días más tarde comenzó a contratar con ese dinero a cuanto maleante sin trabajo pululaba por las tabernuchas del puerto.

Los armó, equipó una expedición y se aventuró Madeira adelante, hasta las fuentes mismas del Marmelos, de donde regresó con un centenar de fuertes indios, que vendió a Saldaña.

Desde entonces su «negocio» había ido viento en popa, y en la actualidad —sin poder equipararse en poderío a los grandes caucheros— poseía no obstante una considerable fortuna.

Se había hecho edificar, en una de las colinas que dominan a Manaos, un palacete de estilo árabe, decorado con azulejos, traídos directamente de Estambul, de donde decían, también, que había mandado traer a cuatro de las mujeres y uno de los muchachitos que formaban su harén.

Y ahora estaba allí, tumbado en un chinchorro bajo una gran carpa de lona, contemplando divertido a los cuatro «pájaros» que acababan de cazar sus hombres.

—¡Caramba, Howard! —exclamó—. Nunca creí que volvería a ver esa panocha que tienes por pelo. ¿Cómo tú por estos rumbos?

Howard guardó silencio y se limitó a mirarle despectivamente. Yusufaki no pareció ofenderse por ello. Se volvió a Claudia.

—¿De modo que tú eres Claudia, la paloma que Sierra guardaba tan celosamente? No eres para tanto. Cualquiera de mis chicas te supera, ¿verdad, muchachos?

Los «muchachos» rieron a coro, aunque no sabían de qué, pues El Turco jamás les había permitido ver a sus chicas. Tan sólo conocían a una —la negra Mara—, gorda ex prostituta de los peores barcos de la ciudad flotante, y en verdad no podía decirse que Mara fuera ninguna maravilla. Si las demás eran de su estilo, el harén de Yusufaki debería resultar desagradable, sin contar los muchachitos, a los que El Turco parecía muy aficionado.

Cuando vio que esta vez tampoco obtenía respuesta se encogió de hombros:

—Bien —dijo—. Tú y yo hablaremos a su tiempo. Ahora tendrán que acompañarnos. Espero que Sierra me pague bien por ustedes. Tengo entendido que allá, en el Curicuriarí, hicieron una escabechina con su gente.

Howard intervino:

—¿Por qué te metes en esto? Es algo entre Sierra y nosotros.

—Yo no estoy de un lado ni de otro. Soy neutral, pero han caído en mis manos y Sierra tiene dinero. Si fuera al revés, yo vendería a Sierra, lo prometo. No es nada personal. Cuestión de negocios.

Luego se volvió a sus hombres:

—¡Buen trabajo, muchachos! Átenlos y que nos sigan.

No se hicieron repetir la orden, y poco después Arquímedes, Howard y Ramiro avanzaban —fuertemente maniatados— en el centro de la columna que encabezaba El Turco, a cuyo lado iba Claudia.

Emprendieron el camino hacia el poblado indígena que habían dejado atrás, dirigidos por un indio renegado de raza atroarí que parecía conocer bien todos los senderos de la selva. De tanto en tanto desaparecía dejando inmóvil al grupo, para regresar al poco tiempo con instrucciones concretas sobre el camino a seguir.

La marcha era muy rápida, y de ese modo, al atardecer, volvió Ramiro a sentir el olor a humo, y estaba oscureciendo cuando el atroarí hizo un gesto para que se detuvieran.

Debían estar muy cerca del poblado, pues Yusufaki ordenó que se guardara silencio y no se encendiera fuego para cenar, comiendo de las provisiones secas que llevaban.

No hubo sin embargo cena alguna para los prisioneros, que fueron arrojados al suelo de cualquier manera sin que se les aflojaran siquiera las ligaduras.

Pronto se hizo noche cerrada, y allí tendido, sin alcanzar a ver sus propias manos, Arquímedes maldijo su suerte.

Por primera vez desde que los capturaron los hombres de Yusufaki, podía meditar en su situación y las consecuencias que esa captura traía aparejadas. No se hacía ilusiones: El Turco los vendería a Sierra, y era preferible no imaginar lo que Sierra haría. Le habían matado —si no recordaba mal— nueve hombres, entre ellos a su capataz Joao, y todos sabían cuánto cuesta un fiel servidor en Amazonia. La muerte era lo más dulce que podía esperarse del Argentino, pero esa muerte no sería, en verdad, tan rápida y cómoda como El Nordestino hubiera deseado.

—Nos han fregado, Gringo —comentó en un susurro.

El norteamericano, en posición tan incómoda como él, se volvió para aproximarse.

—Cuando nos lleven por el río, a la menor ocasión que tengas, salta al agua y que te acaben las pirañas. Siempre será mejor que caer en manos de Sierra.

—No me gustan las pirañas —replicó Arquímedes.

—A mí tampoco, viejo —admitió el americano—, pero lo pienso hacer. No dejaré que ese cerdo argentino me ponga la mano encima.

—Ramiro piensa que es muy largo el camino hasta Manaos. Ramiro cree que siempre hay una esperanza —intervino el indio.

—Ramiro a veces es un pendejo —comentó El Gringo—. Ramiro no conoce a Sierra como lo conozco yo.

Uno de los guardianes se aproximó y, a patadas, los obligó a callar.

—Si rechistan, los corto. Van a despertar a todos los salvajes de los alrededores.

Guardaron silencio. Poco después el campamento dormía, y cuando alguien roncaba, los vigilantes lo hacían callar a golpes. En la oscuridad, Arquímedes no pudo averiguar dónde estaba Claudia, pero se tranquilizó sabiendo que El Turco había colgado su chinchorro cerca y dormía desde que oscureció.

Aún faltaba mucho para amanecer cuando ya la montonera estaba en pie, y a tientas casi, avanzaba hacia el poblado, dirigida por el rumbero atroarí.

Arquímedes se dijo que era el momento oportuno para escapar, pero tanto él como Howard y el indio iban fuertemente sujetos por un vigilante. Estaba convencido de que al menor intento de fuga habría acabado a machetazos.

Cuando comenzaba a clarear, ya se encontraba el grupo en las lindes del poblado. No se distinguía el menor movimiento, y los desprevenidos indígenas parecían ajenos al peligro que se aproximaba.

El Turco dio unas órdenes en voz baja y sus hombres se distribuyeron alrededor de las cabañas, ocultos aún por la espesura. Luego, encendieron las antorchas que tenían preparadas y a una señal de Yusufaki echaron a correr y las lanzaron a los tejados de paja, prendiendo fuego a las cabañas. Ordenadamente, como si fuera algo que tuvieran muy estudiado y bien aprendido, retrocedieron nuevamente y quedaron formando un círculo, rifle en mano.

Al poco, de las cabañas empezaron a salir indios desnudos que tosían y gritaban. Había hombres, mujeres y niños, pero abundaban principalmente los últimos. Yusufaki disparó al aire, y sus hombres lo imitaron. Fue entonces cuando los indígenas se dieron cuenta de la presencia de los blancos y trataron de escapar hacia la selva.

La tropa les impidió el paso a culatazos, y cuando alguno se escabullía, no dudaban en disparar sobre él. En pocos minutos el poblado se volvió un verdadero infierno, con las chozas convertidas en hogueras, gente que corría, heridos que gritaban y cazadores de esclavos que aullaban y disparaban sin tregua.

Desde el bosque, Arquímedes, Howard y Ramiro, junto a Yusufaki y Claudia, contemplaban el espectáculo.

Media hora después, del poblado no quedaban más que cenizas, y sus habitantes —los que no habían muerto o estaban a punto de hacerlo— se encontraban maniatados con sólidas sogas, tendidos en el suelo, a los pies del grupo, que, a patadas, los obligaba a erguirse.

Yusufaki iba de un lado a otro observando a los indígenas.

—¿Cómo es posible? —estalló al fin—. Aquí no hay más que ancianos, mujeres y niños. ¿Qué voy a hacer con esta porquería? ¿Dónde están los hombres? ¿Dónde están los guerreros?

El rumbero atroarí se aproximó solícito y, acuclillándose junto a un anciano, empezó a interrogarlo en su lengua. El otro se negó a responder. El atroarí, con toda calma, alzó el machete y le abrió la cabeza de un solo tajo. Luego fue a arrodillarse frente a otro anciano y lo interrogó a su vez. El viejo contempló unos instantes el cadáver de su vecino y comenzó a hablar con rapidez. El atroarí se puso en pie y se volvió a Yusufaki:

—Los guerreros salieron hace cuatro días para una gran partida de caza. Hay una manada de dantas en las lagunas del Norte. Fueron a buscarla. No sabe cuándo regresarán.

Yusufaki comenzó a dar voces. De una patada alcanzó al atroarí y lo mandó rodando sobre los esclavos.

—¡Pedazo de idiota! —gritó—. ¿No pudiste darte cuenta? ¿Qué hacemos ahora? Tenemos una manada de inútiles, y todos los guerreros de la tribu sueltos por ahí. Si regresan, tendremos problemas. ¡Rápido! —ordenó a su gente—. Intentemos llegar al río cuanto antes.

A culatazos, la montonera obligó a los indios a levantarse y enfilaron el camino de regreso, no a través de la espesura, sino aprovechando los senderos existentes.

Arquímedes, Howard y Ramiro fueron agregados a la larga fila. Al advertir que también eran prisioneros, los indígenas los miraban con sorpresa.

El rumbero atroarí abría la marcha. Le seguía Yusufaki, a cuyo lado iba Claudia y la columna de esclavos vigilados por media docena de guardianes. Cerraban la marcha los demás hombres del Turco, que no cesaban de volverse. Uno de ellos comentó nervioso:

—La humareda de esas chozas y los disparos habrán puesto sobre aviso a todos los indios de los alrededores.

Como si sus palabras hubieran sido proféticas, se escuchó el sonar de un tambor de madera. Su llamada era áspera, inquietante. Ramiro prestó atención y se volvió a Arquímedes, que marchaba tras él.

—Ramiro cree que pronto tendremos compañía. Piensa que El Turco va a tener problemas.

El Turco también había oído el resonar del tambor. Desde la cabeza de la columna gritó histéricamente:

—¡Vamos! ¡Vamos! ¡Rápido! Muevan a esa gente. ¡Usen los látigos!

Sus hombres no necesitaban más que esa orden, y los látigos salieron a relucir, restallando una y otra vez sobre las espaldas de los pobres indios, que tropezaban y caían en su deseo de marchar tan rápidamente como se les ordenaba.

Un indiecito de no más de tres años tropezó y cayó, y habiéndose hecho daño, quedó tendido. Su madre, al advertirlo, trató de volver atrás en su busca, pero, al hacerlo, retrasó a cuantos iban unidos a ella. El guardián que tenía más cerca la golpeó con el látigo, obligándola a que continuara, mas, insensible, la india hizo esfuerzos por volver junto a su hijo. Visto que no podía detenerla, el guardián se limitó a montar su rifle y disparar sobre el chiquillo, que dio un salto en el aire y quedó muerto. Luego el hombre empujó a culatazos a la india, que continuó su marcha, aunque volvía una y otra vez el rostro a contemplar el cadáver.

A la vista de la escena, las restantes indias se apresuraron a cargar con sus hijos, y Claudia vino atrás, a tomar en sus brazos a un chiquillo. Los indios parecían sorprendidos por su ayuda.

Arquímedes indicó a una india que tenía a su lado que le cargara a la espalda a uno de sus hijos, y tanto Howard como Ramiro lo imitaron.

Debían haber recorrido ya más de la mitad del camino cuando El Turco hizo un gesto que obligó a detenerse a la columna y guardar silencio. El rumbero atroarí prestaba atención, y tanto los salvajes como Ramiro parecían muy atentos a los sonidos de la selva, como si quisieran captar algo negado a los blancos. Un pájaro gritó a lo lejos y los morenos rostros se transformaron.

—Ramiro cree que ya tenemos compañía —dijo el indio—. Los guerreros de la tribu nos rodean.

—¿Atacarán? —inquirió rápidamente Arquímedes.

—Ramiro no lo cree —señaló el otro—. Son gente pacífica, y sus armas de guerra se quemaron con las cabañas. En su expedición de caza sólo llevaban armas de caza; «curare» flojo, que no mata persona.

—¿Qué van a hacer, entonces? —quiso saber El Gringo.

—Ramiro lo ignora. Son pocos. No más que los blancos, y éstos tienen armas de fuego. Tal vez El Turco no tenga problemas.

Yusufaki, sin embargo, no parecía convencido y ordenó nuevamente que la columna se pusiera en marcha a toda prisa. Quería llegar al río, donde había dejado sus curiaras, antes de la caída de la noche.

La marcha se hizo realmente endiablada, agotadora, y cuando un indio —fuera hombre, mujer o anciano— caía incapaz de seguir adelante, los hombres del Turco lo apartaban del resto y lo remataban a machetazos. Era su forma de incitar a los demás a continuar adelante al precio que fuera. Howard y El Nordestino estaban convencidos de que sufrirían idéntico trato si intentaban detenerse.

Faltaba una hora para oscurecer cuando apareció ante ellos el Japurá, que bajaba con poca agua, dejando a ambas márgenes anchas playas de redondos callados. El destrozado grupo se dejó caer en la orilla, y muchos se aproximaron al agua, a beber ávidamente y refrescarse.

Yusufaki disparó tres veces al aire, y gritó hacia la otra orilla:

—¡Clodoaldo! ¡Almeida...! Ya estamos aquí. ¡Traigan las curiaras!

Al poco, una minúscula curiara apareció, surgiendo de la espesura, aguas arriba. Se deslizó, llevada por la corriente, para ir a cruzar lentamente frente al grupo. La tripulaban dos hombres sin cabeza.

Al verles, Yusufaki palideció. Tardó en reaccionar, y al fin, blanco como un papel sobre el que destacaban sus negros bigotazos y sus pobladas cejas, murmuró:

—Esos hijos de perra nos quitaron las curiaras... Almeida y Clodoaldo se dejaron sorprender como pendejos.

Una ola de miedo, de auténtico terror al saberse atrapados allí, a la orilla del río, recorrió a la gente de Yusufaki. Espantados, comenzaron a mirar a los prisioneros, no ya como esclavos, sino como a enemigos de los que algo terrible podían esperar.

—¿Atacarán? —preguntó uno.

Nadie, ni aun el atroarí, fue capaz de dar una respuesta. Howard se volvió a Ramiro:

—¿Qué va a pasar ahora? —preguntó.

—Ramiro cree que pronto o tarde habrá un pacto. Mujeres, niños y viejos a cambio de curiaras. Ramiro cree que éste es el momento de intervenir. Ramiro prefiere la compañía de los salvajes a la de Yusufaki.

Howard permaneció unos instantes pensativo. Consultó con la mirada a Arquímedes, y éste hizo un gesto afirmativo. El americano avanzó unos pasos:

—¡Eh, Turco! —gritó—. Si quieres salvar el pellejo será mejor que vengas.

Yusufaki lo miró torvamente, pero avanzó hacia él.

—¿Qué te pasa ahora, pelo de panocha? Ya tengo demasiados problemas.

—Aquí, mi amigo Ramiro —que también es muy amigo de los guerreros de allí enfrente—, dice que conseguirá que te devuelvan tus curiaras. Podrás regresar en paz a Manaos y divertirte con tus chicas. Te costará caro: la libertad de esta gente.

—¡Mucho que me importa a mí este hatajo de inútiles! —explotó El Turco—. Viejos, mujeres y niños por los que no me darían ni una libra en

Manaos. Pueden quedárselos, pero que me devuelvan mis curiaras.

—También te costará nuestra libertad —señaló Howard.

—¡Ah! Eso sí que no —protestó Yusufaki—. Por ustedes sí que me dará buen dinero El Argentino. Ustedes no.

—¡No seas idiota, Turco! No puedes imponer condiciones. Tu vida y la de tu gente vale más que lo que te va a dar Sierra por nosotros.

—He dicho que no —repitió El Turco, y se alejó hacia la orilla.

Howard le gritó:

—¡Piénsalo bien! Antes de una hora será de noche, y no sabes lo que pasará. No creo que tu gente quiera dejarse matar por que ganes un puñado de libras con nosotros.

El Turco se volvió como si le hubiera picado una serpiente:

—¡No metas a mis hombres en esto! —gritó—. Hacen lo que yo digo.

—Yo sé que lo hacen —continuó El Gringo—. Pero míralos: no les gusta esto. No les gusta ver que oscurece y tal vez los maten por la espalda. ¿Qué vas a ganar con nosotros? Cuatro puyas: lo que te gastas en una noche de parranda. ¿Crees que vale la pena arriesgarse?

Yusufaki desenfundó su revólver y apuntó al Gringo:

—Cierra esa bocota o te la cierro para siempre. No vengas a agitar a mis hombres.

—Razón ya tiene —dijo una voz—. No queremos que nos maten por cuatro piojosos.

—Que nos devuelvan las curiaras y se vayan al infierno —señaló otro.

El Turco se sulfuró.

—¡No necesito a nadie para hacer cambios! Puedo mandar a éste —dijo señalando a su rumbero atroarí—. También se entenderá con los de ahí enfrente.

—No discutirán con él —aseguró Howard—. Es un renegado. En cuanto cruce el río se lo cargarán sin dejarlo hablar. A nosotros nos han visto encadenados. Ramiro podrá convencerlos de que estamos de su parte.

—¡He dicho que no y es no! —repitió El Turco.

Y como entre sus hombres se alzara un murmullo de protesta, ordenó:

—¡Y vosotros, a callar! Aquí se hace lo que yo digo.

—A ver si vamos a tener que callarte a ti —gruñó una ronca voz anónima en el grupo.

El Turco quedó como clavado en el lugar. Su mirada fue a uno y otro de sus hombres, por ver quién había hablado, pero llegó a la conclusión de que pudo ser cualquiera. Sus rostros mostraban que estaban dispuestos a librarse de él con tal de salir de aquel embrollo. Comprendió que no se encontraba en buena situación y se volvió al indio atroarí.

—¿Puedes hablar con ellos sin que te maten?

El indio dio un paso atrás asustado, y negó con la cabeza.

Eso hizo tomar una decisión a Yusufaki.

—Está bien, Gringo —dijo—. Haz lo que quieras, pero ten las piraguas aquí antes de media hora.

Uno de sus hombres desató a los tres, y Howard y Ramiro se echaron al agua y comenzaron a atravesar el río.

CAPÍTULO VIII

Los salvajes que los aguardaban en la otra orilla, semiocultos en la espesura, no eran más que una pandilla de desarrapados, mucho más asustados que la gente de Yusufaki.

Ni siquiera habían tenido tiempo de embadurnarse con pinturas de guerra, y eso les hacía perder ferocidad, reduciéndoles a lo que en verdad eran: un grupo de hambrientos y tristes indios, preocupados por sus familias y por el hecho de que en unos instantes habían perdido cuanto poseían a mano de los blancos.

Tan sólo las sangrientas cabezas de Almeida y Clodoaldo, que colgaban como macabros trofeos en la punta de dos lanzas, recordaban que se encontraban en guerra y resultaban —hasta cierto punto— peligrosos.

Antes de salir del agua, Ramiro empezó a hablar rápidamente en una extraña jerga que los otros parecieron no comprender en un principio. Luego las palabras del indio fueron llegando hasta sus inteligencias y comenzaron a hablar todos a la vez.

Allí en la playa de gruesos callados, a la vista de las gentes del otro lado, se entabló una agitada discusión entre Ramiro y los indios, en la que había más gestos y aspavientos que palabras. Al fin, Ramiro se volvió a Howard.

—Ramiro cree que todo puede arreglarse —dijo—. Están dispuestos a devolver una curiara grande para la gente del Turco y otra pequeña para nosotros. Ponen una sola condición: el atroarí, el rumbero renegado. No quieren que vuelva a conducir otro grupo a atacar poblados indefensos.

Howard hizo un gesto de asentimiento:

—Iré a decírselo al Turco —señaló y se echó nuevamente al agua, atravesando el río en dirección contraria.

—¿Qué ocurre ahora? —se impacientó Yusufaki—. ¿Devuelven las curiaras o quieren guerra?

—Hay trato si les das a tu rumbero —replicó Howard—. Quieren que pague las culpas de todos.

El Turco se volvió al indio y sus hombres lo imitaron. El atroarí, atemorizado, comprendió que los blancos le sacrificarían por salvarse, y sin dejarles tiempo a pensarlo dio media vuelta y echó a correr hacia la espesura.

—¡Agárrenle! ¡Agárrenle! —ordenó El Turco—. ¡Agárrenle...! ¡Maldita sea...!

Se lanzaron tras el indio, que al ver interceptado su camino hacia la selva, corría ahora por la orilla río arriba. Diez hombres lo perseguían como una jauría, pero era más ágil y rápido que ellos y los sorteaba uno tras otro, de modo que llegó un momento en que pareció que iba a escapar. Desde una y otra orilla, los salvajes, tanto los guerreros como los prisioneros, gritaban coreando la persecución.

Cuando ya el atroarí estaba a veinte metros

de su seguidor más próximo, éste echó mano al revólver y disparó tres veces. El indio rodó con la pierna atravesada de un balazo. El hombre siguió corriendo hacia él, gritando que ya lo tenía, pero el atroarí se puso en pie, siguió cojeando hasta el río y se lanzó de cabeza al agua.

Los blancos volvieron a dispararle, pero el indio se escondía bajo el agua y salía en el lugar menos pensado tratando de ganar la otra orilla. Cuando ya parecía cerca de ella, los guerreros comenzaron a correr hacia él y se encontró de pronto entre dos fuegos. No sabía adónde dirigirse y se dejaba arrastrar por la corriente, indiferente a los disparos que venían de un lado y las lanzas que le arrojaban de otro. De pronto el río comenzó a cabrillear, y una infinidad de pequeños cuerpos plateados que cruzaban el agua a toda velocidad se lanzaron sobre él. El atroarí los vio llegar, abrió la boca para lanzar un grito, pero la banda de pirañas lo sumergió en un mar de sangre, zarandeándolo de un lado a otro.

En ambas orillas se hizo el silencio. Cuando dos minutos después se acercó un guerrero al agua y, con ayuda de su lanza, trajo a tierra los restos de un esqueleto sin rastro de carne, un grito unánime, grito de los esclavizados y los guerreros, se alzó al aire: se había hecho justicia.

Esta vez Howard no se atrevió a echarse al río y cruzarlo a nado nuevamente. Aunque no llevara sangre, sin la cual resultaba difícil que las pirañas atacaran, sabía que estaban agrupadas e inquietas y no quería exponerse a terminar como el atroarí.

No era tampoco necesario. A los pocos instantes aparecieron dos curiaras: una la conducía Ramiro, y la otra, mucho mayor, iba tripulada por dos guerreros. Se aproximaban lentamente, y Howard se dirigió al Turco:

—Devuélvenos nuestras cosas —dijo—. Las armas y los víveres que nos quedaban. Mientras no lo hagas, no se acercarán a tierra, y queda poca luz. Date prisa.

De mala gana, Yusufaki hizo un gesto a sus hombres, que se apresuraron a entregar a Howard, Arquímedes y Claudia cuanto les habían arrebatado:

—Déjame por lo menos a la chica —pidió Yusufaki—. Te daré por ella provisiones para un mes. Con eso podrán llegar a donde se proponen. ¿Hacia dónde van?

—No seas estúpido, Turco —replicó Howard—. No vamos a decírtelo para que se lo cuentes a Sierra... En cuanto a la chica, donde vayamos nosotros, va ella.

Ramiro se había aproximado a la orilla con la curiara, y Arquímedes ayudó a Claudia a embarcar. Luego lo hizo él, y Howard empujó la piragua aguas adentro y subió a su vez. Remaron río abajo, haciendo un gesto a los guerreros de la embarcación grande para que se aproximaran a la orilla. Los indios obedecieron y dejaron la gran curiara en poder de los hombres de Yusufaki. Tenían el espacio justo y no cabía esperar que intentaran llevarse prisioneros. Cuando estaban todos a bordo, apenas podían moverse, y no más de dos dedos de borda sobresalía del agua. Los guerreros se apresuraron a correr hacia su gente y comenzaron a desatarlos. Como si aún temieran a los blancos, las mujeres, los niños y los viejos corrieron a esconderse en la espesura.

Caía la noche y pronto no se vería absolutamente nada. Los de la curiara pequeña se sentían tranquilos, conocedores de la facilidad de Ramiro para distinguir cualquier obstáculo en la noche. La gente de Yusufaki no parecía tan segura, pero cuanto deseaba era alejarse de los guerreros indígenas, de cuya fuerza, número y capacidad combativa no tenía aún muy clara idea.

La embarcación grande seguía a la pequeña a unos doscientos metros de distancia, aguas abajo. Sin embargo, Howard y Arquímedes no creían que, en su situación, El Turco hiciera ningún intento de apresarlos nuevamente. Poco después cayó la noche y escucharon largo rato las voces y reniegos de los hombres del Turco, que marchaban incómodos y asustados. Poco a poco fueron quedando atrás.

Navegaron durante varias horas, hasta que el fino oído de Ramiro captó el inconfundible rumor de un raudal que se abría ante ellos. Rápidamente buscaron la margen derecha y encallaron la embarcación. Entre los cuatro la subieron hasta ocultarla y colgaron sus chinchorros en la espesura, lejos de la vista de quien pasara por el río. Minutos después dormían profundamente, aunque el indio parecía estar con un ojo abierto y otro cerrado.

Continuaron al día siguiente Japurá abajo, hasta que apareció por la derecha un caño de escasa corriente que seguía dirección sudoeste, la que siempre les había convenido. Se internaron por él, remando acompasadamente, turnándose, hasta que la falta de luz y la fatiga los obligó a buscar un lugar donde pasar la noche.

Siguieron dos días caño arriba, hasta que éste dejó de ser navegable. Abandonaron entonces la curiara y comenzaron a abrirse paso por el bosque en busca ahora del gran Putumayo, la nueva meta de su larga caminata.

Desconocían a ciencia cierta si se encontraban aún en territorio brasileño o habían penetrado ya en Colombia, pues la frontera no era más que una línea imaginaria que atravesaba la selva. Suponían, sin embargo, que El Turco no se habría aventurado nunca por zona colombiana —territorios dominados por el cauchero Echevarría—, y eso los obligaba a aceptar que aún se encontraban en Brasil, aunque no debían andar muy lejos de la frontera. Estarían probablemente en algún punto del gran triángulo formado por ella, el Japurá y el Purué. Debían, por tanto, iniciar la marcha hacia el Sur, ligeramente desviados al Oeste, buscando siempre encontrarse lo más cerca posible de esa imaginaria línea divisoria de los dos países. Era una zona que los caucheros de uno y otro lado solían evitar para no tener complicaciones con las autoridades.

Durante dos días marcharon sin tropiezos. Apenas aparecían árboles de caucho, y no había senderos, ni aun trochas, ni señal alguna de indios —bravos o pacíficos—. La selva era aquí alta, oscura e impresionante, pero por eso mismo, poco enmarañada a ras del suelo, con un terreno fangoso y maloliente, fruto de la putrefacción, durante cientos de años, de las hojas caídas desde las altas copas a una tierra a la que jamás llegaba el sol. A veces, en los mediodías muy despejados, algún tímido rayo se atrevía a penetrar entre el follaje, y daba entonces al bosque un extraño aspecto, como si marcharan por una inacabable y gigantesca catedral de inmensas columnas vegetales.

De tanto en tanto, esas columnas tomaban un caprichoso aspecto, como de enorme espiral o resorte que se elevara al cielo, cuando una de esas gruesas enredaderas amazónicas llamadas «matapalo» se enroscaba alrededor de un árbol, subiendo hasta la copa y acabando por estrangularlo. Con el tiempo, el árbol se pudría y desaparecía, quedando nada más que el hueco que había ocupado y, a su alrededor, el «matapalo».

La caza era poca, y comenzaron a sufrir hambre. Ramiro se alimentaba de bayas y raíces, pero sus compañeros no parecían poder digerirlas, y cuantas veces trataron de imitarlo se sintieron enfermos. El estómago del indio estaba acostumbrado desde niño a un tipo de alimentación que los cuerpos de los blancos rechazaban. Eso hacía que Ramiro se sintiera mucho más fuerte, y a menudo se adelantara a explorar, buscando la mejor ruta, aunque todas parecían la misma en aquel inacabable desierto verde de altas columnas.

Uno de los días en que más hambrientos y debilitados se sentían y el indio se había alejado, cruzó frente a ellos un oso hormiguero, y apenas lo vieron, Arquímedes y El Gringo se lanzaron sobre él, acabándolo a machetazos. Al poco, su carne hervía, despidiendo un nauseabundo olor, convertida en una pasta gelatinosa de tan desagradable aspecto que dudaban, pese al hambre, en meterle el diente.

Habían ya distribuido las porciones dejando una para el indio, y permanecían indecisos, cuando Ramiro regresó. Al ver lo que ocurría y advertir la piel del oso, se apresuró a arrebatarles los platos y tirar lejos su contenido:

—Ramiro cree que están locos —exclamó—. El hormiguero es veneno; el peor veneno del bosque.

Arquímedes suspiró aliviado. Hasta cierto punto prefería no haber probado el repugnante guiso.

Dos días más transcurrieron sin nada que comer, y el indio comenzaba a preocuparse. A la mañana del tercero, Arquímedes, al despertar, distinguió a Ramiro sentado en un tronco caído, algo alejado del campamento y cabizbajo. Se aproximó, y cuando quiso saber qué le ocurría, «Poco-poco» tardó en responder:

—Ramiro está avergonzado —confesó al fin—. Prometió llegar en cien días al Curaray, y no lo ha hecho.

—Aún no han pasado —dijo Arquímedes—. Lo que no comprendo es por qué diste tal cifra, si en realidad no sabes contar más de tres.

—Ramiro no sabe lo que es cien, pero sabe que es mucho —respondió—. ¿Qué es cien?

El Nordestino no supo qué decir. Llevaban casi dos meses de viaje, y en los peores momentos —cuando más hambriento, fatigado y desilusionado se sentía— se consolaba con la idea de que, según los cálculos de Ramiro, ya habían recorrido más de la mitad del camino. Ahora resultaba que tales cálculos no habían existido; no significaban absolutamente nada.

—¿Cuánto es cien? —repitió el indio.

—El doble de lo que llevamos andando —simplificó Arquímedes—. ¿Crees que en otro tanto llegaremos a tu territorio, allá en el Curaray?

El indio guardó silencio. Se diría que su mente estuviera realizando un tremendo esfuerzo, tratando de calcular las jornadas de camino y las que tenían aún por delante. Para él, los días no tenían significado, y por ello todo le parecía confuso. Si el esfuerzo que estaban realizando acababa dando fruto y llegaban a su destino, allá en Ecuador, no importaba el tiempo empleado, fuera el que fuera. Si, por el contrario, lo que se hacía estaba condenado al fracaso, un solo día era demasiado. Se encogió de hombros:

—Ramiro no lo sabe —confesó—. Ramiro sólo sabe que volverá a su pueblo, en el Curaray...

—¿Pero y nosotros? —inquirió Arquímedes—. Prometiste conducirnos, pero si no cazamos pronto, estaremos perdidos. Tú puedes subsistir con cualquier cosa —casi te alimentas del aire—, pero nosotros parecemos cadáveres.

—Ramiro no pensó que los blancos no son aucas —admitió el indio—. Ramiro cometió un gran error, y se siente entristecido. Ramiro daría su vida por salir de este bosque maldito que nada de comer ofrece.

—¿Qué harías si estuvieras solo?

—Ramiro seguiría adelante; siempre adelante sin detenerse un instante, para salir de aquí cuanto antes.

—No soportaríamos esa marcha. Tú lo sabes.

«Poco-poco» guardó silencio. Pensaba. Al fin, señaló:

—Ramiro podría correr y correr y buscar comida que traeros.

94

—Nos perderíamos —señaló El Nordestino—. Sin ti, para nosotros todos los árboles son iguales. No sabemos dónde está levante, ni poniente, ni hacia dónde debemos dirigirnos.

—Ramiro dejaría marcas en los árboles que señalarían el camino.

A Arquímedes le pareció que podía ser la mejor solución y fue a consultarlo con Howard. Éste se encogió de hombros con gesto fatalista:

—Que haga lo que le dé la gana —dijo—. Ya he perdido las esperanzas de llegar a ver nuevamente el cielo. Estoy harto de agua putrefacta en repugnantes charcos, de no comer, y de estos árboles. Si quiere ir delante, que vaya. Lo probable es que no vuelva, pero si puede salvarse, no vamos a impedírselo. Ha sido un buen compañero, y si seguimos vivos, es gracias a él.

El indio se fue esa misma mañana, y lo vieron partir con la seguridad de que jamás regresaría. Ramiro no volvió ni una sola vez el rostro. Se limitó a cortar con su machete la corteza de un árbol en forma de cuña que señalaba al Sur, y en aquella dirección se alejó.

Poco después le siguieron lentamente. De trecho en trecho encontraban idénticas marcas que les iban conduciendo tras sus huellas, y, sin embargo, tenían la sensación de que cada árbol marcado iba a ser el último.

El abandono, la soledad, la angustia, se hicieron más y más agobiantes. Les daba la impresión de que habían recorrido una y otra vez el mismo camino y que los árboles marcados eran los de horas antes, y se encontraban dando vueltas y más vueltas. Howard se emperró en marcar a su vez los troncos, para tener luego una prueba de que —en efecto— ya habían pasado por allí. Iban como autómatas, sin ver más que lo que tenían delante, y a veces ni siquiera llegaban a verlo, tropezando con árboles de más de dos metros de diámetro y cayendo al suelo sin razón alguna, como si seres invisibles les hubieran puesto la zancadilla.

Llegó un momento en que Arquímedes se asustó al advertir que se encontraba solo. Descubrió que Claudia y Howard se alejaban cada uno en una dirección, sin rumbo fijo, como hipnotizados por el bosque. De haber tardado unos minutos en advertirlo, habrían desaparecido entre los árboles, y desde ese momento podían darse por perdidos definitivamente. Gritó sus nombres, y no atendieron. Disparó al aire varias veces y fue como si hubieran salido de un profundo sueño.

Regresaron sorprendidos de haberse separado.

—No comprendo qué ha ocurrido —comentó El Gringo—. Estaba seguro de ir detrás de ti. Pensaba en algo, no sé en qué...

—Volverá a suceder —señaló Arquímedes—, y tal vez nos perdamos realmente. Sólo hay una solución: amarrarnos.

Lo hicieron, utilizando los mecates de subir a los árboles. Arquímedes, más entero, iba delante; le seguía Claudia, y Howard cerraba la marcha. Buscaron el último árbol marcado por Ramiro y siguieron la ruta. Esa noche durmieron así atados y por la mañana les costó un gran esfuerzo reanudar el camino. Arquímedes tuvo la seguridad de que no resistirían más de medio día. Afortunadamente las señales de los árboles continuaban apareciendo, y no habían encontrado ninguna de las hechas por El Gringo, lo que demostraba que no andaban dando vueltas.

Estaban a punto de detenerse nuevamente, agotados, cuando llegó, volando por entre los árboles, el sonido de un disparo. A éste siguió otro y luego una ráfaga que era como una voz que viniera desde lejos.

—¡Ramiro!

Echaron a correr enloquecidos hacia el punto del que había llegado el ruido, disparando a su vez, y obteniendo respuesta a sus disparos, cada vez más cercanos, hasta que al fin, entre los altos árboles, apareció la familiar silueta de Ramiro, al que seguía un grupo de guerreros que cargaban a la espalda cestos con comida: yuca, maíz, plátanos, tortugas, perdices...

Tan sólo cuando estuvieron llenos a reventar, se sintieron en condiciones de atender las explicaciones de Ramiro y fijarse en el aspecto de quienes le acompañaban: indios sonrientes y de aire atontado, algunos de los cuales presentaban claras muestras de llevar sangre blanca en las venas.

—¡Ramiro encontró un poblado! —explicó el indio—. Un gran poblado a la orilla de una laguna, con gente pacífica. Entre ellos vive un anciano blanco. Apenas ve y pronto morirá, pero parece muy respetado por todos y es padre o abuelo de muchos de la tribu.

Todo era como Ramiro explicó. El anciano dijo llamarse Olaf Bibín, y era sueco. Había llegado al Amazonas cincuenta años atrás formando parte de un grupo de naturalistas, y decidió quedarse para siempre. Más tarde confesó, sin embargo, que en realidad no había llegado como naturalista, sino que fue —en un principio— misionero. Al parecer, el atractivo de las indias pudo más que sus convicciones y admitió que no podía seguir predicando cuando no sabía hacerlo con el ejemplo.

Continuó en la tribu, sin embargo, y en ella tuvo ocho esposas, una veintena de hijos y más de cincuenta nietos, estando considerado —no oficialmente— guía o cacique de la comunidad.

Les ofreció toda la hospitalidad que pudieran encontrar en el poblado, invitándolos a quedarse cuanto tiempo necesitaran para recuperar fuerzas, y prometiéndoles abastecimiento y guías hasta territorio colombiano cuando decidieran seguir su viaje.

En los alrededores del poblado se extendían campos de cultivo cuidadosamente atendidos por las mujeres, y en la laguna abundaba la pesca, por lo que la vida de los indígenas podía considerarse muy agradable dentro de su extrema sencillez.

Olaf había enseñado a su pueblo todo lo que la civilización podía aportar de positivo a su vida en la selva, e incluso —sin tratar del cristianismo tal como él lo concebía en un principio— les había imbuido la idea de un Dios único y compasivo, pero justo, al que algún día habrían de rendir cuentas.

No le pasó inadvertido el mutismo de Claudia, y cuando se encontró a solas con Arquímedes quiso saber la razón.

El Nordestino le contó cuanto había ocurrido, y que en aquellos dos meses no había abierto la boca.

Esa tarde, cuando el sol se ocultaba más allá de la laguna y Claudia lo contemplaba desde el porche de la cabaña que le había sido destinada, Olaf llegó —muy despacio según su costumbre, a causa de su escasa vista— y se sentó junto a ella.

—Es un hermoso paisaje, ¿verdad? —comentó—. Lo he contemplado miles de veces, y aunque ahora mis ojos apenas pueden verlo, sería capaz de describirlo punto por punto. Incluso podría decir en qué momento van a cruzar los patos, volando muy a ras de agua, para recortarse contra el sol, que ya se está escondiendo.

Claudia lo miró, y en esa mirada había una cierta simpatía o amistad, pese a que no respondió. El anciano no pareció molestarse por ello, y continuó:

—Éste es un buen lugar para vivir. Hermoso para quien sepa apreciar las puestas de sol, la vida en paz y el discurrir de los días sin amenazas. Al pincipio parece que va a costar trabajo acostumbrarse, pero llega un momento en que se comprende que tenemos cuanto se necesita para vivir con nosotros mismos y aguardar sin miedo a envejecer y morir. Cuando muera —que no tardaré mucho—, mis hijos y mi pueblo me sumergirán en el río y dejarán que las pirañas me devoren. Luego depositarán mi esqueleto sobre un hormiguero para que las hormigas rojas acaben de limpiar mis huesos, y me conservarán así en el lugar de honor, en casa de mi primogénito. Venerarán cuanto tengo que no es perecedero: mis huesos, que tardarán mucho en convertirse en polvo, y mi recuerdo, que también tardará en desaparecer de sus memorias. ¿Qué más puedo desear, si todos estos años he sido feliz?

Claudia lo miró largamente, dudó, parecía que luchara consigo misma, y al fin se decidió a hablar.

—¿En qué han quedado entonces todos sus sueños de juventud? ¿Todos los votos y promesas que hizo de venir a civilizar a estas gentes, traerles la fe y la voz de Cristo?

—No han quedado en nada, porque me di cuenta de que no tenía derecho a hacerlo —dijo Olaf—. Comprendí que aunque su vida no era un edén, estaban atrasados y padecían enfermedades, injusticias y a veces hambre, nuestro mundo no les ofrecía nada mejor, como tampoco nada mejor ofrecían las enseñanzas que traía. Tal vez tendría que rendir cuentas más adelante por intentar hacer a esta gente más infelices de lo que eran; por enseñarles a tener tantas necesidades absurdas como tiene el hombre blanco; acostumbrándolos a un mundo que nada bueno iba a ofrecerles a cambio del suyo. Por ello desistí.

—¿No intervinieron en el.ɔ las mujeres? —insinuó Claudia.

—¿Por qué voy a negarlo? —dijo—. También intervinieron. No podía predicar la castidad cuando el cuerpo me pedía otra cosa. En su sencillez, las muchachas llegaban cada noche a mi cabaña, a ofrecer a su amigo blanco lo único y lo mejor que tenían. Si Dios no me había dado fuerzas para resistirme a ello, cómo podía esperar que supiera enseñar a otros a hacerlo.

—Lo comprendería si hubiera amado a una mujer —replicó Claudia—. Pero andar así, como un animal, de una a otra...

—Es la costumbre de esta tribu, donde los hombres mueren en la guerra o en la caza, y abundan las mujeres. Su moral exige que un hombre atienda por igual a varias mujeres, a las que debe dar hijos, que a su vez sean guerreros o cazadores. Todo se hace por la continuidad, no por el acto en sí. Si mi tribu fuera monógama habría desaparecido hace años.

—¿Y usted aprovechó eso?

—No me aproveché; me adapté. Que me satisficiera o no, es distinto, y ya libro conmigo por ello una dura batalla. El fin se aproxima y me pregunto si me pedirán cuentas por mi comportamiento, pero pienso en los años de felicidad, los guerreros que he dado a la tribu y los que éstos engendrarán a su vez, y me siento más satisfecho que si mi vida hubiera sido estéril y esta gente no hubiera obtenido de mí más que hermosas palabras.

—No creo que fuera ésa la idea cuando le mandaron de misionero.

—Los que me enviaron no podían imaginar —entre las nieves de Suecia— qué clase de vida iba a encontrar aquí. Creo que mi camino estaba más en lo que he hecho que en lo que ellos me marcaron.

Claudia no respondió, le miró largamente y al fin preguntó:

—¿Por qué me cuenta todo eso?

El viejo sonrió. También guardó silencio largo rato. Al fin dijo:

—Porque he querido hacerte ver que, por muy marcado que esté el rumbo de una vida —y yo tenía más años que tú cuando llegué aquí—, nunca es tarde para encontrar un nuevo camino, aunque vaya en sentido totalmente opuesto al que traía. El único error es creer que todo ha terminado, sea cual sea el momento en que pensemos eso. La vida sigue y debemos seguir con ella, buscando un nuevo destino.

—Yo lo desearía —admitió Claudia—. Pero creo que mi vida nunca cambiará. Parezco destinada a pasar de hombre en hombre sin que mi voluntad intervenga, como si más que un ser humano fuera un objeto. ¿Puede llegar a imaginar lo que se siente tras años de ser considerada sólo objeto? Me compran, me venden, me guardan, me esconden, me regalan, me usan... Y yo jamás tengo nada que ver con ello.

—¡Rebélate!

—Ya me he rebelado. Al que me quiera tocar, lo mato. Al que me quiera comprar, lo mato. Al que me quiera apresar, lo mato. ¿Sabe? Es como si hubiera descubierto de pronto una forma de liberarme. Es tan sencillo... Un simple cuchillo que guardo bien escondido, y destruyo más fácilmente de lo que habría imaginado nunca que podría hacerse.

—Pero no podemos disponer así de la vida de los otros...

—¿Quién lo ha dicho? ¿No han dispuesto así de mí durante años? Me defiendo. Únicamente me defiendo, padre, y seguiré haciéndolo pase lo que pase.

Olaf se envaró.

—No me llames padre —pidió—. Hace mucho que dejé de oír esa expresión en el sentido que la empleas. Ya no tengo derecho a ella.

—Sin embargo —insistió Claudia—, al hablarle me da la impresión de que lo hago a un sacerdote, a mi viejo confesor de San Francisco, allá en Caracas. Si no fuera así, no hablaría con usted.

—¿Por qué no quieres hacerlo con tus compañeros? Te aprecian; se ocupan de ti. Les agradaría que de vez en cuando les dijeras algo.

—No tengo nada que decirles. Me conocieron como objeto, me ven aún como objeto, y me oyeron aquella noche. Me avergüenza haber gritado y me avergonzaré siempre ante los que me oyeron. Tenía que haber resistido y no darle a Sierra el placer de oírme. Hacerle creer que nada de aquello me importaba; que después de haberlo soportado durante dos años, podía soportar treinta caucheros.

—Tienes que olvidarte de aquellos días. Tienes que olvidarte de todos estos años.

Claudia permaneció largo rato contemplando el lago, que ya se sumía en las tinieblas. Pensaba en lo que el anciano decía, y al fin se volvió a él:

—Es fácil decir: «olvida». Incluso es fácil decirse a sí mismo: «voy a olvidar», pero no lo es tanto hacerlo realmente. Sobre todo cuando, en el fondo, no se desea. Más de cincuenta hombres me han poseído hasta el presente, y todos, menos dos, contra mi voluntad. El día que me vengue de ellos podré empezar a pensar en un nuevo camino.

—La venganza: sobre todo una venganza tan absurda, no te llevará a parte alguna.

—¿Quién dijo que yo quiera ir a alguna parte? —replicó Claudia suavemente.

Luego dio media vuelta y entró en la choza.

Olaf, entristecido, permaneció allí hasta que ya todo eran tinieblas y una de sus hijas vino a buscarlo para conducirlo a la cabaña grande, donde sus huéspedes lo aguardaban para cenar.

Al entrar, Arquímedes y El Gringo se adelantaron.

—¿Logró hablar con ella? —quiso saber El Nordestino.

El viejo asintió.

—¿Qué dijo?

—Muchas cosas. Pero tan sólo saqué en limpio que quiere destruirse. Lo busca con todas sus fuerzas, y si no encuentra pronto alguien que lo impida, lo conseguirá.

—¿Podría ser usted? —inquirió Howard.

—No —negó Olaf—. Ya soy demasiado viejo. Ni vosotros, ni nadie que yo conozca. Quiera Dios que salgáis pronto de estas selvas, y la llevéis a Caracas, el único lugar donde, quizá, pueda encontrar la paz. Allí, entre las cosas conocidas, con la vuelta a su infancia, tal vez acabe por olvidarlo todo.

—Eso es lo que yo he pensado siempre —señaló Arquímedes—. ¡Pero Caracas está aún tan lejos...!

CAPÍTULO IX

El poblado de la tribu de Olaf, al que él mismo
había puesto el oportuno nombre de «El Refugio»,
estaba formado por unas cuarenta grandes cabañas de cañas y adobe, y media docena más de
otras menores, en las que vivían los ancianos o
los solteros, aunque, en realidad, de éstos había
pocos.

Cada guerrero habitaba con sus siete u ocho
mujeres y sus hijos en una de las cabañas grandes.
Había otra destinada a algo que podía considerarse escuela, y una última —bastante apartada—
donde las esposas iban a reunirse, en aquellos días
del mes en que no estaban en condiciones de en-
gendrar, o cuando se encontraban ya a punto de
dar a luz.

En conjunto, en la vida de la comunidad no
existía más propiedad privada que esa de las viviendas y las esposas, lo cual tampoco era tenido
muy en cuenta, ni considerado a rajatabla, pues
en las noches siguientes varias de las mujeres
acudieron a hacer visitas amorosas a Howard, al

Nordestino y al mismo Ramiro. Sus maridos no parecieron ofenderse por ello, sino más bien sentirse felices del honor que se les dispensaba, o del trabajo que se les ahorraba.

Una de ellas pareció entusiasmarse particularmente con el pelo rojizo, los grandes bigotes y las restantes cualidades ocultas del americano, y acudió al viejo Olaf a rogarle que convenciera al Gringo para que se la llevara consigo cuando siguiera viaje.

Olaf transmitió la petición, pero, naturalmente, Howard no quiso ni hablar de ello. Bastantes problemas tenían ya, para pensar en cargar con otra mujer.

Los días que permanecieron en «El Refugio» —unos veinte— fueron sin duda los más felices que recordaban en mucho tiempo, pero llegó un momento en que comprendieron que tenían que tomar una decisión: continuar adelante, o quedarse para siempre. «Poco-poco» era el más deseoso de seguir la marcha, y llegó un día en que les puso en el dilema de continuar con él, o verle partir. No quería detenerse más cuando se sentía relativamente cerca de su tierra.

Esa misma tarde, y mientras pescaban en la laguna, Arquímedes y El Gringo comentaron el ultimátum que el indio les había dado:

—Hasta cierto punto —admitió el americano— tiene razón. Si seguimos así, esta vida fácil, este no hacer nada, comer bien y tener mujeres nos irá relajando. Llegará un día en que no nos arrancarán de aquí ni a palos. No es mi deseo convertirme en un varado de la selva; uno de tantos que —como Olaf— no han sabido sacudirse a tiempo la modorra de estas tierras.

—En realidad no es tan mala vida —comentó Arquímedes—. ¿Qué nos va a dar la civilización que valga más que esto? Problemas: nada más que problemas.

—Es cierto —admitió el pelirrojo—. Pero yo

nací para tener problemas y los he tenido siempre, que recuerde. Dos veces he estado a punto de que me ahorquen y otras dos he sido millonario. He pasado cuatro años en la cárcel y uno y medio de esclavo de caucheros. Me he acostado con las mejores mujeres, la mayoría casadas; me han perseguido por toda Norteamérica, de San Francisco a Nueva Orleáns, y ahora me andan persiguiendo por media Sudamérica. No, no creo que esté destinado a quedarme tranquilamente a la orilla de un lago, junto a un grupo de salvajes, a los que ni siquiera entiendo. Me voy con Ramiro, y lo que sea sonará. Creo que aún tengo cuerda para rato. ¿Vienes?

—Quedamos en que iríamos juntos hasta el fin —señaló Arquímedes—. No he sido nunca más que un desgraciado semianalfabeto; no tengo adónde ir cuando salga de ésta, y quizá quedarme sería lo mejor, pero me daría la impresión de que me he conformado —como siempre— con lo poco que me ofrecían. Voy contigo.

—¿Hasta dónde? —quiso saber El Gringo.

—Hasta donde uno de los dos prefiera continuar solo. Por mí no debes preocuparte.

—¿Mañana entonces?

—Mañana.

—¿Y Claudia? —inquirió Howard—. Quizá sería mejor que se quedara.

—Dejemos que decida. Prometimos llevarla con nosotros, y no pienso romper mi promesa, aunque viajaríamos mejor solos.

—¿Estás cansado de ella?

—En absoluto. Únicamente quisiera poder comprenderla mejor y ayudarla si fuera posible. A veces pienso que nuestra huida tiene un doble valor llevándola con nosotros. No estamos únicamente tratando de salvar la vida.

—A mí me asusta —confesó el norteamericano—. No sé qué hay en ella, que me hace temerla como si fuera a estallar, destrozándonos. Es la primera vez que encuentro a una mujer que le gusta matar, y eso me desconcierta.

—¿Crees que realmente le gusta?

El Gringo afirmó convencido.

—Estoy seguro —dijo—. Cuando alguien se recrea en matar, cuando no se pone nervioso al hacerlo y luego permanece indiferente, como si lo que hubiera hecho fuera lo más natural del mundo, es un auténtico asesino.

—Pero eso es una barbaridad —protestó Arquímedes—. ¿Cómo puede una muchacha como Claudia llegar a eso?

—Yo no entiendo mucho de mujeres —confesó El Gringo—. Jamás me ha preocupado saber cómo piensan o cómo sienten, más que en la cama. Pero te aseguro que si yo fuera Claudia, también andaría por ahí matando gente por el simple placer de hacerlo. Lo único que debemos procurar es que no elija a uno de nosotros.

Esa misma noche, Olaf le propuso a Claudia quedarse en «El Refugio», aunque lo hacía convencido de que no aceptaría.

La muchacha, en efecto, se negó.

—Quiero regresar a Caracas —dijo—. Quiero volver a San Francisco, bajar a la orilla del Guaire, a ver cómo se aleja hacia los cafetales, o subir al Ávila, como subía con mi padre cuando niña, a contemplar desde allí la ciudad escondida en el fondo del valle. ¿Conoce Caracas?

Olaf negó con un gesto.

—Es una ciudad pequeña —continuó Claudia—. Una capital de aire provinciano, en la que todo el mundo se conoce; en la que, por las tardes, las chicas salen acompañadas de sus ayas negras a pasear para encontrar novio y conocer, aunque sea de lejos, al último forastero. No hay mucho que hacer para una chica, más que ir a misa por la mañana y bordar el resto del día. Pero allí todo es paz y silencio, y el clima es tan suave... Abajo, en la costa, en La Guaira, el calor resulta agobiante, insoportable, pero arriba, en Caracas, las tardes son frescas y las puestas de sol tan hermosas como jamás vi otras. Quiero volver.

Al día siguiente, bien abastecidos y acompañados por tres indígenas de «El Refugio», reanudaron la marcha, aunque no pudieron evitar una cierta tristeza por dejar atrás aquel diminuto paraíso que habían encontrado en su camino.

En cinco días, andando por escondidos senderos que los guías parecían conocer perfectamente, llegaron al gran río Putumayo, justamente en el punto en que cruzaba la frontera entre Colombia y Brasil. Sabían que allí el territorio colombiano se angostaba, formando una especie de cuello, y por el Putumayo, aguas arriba, podrían cruzarlo en cuatro días. Necesitaban, sin embargo, una curiara, y los hombres de Olaf ofrecieron quedarse y ayudarlos a construirla. Buscaron un árbol recio que a los indígenas les pareció apropiado y lo derribaron. Luego, trabajando sin descanso de la mañana a la noche, consiguieron, en tres días, una buena curiara vaciada al fuego, una embarcación amplia y resistente, aunque algo pesada.

Esa misma noche iniciaron la ascensión del río, mientras los indígenas regresaban a su «El Refugio» natal. Arquímedes y Howard habían decidido —de común acuerdo— navegar de noche y esconderse de día, pues no tenían ni la más remota idea de qué podrían encontrar en Colombia, y si la gente de Echevarría andaba o no por aquellos andurriales. De Echevarría, como de Sierra o los Arana, podía esperarse cualquier cosa, y era preferible evitar todo trato con él.

A menudo cruzaban junto a rancherías, o lo que parecía poblado, de donde llegaban voces y risas, pero cuando eso ocurría, Ramiro buscaba la protección de la margen opuesta, lo que le recordaba a Arquímedes la noche —tanto tiempo atrás— en que cruzara frente a Manaos, distinguiendo sólo sus luces en la distancia. Antes de que comenzara a clarear atracaban en la margen más densa, subían a tierra la curiara, ocultándola con ramas, y montaban un escondido campamento en lo más intrincado de la espesura. Por fortuna, llevaban abastecimientos suficientes y no tenían necesidad de buscar caza, alimentándose del maíz, la yuca y las frutas que Olaf les proporcionara.

Marcharon de ese modo durante diez días, conscientes de que habían atravesado ya Colombia. Sabían que ahora el río servía de frontera entre ese mismo país y otro que no estaban seguros si sería Perú o Ecuador, pues tenían noticias de que había habido guerra, y el Territorio estaba en litigio. Lo mejor era no dejarse ver en una región inquieta, en la que no podrían justificar su presencia sino a través de larguísimas explicaciones. Howard no estaba seguro de que Sierra no hubiera presentado denuncia contra ellos por asesinato, lo que, unido a la recompensa, les pondría en pésima situación. Hasta que se supieran en Ecuador, mejor era seguir ocultándose.

Por otra parte, preferían remar aprovechando el frescor de la noche sin tener que sufrir los rigores del sol amazónico y dejando pasar las calurosas horas del día a la sombra de los altos árboles.

El Putumayo, lento y calmoso, no presentaba más inconveniente que sus infinitas vueltas y revueltas, lo que hacía que el viaje se prolongara mucho más que si el río se abriera paso directamente como el Japurá.

El terreno era llano, sin un solo accidente, y las aguas iban como desperezándose por él, tan lentas que se diría que, a veces, no corrían.

Una tarde, al despertar, Ramiro se quedó contemplando fijamente un punto en la distancia, allá al Norte. Sus ojos brillaron con una extraña intensidad y su voz tenía un nuevo matiz cuando, llamando a sus compañeros, señaló hacia allá y dijo:

—¡Montañas!

Esforzaron la vista, pero no pudieron distinguir absolutamente nada en aquel horizonte infinitamente verde.

—Yo no las veo —confesó Arquímedes.

—Ramiro ve montañas —aseguró el indio—. Son los Andes, la Sierra... ¡Hemos llegado!

Esas dos palabras, «hemos llegado», tuvieron la virtud de conmover a los otros, que hubieran dado cualquier cosa por que sus ojos fueran capaces, como los del indio, de distinguir allá a lo lejos las montañas.

—Ramiro cree que debemos abandonar el Putumayo. Ramiro sabe que pronto alcanzaremos el Napo. El Napo es ya río conocido por Ramiro. En él domina su pueblo y en poco tiempo llegaremos al Curaray.

Ni Arquímedes ni El Gringo contestaron. Asintieron en silencio, porque lo que de verdad les habría gustado era comenzar a dar gritos de alegría, abrazarse entre sí y abrazar también al indio, convencidos de que, efectivamente, sus padecimientos estaban a punto de concluir. La libertad se encontraba cerca, al alcance de la mano.

Aún navegaron una noche más por el Putumayo y, a la amanecida, abandonaron la curiara y se internaron selva adentro, hacia el Oeste, en busca ahora del gran Napo.

Marcharon durante seis días sin problemas, y Ramiro no dudaba en utilizar todas las trochas que encontraban en su camino.

Aseguraba que aquéllas eran tierras ocupadas por cofanes, alamas o yumbos, y que todos ellos eran pacíficos, acobardados por las continuas *razzias* de los caucheros peruanos, las gentes de Arana, que llegaban hasta allí, como hasta territorio auca, en busca de esclavos. No debían temer de esos indios ataques ni emboscadas, pero tampoco podía esperarse ayuda, pues cuando advertían su presencia, huían a lo más profundo de la espesura.

Día a día, la lejana línea de la sierra se fu.
haciendo cada vez más clara, y Ramiro señalaba
entonces dónde quedaba cada montaña y por dónde bajaba cada río. El alto Cayambe, allá muy lejos, por el que pasaba la mitad justa de la Tierra;
el Reventador, constantemente dando sustos a los
indios con sus erupciones, y a cuyos pies corría el
Coca, río maldito, inaccesible nido de murciéla-
gos, vampiros y serpientes. El Payarmino, nombre
que antiguamente llevara «Poco-poco», y que bajaba muy cerca del Coca, pero más tranquilo. Luego, a la izquierda, el Antisana, un alto volcán al
que jamás llegaba ningún indio de la selva, y al
fin el Sangay, cuya eterna columna de humo y
blancas nieves parecían dominar todo el oriente
ecuatoriano. En el Sangay dormían muchos de los
dioses aucas, y su humo era una constante advertencia de que estaban allí, vigilando a su pueblo.
Por último, Ramiro señaló el punto por el que
debía correr el Curaray —el más hermoso río del
mundo—, el río en que él nació y por el que los
llevaría a Tena.

—Exactamente allí, detrás de aquellas montañas, está la ciudad que nunca habla de caucho.
—¡Quito!

El Napo apareció ante ellos, tranquilo, ancho,
majestuoso. Traía aguas nacidas de las nieves de
altos picachos; aguas que bajaban, lentas, a engro-
sar el gigantesco cauce del más grande de los ríos:
el Amazonas.

Eran aguas turbias, aunque de tanto en tanto
entraban al cauce mayor ríos de aguas limpias,
que pronto se mezclaban con las otras, desapare-
ciendo. Bajaba ahora el Napo con escaso caudal,

y casi podrían haberlo cruzado a nado, pero Ramiro prefirió construir una tosca balsa, y en ella se lanzaron al agua, y se dejaron arrastrar por la lenta corriente, hasta que los depositó en una playa de la otra orilla.

Ramiro saltó a tierra, se agachó y tomó en la mano un puñado de arena mojada con la que se restregó los brazos y el pecho:

—Esto es territorio auca —dijo—. Tierra auca; arena auca; agua auca.

Luego se internaron en la espesura aprovechando el primer sendero que encontraron, y anduvieron por él largamente hasta desembocar en un amplio claro en el que se distinguían los restos de un poblado del que ya no quedaban sino los armazones, carbonizados, de algunas chozas.

—Caucheros...

Siguieron monte adentro por un nuevo camino, y dos horas después encontraron idéntico espectáculo, y así fueron recorriendo la zona, de poblado en poblado, sin hallar más que desolación, hasta que, de pronto, en lo más intrincado de la espesura, cayeron sobre ellos una docena de guerreros que parecían haber nacido de la misma tierra.

Ramiro gritó rápidamente palabras ininteligibles, y con los brazos abiertos se colocó ante sus compañeros, de cara a los pintarrajeados salvajes, que dudaron unos segundos. El indio no paraba de hablar con grandes aspavientos, y al fin logró que los indígenas se interesaran por sus explicaciones y depusieran momentáneamente las armas.

Howard y Arquímedes, que desde el primer instante habían amartillado sus rifles, respiraron más tranquilos; en aquella espesura, de poco les habrían valido los rifles frente al número de sus enemigos.

Cuando Ramiro pareció haber convencido a su gente, se volvió a ellos:

—Ramiro pide disculpas en nombre de su pueblo —dijo—. Constantemente están siendo asaltados por la gente de Arana, que continúa llevándolos a las caucherías. La gran nación auca está a punto de desaparecer.

Los condujeron luego, durante seis largas horas, por entre intrincadas trochas, a lo más profundo del monte, lugar prácticamente inaccesible para quien no conociera el camino, y donde, a todo lo largo de una especie de antigua barranca o cauce seco, se abría un pequeño claro acondicionado como poblado o campamento provisional. Había allí hombres, mujeres y niños de rostro asustado; gente huida y acorralada, que contemplaba con espanto a los blancos, como si esperara de ellos nuevas persecuciones y nuevas atrocidades.

El pueblo auca, originariamente próspero y pacífico, que había recibido siempre con sonrisas a cuantos extraños —blancos o de color— llegaran a sus tierras, se encontraba ahora —por culpa de la fiebre del caucho—, misérrimo, temeroso y desesperado. Habían tenido que abandonar sus fértiles tierras de las orillas del Napo y el Curaray, campos que les habían costado generaciones poner en explotación, y tenían que refugiarse en aquel barranco, condenados a pasar hambre, alimentándose de lo poco que podían cazar los escasos guerreros que habían logrado escapar a la rapiña de los buscadores de esclavos.

Se sintieron felices por el regreso de Ramiro, al que abrazaron efusivamente, pero se entristecieron al conocer la muerte del jefe Tipuany y tantos otros, así como por la certeza de que los sobrevivientes de aquella primera expedición capturada se encontraban en el lejano Curicuriarí, del que no habían oído hablar y del que al parecer resultaba improbable que volvieran.

Ramiro fue acogido con honores de héroe, y sus compañeros, atendidos como amigos y aliados del pueblo auca, lo cual no conseguía evitar que —sobre todo las mujeres y los niños— los miraran con terror.

Los ancianos se apresuraron a pedir consejo a Ramiro —¡que tanto mundo había corrido!— sobre la conducta a seguir, pues, aunque se habían escondido bien, temían que cualquier día la gente de Arana diera otra vez con ellos. Campamentos como aquél se extendían a todo lo largo del territorio, refugiando a los sobrevivientes de la raza auca, pero, poco a poco, era de temer que los esclavistas los fueran localizando.

Arquímedes quiso saber qué apoyo estaban recibiendo de las autoridades ecuatorianas y si éstas tomaban medidas contra los hombres de Arana. Aunque las explicaciones de los indígenas resultaban confusas, sacaron en limpio que había habido guerra, perdiendo en ella Ecuador gran parte de su territorio. La zona auca se encontraba ahora dividida, por lo que resultaba muy difícil que los ecuatorianos pudieran protegerles, ya que nadie sabía, a ciencia cierta, dónde empezaba un país y terminaba el otro. Los Arana, a quienes muchos culpaban de la guerra por sus ansias de apoderarse de las caucherías ecuatorianas, campaban por sus respetos en la zona peruana, y su ejército particular causaba auténticos desmanes entre la población. Los ecuatorianos tuvieron que huir más allá de las nuevas fronteras.

Todo era confuso, y los ignorantes aucas no podían explicarse lo que ocurría. Tan sólo sabían que no había paz ni seguridad en parte alguna, y no tenían adónde acudir. Los ecuatorianos, desconcertados por la alevosa invasión y la derrota, no sabían, tampoco, qué decisión tomar. Cuando los indígenas venían a presentarles quejas, no se atrevían a tomar drásticas medidas, temerosos de avivar el conflicto bélico, sabedores de que se encontraban en inferioridad numérica y peor armados que sus enemigos.

Al correrse la voz por el territorio de que Ramiro, hermano del gran jefe Tipuany, había regresado en compañía de tres blancos que parecían amigos, la mayoría de los guerreros de los grupos escondidos aquí y allá, acudieron a verle, buscando remedio a su desdichada situación. Pronto se reunieron en la barranca una docena de los principales jefes aucas que seguían con vida, y Howard y Arquímedes pudieron advertir que Ramiro se había ganado, con su hazaña, la admiración de todos; en especial los guerreros más fogosos. El indio, por su parte, no parecía dispuesto a perder esa oportunidad de llegar a ser algo más que el hermano del fallecido Tipuany.

Las deliberaciones de los jefes se prolongaron durante tres días y tres noches, y aunque Claudia, Howard y Arquímedes comenzaban a impacientarse, deseando continuar su camino lo más pronto posible, comprendieron que no era momento de pedir a Ramiro que les llevase a Tena, como había prometido. Optaron por quedarse, reponiendo fuerzas y esperando ver en qué acababa todo aquello. Presentían que el gran pueblo auca estaba a punto de tomar una decisión importante, y deseaban ser testigos.

Al atardecer del tercer día, Ramiro «Poco-poco» buscó a Howard y Arquímedes en la cabaña que les habían destinado. Era la primera vez que se veían a solas desde la llegada al territorio auca, y el indio se sentó frente a ellos, en cuclillas, según su costumbre.

—Ramiro quiere hablar —dijo—. Ramiro está preocupado porque esta noche los jefes decidirán qué debe hacer el pueblo auca. Piden el consejo de Ramiro, que ha conocido las caucherías y sistemas de los blancos, y Ramiro no puede decir más que una cosa: ¡Guerra! Guerra a muerte al hombre blanco. Pero Ramiro, antes de intentar que su criterio prevalezca, quiere saber qué piensan sus amigos.

Howard y Arquímedes guardaron silencio. Tenían formada ya una idea de cuanto ocurría, y habían comentado entre sí la situación, pero comprendían que tal vez de lo que dijeran dependía en parte el destino de aquella gente. Sin embargo, tanto el uno como el otro habían sufrido en la carne los métodos de los caucheros y sabían por experiencia el triste fin que tenían cuantos indígenas caían en sus manos.

—Guerra —dijo Howard.

—Guerra —añadió Arquímedes—. Pero guerra total. Cierren el territorio, tiendan trampas, y no permitan que ningún blanco, sea quien sea, entre aquí. Nada bueno traerá, venga de donde venga.

—Los ancianos alegan que algunos ecuatorianos no han sido malos con nuestro pueblo —observó Ramiro—. Curaron enfermos, nos dieron alimento en los años malos, nos enseñaron cosas que ignorábamos. ¿Debemos romper también con ellos?

—Si pretenden estar con un pie dentro y otro fuera, nunca solucionarán el problema —señaló Arquímedes—. Seguirá esta situación, que a nada conduce. Deben convencer al blanco —amigo o enemigo— de que no se le quiere aquí. Mientras no aprendan a respetar y temer, continuarán siendo sus víctimas.

Ramiro hizo un gesto afirmativo:

—Ramiro se alegra de que piensen como él piensa. Ahora puede ir libremente ante los jefes y gritar una y otra vez: ¡Guerra!

Se puso en pie y salió de la cabaña. Howard y Arquímedes lo vieron alejarse sin comprender que en ese momento habían lanzado a la nación auca a una batalla que no terminaría nunca; una batalla en que se encerrarían totalmente en sí mismos, regresarían a la Edad de Piedra y, limitados a sus quinientos kilómetros de la orilla derecha del Napo, perderían todo contacto con el mundo y retrocederían siglos. Mucho más atrás de cuando los primeros españoles llegaron a sus tierras.

Cien años después, los aucas continúan luchando en esa misma guerra a la que se arrojaron aquella noche, empujados por las atrocidades de los caucheros peruanos.

A la mañana siguiente, muy temprano, Ramiro vino a comunicarles la decisión de los jefes. El pueblo auca declaraba la guerra a muerte a todos los extranjeros, fueran blancos o indios, y perteneciesen a cualquier país, tribu o religión. El auca no respetaría más que la vida auca, y ellos, sus amigos, tenían tres días —por deferencia especial hacia Ramiro— para abandonar el territorio y cruzar el Napo. Por su parte, él —Ramiro— había sido nombrado caudillo de los guerreros, y en su calidad de tal, debía conducir la lucha y dejar de demostrar amistad, desde ese momento, a los blancos.

—Ramiro se entristece —concluyó el indio—. Durante mucho tiempo El Nordestino y el del pelo colorado han sido sus hermanos. Pero ahora tan sólo debe escuchar lo que los jefes dicen, y no debe pensar más que en su pueblo. Tendrán una curiara y comida. En dos días, Curaray arriba, llegarán a un poblado destruido, desde el que una trocha lleva en poco tiempo al Napo y luego a Tena. Allí están a salvo. Dice mi gente que por todas partes andan los hombres de Arana. Dentro de tres días comenzaremos a matarlos, estén donde estén. Cuando dé esa orden, no pisen territorio auca, pues nada podré hacer entonces por ustedes.

Dio media vuelta y salió precipitadamente, como si quisiera evitar las despedidas. Howard y Arquímedes se miraron un tanto perplejos, se encogieron de hombros y comenzaron a preparar rápidamente cuanto querían llevarse. Arquímedes fue a buscar a Claudia y le pidió que estuviera lista para marchar de inmediato. La muchacha hizo un gesto para indicar que ya lo estaba, y minutos después se disponían a reemprender el camino. Fuera de la cabaña les aguardaban tres indios que, sin decir palabra, los condujeron por una escondida trocha hasta el río Curaray. De entre los arbustos sacaron una curiara, la echaron al agua y cargaron en ella cuanto llevaban. Luego dieron media vuelta y desaparecieron en la espesura.

Claudia, Howard y el Nordestino se encontraron solos a la orilla del río, y aunque tenían alimentos y se sabían cerca de su meta, les dio la impresión de que se encontraban desamparados, sin la seguridad que les proporcionaba la silenciosa figura de Ramiro. Habían perdido un compañero de viaje y un amigo, y ahora se daban cuenta de hasta qué punto había llegado a resultarles imprescindible.

No tuvieron problemas para alcanzar el poblado destruido, al que llegaron al atardecer del segundo día. Tras pasar la noche en una de las pocas cabañas que aún se mantenían medio en pie, tomaron muy de mañana la única trocha que se abría, ancha, a espalda de las chozas, e iniciaron lo que esperaban sería última marcha de su escapada.

A las seis horas de camino, pudieron escuchar claramente rumor de agua que corría, y de pronto, en un recodo, apareció ante ellos nuevamente el gran Napo, ahora aguas arriba, a muchos kilómetros de donde lo cruzaran la primera vez. La trocha bordeaba el río a cierta altura sobre él, y descendía lentamente como buscando la playa. Al otro lado, podían ver claramente los árboles de la orilla en que ya estarían a salvo, fuera del territorio auca, en plena Amazonia ecuatoriana, lejos, probablemente, de las gentes del cauchero Arana.

Al doblar el último recodo se toparon, sin embargo, de improviso, con un tosco campamento montado en un claro entre los árboles y en el que un hombre gordo parecía dormir tumbado en un chinchorro, mientras otro se inclinaba sobre unas piedras, tratando de encender fuego.

Unos y otros se vieron en el mismo instante, y mientras el que encendía fuego gritaba algo en español y se lanzaba sobre el fusil que aparecía apoyado en un árbol, el gordo —con una agilidad increíble para su peso— se dejó caer del chinchorro, esgrimiendo de inmediato un revólver. Howard fue más rápido; disparó dos veces solamente, y el del revólver quedó muerto en el acto, mientras el otro se llevaba la mano al estómago y se inclinaba sobre sí mismo, cayendo al suelo con un gemido.

Arquímedes y Claudia no tuvieron tiempo de comprender cuanto había ocurrido, y su primera intención fue acudir junto al herido, pero cuando se disponían a cruzar el campamento, los detuvo una llamada de advertencia del Gringo, que, lanzándose sobre ellos, los arrojó al suelo. Sonaron dos disparos. El Nordestino buscó con la mirada y aún tuvo tiempo de ver a un hombre que —tirando al suelo el cubo de agua que traía— había echado mano al fusil que llevaba al hombro, disparando precipitadamente.

Howard hizo fuego una vez más, pero el individuo buscó protección entre los árboles y se ocultó. Ahora fue él quien volvió a disparar, y el trío tuvo que buscar refugio a su vez, alejándose del campamento, intentando llegar a la protección de la selva.

El Gringo, más habituado a tales incidentes, se hizo pronto cargo de la situación. Tras ordenar a Claudia que se quedara muy quieta donde estaba, hizo gestos a Arquímedes para que avanzara hacia el desconocido por la izquierda, mientras él lo hacía por la derecha, rodeando el claro.

Fueron largos minutos de tensión, sin que se escucharan más que los eternos rumores de la selva y, de tanto en tanto, los lamentos del herido que iba quedando tras ellos en el campamento.

Avanzaron metro a metro y casi al unísono llegaron al grueso árbol, una frondosa ceiba tras la que se había escondido el individuo. A una señal de Howard, saltaron por cada lado, disparando, pero sus balas se perdieron en el aire y luego en la maleza. Tras la ceiba no había nadie. Se miraron perplejos; no comprendían cómo podía haberse escabullido sin ser visto y corrieron tras él por el sendero, para desembocar, a menos de veinte metros, en la orilla del río. Pudieron verlo: se alejaba en una curiara, remando rápidamente, y se encontraba ya muy cerca de la orilla opuesta, aguas abajo, desviado por la corriente.

Howard maldijo en voz alta y, llevándose el rifle a la cara, apuntó cuidadosamente y disparó. La bala debió pasar muy cerca del fugitivo, que se tumbó de bruces en la curiara, y tan sólo sacaba el brazo y los ojos para manejar la embarcación. El Gringo repitió suerte una y otra vez, y aunque alcanzó la curiara, sus balas no llegaron hasta el hombre, que cuando se vio en la otra orilla, dio un salto, abandonó su embarcación y desapareció como tragado por la espesura.

Volvieron sobre sus pasos en busca de Claudia, y El Gringo se maldecía por haber dejado escapar al hombre de Arana. En el claro, el herido continuaba lamentándose, aunque cada vez más débilmente, y Claudia, cerca de él, aparecía pálida y transfigurada, mucho más impresionada por lo ocurrido de lo que cabía imaginar en quien tantas muertes había visto ya.

No obstante, la razón de su lividez no era la muerte; cuando llegaron a su lado, se limitó a mostrarles tres prendas de vestir que habían encontrado colgadas de una rama. Eran chaquetas de uniforme, y una de ellas lucía las insignias de teniente.

En el brazo, sobre un escudo multicolor, podía leerse un solo nombre: ECUADOR.

Howard y El Nordestino se miraron consterna-
dos. Les costaba creer lo que resultaba evidente,
y se precipitaron junto al herido que —apoyado
contra un árbol— aparecía sentado en un gran
charco de sangre. Su rostro estaba contraído por
el dolor, lívido y ceniciento, y resultaba claro que
no iba a durar mucho. Arquímedes se arrodilló
junto a él, obligándole a que le mirara, y preguntó nervioso:

—¿Quién eres?

El hombre, apenas un muchacho de algo más
de veinte años, lo contempló con una mirada turbia y perdida, y al hablar, un hilo de sangre escapó
por la comisura de sus labios.

—¡Malditos caucheros! —masculló—. Malditos
caucheros. Los ahorcarán por esto.

—¿Pero quién eres? —repitió Arquímedes—.
Por favor: ¿eres ecuatoriano?

El herido, señaló con la cabeza hacia el cadáver de su compañero.

—Ése era el teniente Buitrón —susurró—. Yo,
el cabo Andrade. ¡Los ahorcarán por esto! ¡Lo
juro, peruanos! Caucheros, hijos de puta. Los ahorcarán...

Luego, fatigado, asaltado por un súbito dolor,
guardó silencio y se aferró las entrañas como si
quisiera arrojar de ellas aquel tormento insoportable. Claudia habló por primera vez desde que
saliera del poblado de Olaf:

—¿Qué podemos hacer por él?

Howard movió la cabeza negativamente. Cuando disparaba sabía lo que hacía: con una bala del
38 en el estómago, nadie tenía esperanzas de vivir,
y menos allí, en plena selva, lejos de cualquier
médico.

Prefirió desentenderse del herido, y rebuscó algún documento entre las ropas. Lo que el hombre
dijera parecía cierto: teniente Buitrón; cabo primero Andrade, y soldado Carrasco, de patrulla
por el Alto Napo, con orden de proteger a los in-

dígenas de las *razzias* de los caucheros peruanos.

No podían hacer más que sentarse, encender el fuego que el herido tenía ya listo, y preparar café, al que no faltaba más que el agua.

Cuando Claudia tuvo el café a punto, el que había comenzado a prepararlo acababa de expirar. Lo observaron en silencio, conmovidos por la magnitud del estúpido error, e intentaron olvidarse de él, tratando de concentrarse en lo que importaba.

Howard se encogió de hombros con gesto fatalista:

—Ya has oído a ése: nos ahorcarán. El que escapó ya debe estar lejos y pronto dará la alarma al Ejército ecuatoriano. Y nos ha visto bien: dos hombres y una mujer, asesinando a un teniente y un cabo. Nos trincarán aunque nos escondamos en el mismísimo infierno.

—Tal vez podamos llegar a Tena antes que él —insinuó Arquímedes—. Seguiríamos rápidamente a Quito, y para cuando quisieran buscarnos estaríamos lejos.

—¡No seas absurdo! Ése conoce bien el camino a Tena, y nosotros no. Para cuando llegásemos allí, todo el oriente ecuatoriano sabría de nosotros y andaría en nuestra busca.

—¿Y si explicáramos lo ocurrido? —comentó Claudia.

La contemplaron en silencio, y por cortesía no quisieron decirle que era una estupidez. Nadie iba a creer su versión de los hechos, y aunque la creyeran, la condena sería a muchos años de cárcel si lograban salvar la vida. Unos extranjeros indocumentados que matan a dos miembros del Ejército en un país que aún está conmovido por una guerra que acaba de perder, no pueden esperar que sean benévolos con ellos.

—Tenemos que huir de aquí —dijo Howard—. Escapar si queremos salvar el pellejo.

—¿Pero adónde? —quiso saber Arquímedes—.

Ecuador era nuestra última esperanza. A la espalda tenemos a los aucas, que nada quieren saber de nosotros y nos recibirán a lanzazos si volvemos, y por aquí, Napo abajo, tropezaremos con los caucheros de Arana.

—Quizá sea ése el único camino: abrirnos paso a sangre y fuego hasta el Amazonas y desde allí hasta Iquitos o Manaos. Probablemente los hombres de Arana están preparados para detener a quien intente huir de su zona, Napo arriba, pero no para enfrentarse a quienes pretenden atravesarla viniendo en dirección contraria, aguas abajo. Forzar el paso: ésa es mi opinión.

—Correrá mucha sangre.

—Lo que importa es que no sea la nuestra.

El Nordestino se volvió a Claudia.

—Tú podrías quedarte —dijo—. Inventar una historia, decir que te habíamos raptado y lograste escapar. Quizá te crean, te lleven a Quito y puedas regresar a Caracas.

Claudia no respondió; meditaba, y se volvió al americano pidiendo consejo. Éste se encogió de hombros sin saber qué decir. Al fin, no muy convencido, comentó:

—Si no saben nada de ti, tienes oportunidad de salir con bien. Pero si Sierra nos ha acusado —como imagino— de asesinato, estarás implicada, y eso dificultará que te crean. Puede que quieran hacerte pagar las culpas de todos. Sin embargo, en este caso no puedo aconsejarte; es tu vida y tu futuro, y debes ser tú quien decida. Mientras lo haces, nosotros buscaremos la forma de salir de aquí, conseguir una piragua o fabricar una balsa. Lo que sea, pero rápido.

Arquímedes comprendió que tenía razón, y juntos se alejaron hasta la orilla, donde se apresuraron a buscar los árboles más apropiados para echarlos abajo y hacer con ellos una tosca almadía. Estaban trabajando en ello, a la caída de la tarde, cuando apareció Claudia. Venía cargada con cuanto dejaran en el campamento, y unía a ello los víveres, armas, provisiones, mapas y ropas de los ecuatorianos. A los muertos les había quitado las botas para sustituir las destrozadas de Arquímedes y El Gringo. Tan sólo había dejado allí los uniformes.

Arquímedes acudió para ayudarla a desembarazarse de la impedimenta y depositarla en la orilla. Al hacerlo preguntó:

—¿Qué has decidido: vienes o te quedas?

—Voy.

No necesitaba decir más, ni había tiempo para discutir. Durante aquellos meses se habían acostumbrado a hablar poco, y se habían acostumbrado, también, a que Claudia era en realidad como un hombre entre ellos.

En dos horas terminaron la balsa, cargaron cuanto llevaban, y se dejaron arrastrar por la corriente, aunque no pudieron navegar mucho tiempo. Pronto cayó la noche, y sin la eficaz ayuda de los ojos de gato de Ramiro, no se atrevían a navegar en la oscuridad por miedo a los bajíos, los rápidos o los troncos de árbol clavados en el fondo del río. Arquímedes recordaba que, en cierta ocasión, un cauchero que navegaba de noche por el Curicuriarí no vio a tiempo uno de esos árboles, cuya rama sobresalía un metro sobre las aguas. Había ido a clavársela justamente en el pecho, y era tanta la fuerza de la corriente allí, que el hombre quedó ensartado como por una lanza. La curiara continuó su camino, el cadáver del cauchero permaneció pendiente del árbol y fue durante días un espectáculo macabro. Primero las pirañas le devoraron las piernas, luego un caimán le comió parte del tronco, y al fin los zamuros terminaron con lo poco que quedaba, hasta que, deshecho, sus escasos restos cayeron al agua.

Esa noche durmieron poco y mal, y apenas pudieron distinguir el agua de las orillas, reanudaron la marcha. A media mañana apareció tras un recodo una curiara tripulada por dos indios de aspecto pacífico que subían por la margen izquierda. A punta de rifle, Howard los conminó a que se aproximaran. Por señas les dio a entender que se quedaba con su curiara. A cambio les dio un rifle, un puñado de municiones, algunas ropas y las botas viejas. Los indígenas despreciaron las botas, pero aceptaron el resto, satisfechos. En realidad no les quedaba otro remedio: los blancos parecían dispuestos a apoderarse de la piragua por las buenas o por las malas.

Se hizo el cambio y, tras mudar toda su impedimenta a la nueva embarcación, reanudaron la marcha. Pronto quedaron atrás los dos indios, que luchaban ahora por hacer ascender la tosca balsa aguas arriba.

CAPÍTULO X

Al día siguiente comenzaron a aparecer cadáveres en el río. Colgaban de las ramas de los árboles a todo lo largo de la orilla derecha, territorio auca, y los había de blancos y de indios sin discriminación alguna. Aparecían con el cuerpo acribillado a lanzazos, y los zamuros trazaban círculos sobre ellos. Muchos bajaban ya a devorarlos, y todo el río era —a lo largo de kilómetros— como un gran baile de negras aves.

—Ramiro ha comenzado a trabajar —señaló Howard—. Naveguemos junto a la orilla izquierda y confiemos en que no saldrán de su territorio.

Siguieron río abajo sin ver más que cadáveres, sin tropezar con alma viviente alguna, como si de pronto la selva se hubiera convertido en un inmenso cementerio. El silencio resultaba extraño, sobrecogedor, y ni siquiera las sempiternas loras parlanchinas y los escandalosos monos dejaban sentir su presencia como si, espantados de lo que ocurría, hubiesen preferido huir o guardaran silencio, escondidos en lo más profundo del bosque.

Arquímedes tuvo que admitir en el fondo que aquella masacre los beneficiaba. La región se conmovería de tal modo, que tanto caucheros de Arana como soldados ecuatorianos estarían más preocupados por la nueva actitud de los aucas que por la presencia de tres fugitivos blancos que no buscaban más que salvar sus vidas.

Esa tarde entró por la izquierda un río ancho y agitado, aunque en su confluencia con el Napo sus aguas se dividían en torno a una isla. Disponían de los mapas que Claudia había tenido la previsión de quitar al oficial ecuatoriano, y por ellos supieron que el río era el Coca, que bajaba rápido y violento desde la lejana serranía andina, cuya silueta se distinguía perfectamente en el horizonte, allá al Norte.

—Si pudiéramos subir por ese río... —dijo Arquímedes—. Al llegar a su nacimiento cruzaríamos las montañas, y en un salto estaríamos en Quito. No debe haber —por lo que se ve en el mapa— más de cien kilómetros desde las fuentes del Coca a Quito.

—Nadie ha conseguido jamás —salvo el español que descubrió el Amazonas— descender siquiera por el Coca —replicó Howard—. Una vez oí decir que en aquella expedición los españoles perdieron cuatro mil de sus cinco mil hombres, y que tan sólo cincuenta llegaron hasta aquí. Recorrer los trescientos kilómetros que nos separan ahora de Quito supondría dos años de viaje y el noventa y nueve por ciento de probabilidades de morir en el camino.

—No tenemos muchas más por donde vamos.

—Pero por lo menos acabarán con nosotros rápidamente. Prefiero las gentes de Arana, e incluso al mismo Sierra, que la selva de ahí arriba.

Continuaron su viaje, y poco a poco la línea de los Andes, en la que durante tanto tiempo pusieron sus esperanzas, fue quedando atrás. Seguían sin ver más que cadáveres en el río, y en una ocasión les pareció distinguir, allá entre la maleza, en la orilla auca, a un grupo de guerreros pintarrajeados. Pero se diría que súbitamente se los tragó la tierra y llegaron a la conclusión de que tal vez fue una alucinación.

—Si este mapa no miente, pronto llegaremos a la frontera, y luego, por la izquierda, entrará el Aguarico —señaló Arquímedes—. Tal vez por ese río podamos alcanzar nuevamente el Putumayo y buscar una salida por Colombia.

—Eso es lo que imaginan los ecuatorianos y allí nos estarán esperando. Deja de hacerte ilusiones: no hay más salida que ésta. Lo importante es cruzar la frontera sin ser vistos. Habrá que hacerlo de noche y arriesgarnos a los bajíos o los raudales. El río parece ancho y profundo.

Navegaron toda la noche, y faltaba poco para el amanecer cuando, efectivamente, en un alto sobre la margen derecha, en pleno territorio auca, pero fuertemente protegido, apareció un grupo de cabañas que apenas se distinguían en la oscuridad, pese a que algunas aparecían iluminadas, y la luna —en cuarto creciente— intentaba hacer menos negra la noche. Cruzaron en silencio y diez minutos después lo hicieron frente a un aislado puesto que —en la confluencia con un tímido riachuelo— marcaba la frontera entre Ecuador y Perú. El Napo seguía ancho, tranquilo y caudaloso, y navegar por él no presentó dificultad hasta que, con las primeras luces, entró por la izquierda el Aguarico, violento y áspero, que arrastraba en sus aguas infinidad de troncos y ramas que estuvieron a punto de poner la curiara en grave aprieto.

Sin embargo, pasado el primer momento de peligro, el nuevo caudal los favoreció; imprimía una mayor velocidad al río y los alejaba rápidamente de la frontera.

Ahora el problema no era ya el Ejército ecuatoriano; el problema volvía a ser, una vez más, la gigantesca prisión amazónica de la que habían estado a punto de escapar y a la que volvían para internarse hasta su corazón mismo: Manaos.

Tuvieron la plena seguridad de que habían penetrado nuevamente en esa prisión cuando, al cruzar un raudal, les dispararon dos veces desde una roca. Iban, sin embargo, a demasiada velocidad, y el tirador, sorprendido, no pudo afinar la puntería. Se volvieron y alcanzaron a distinguir una cabaña y tres hombres a su puerta. La situación de la cabaña, los hombres que gesticulaban y el francotirador de la roca indicaban que aquél debía ser uno de los puestos de vigilancia de las caucherías. Como Howard había supuesto, los guardianes estaban alerta para detener a quien llegara río abajo, intentando ascender por el raudal, pero no para quienes se precipitaran rápidamente por él, en dirección contraria. Las cárceles están pensadas para evitar que los presos huyan, no para impedir que los de fuera penetren.

Tres días más tarde encontraron, al despertar, un viejo mugriento, que los contemplaba —sentado sobre un tronco caído— mientras fumaba pausadamente su renegrida cachimba.

Howard dio un salto, e inmediatamente su revólver apareció apuntando al viejo, quien no hizo gesto alguno ni pareció alarmarse.

—¿Quién eres? —quiso saber El Gringo.

—Sabastián. ¿Y tú?

—¿Sebastián, qué?

El otro pareció muy sorprendido por la pregunta y con la boquilla de su cachimba se rascó la cabeza tratando de recordar.

—Nada más que Sebastián —repitió—, Sebastián, «El de la pipa».

Howard se impacientó, pero vista la poca peligrosidad del otro, guardó su arma.

—Está bien. ¿Qué haces aquí? ¿Por qué espías?

—No espío —señaló el viejo—. Purgaba mis árboles como cada mañana, y los vi aquí. Deberían montar guardia, esta zona no es segura. Si los encuentra cualquier otro, podía dejarlos en el sitio a machetazos.

Al decirlo indicó el largo machete de cauchero que descansaba junto a él.

—¿Para quién trabajas?

—¡Qué pregunta! Para los Arana. Aquí todo el mundo trabaja para los Arana. Son los dueños de todo: caucho, oro, nueces del Brasil, indios y blancos, barcos y factorías...

—¿Eres esclavo?

—Naturalmente que soy esclavo —replicó el anciano como si la cuestión le pareciera idiota—. ¿De qué otro modo iba a quedarme aquí pudriéndome?

Arquímedes había comenzado a preparar el fuego para el desayuno. Antes de encenderlo se volvió al de la pipa.

—¿Puedo encender sin llamar la atención?

—Puedes encender. Creerán que soy yo cuajando goma. ¿Quiénes son? Tú eres brasilero, pero éste es extranjero... No es región para andar dando saltos. Si los Arana los encuentran, los pondrán a buscar goma, y a la chica se la llevarán a un prostíbulo de Iquitos.

Le expusieron la situación. «El de la pipa» meditó sobre ella, y, tras aceptar el café que Claudia le ofrecía, agitó la cabeza con gesto de pesadumbre.

—Lo siento —dijo—. Están en un lío. Yo ya soy viejo y me he resignado a la idea de morir en estas selvas, pero tienen aún mucha vida por delante. Es una pena desperdiciarla sacando caucho para los Arana.

—No pensamos hacerlo, viejo —señaló Arquímedes—. Sabemos lo que es eso.

—Los Arana tienen casi mil hombres entre esto y la frontera con Brasil. Nunca lograrán pasar. Harían falta por lo menos cien hombres para conseguir forzar el río y llegar a Manaos.

—¿Cuántos trabajadores hay en tu factoría? —inquirió Arquímedes.

—Unos treinta.

—¿Y guardianes?

—Seis, pero bien armados y capaces de todo.

—¿Y cuántos trabajadores en la siguiente factoría, río abajo?

—Ésa es mayor. Tal vez cincuenta, tal vez más.

—¿Y vigilantes?

—Por lo menos doce, quizá quince.

—¿Cuántos trabajadores nos seguirían si les proporcionamos armas y libertad?

La respuesta del viejo llegó rápida, como si fuera algo que tenía calculado desde mucho tiempo atrás:

—Quizá la mitad. Si matan a los vigilantes, muchos se envalentonarán y serán capaces de todo por salir de aquí.

Arquímedes se volvió a Howard.

—Ésa es la fórmula. Hasta ahora hemos intentado escapar solos, y quizá la solución esté en buscar compañía. No ser débiles y huir, sino fortalecernos y hacerles frente.

—¿Estás pensando en una rebelión? —inquirió Howard—. ¿Te das cuenta de lo que es eso?

—No puede ser más difícil que lo que hemos hecho hasta ahora. O de lo que pretendemos en el futuro.

Se volvió al viejo y preguntó:

—¿Nos conducirías hasta la factoría?

—Ahora mismo —respondió «El de la pipa»—. Y por una trocha escondida. A media tarde, un par de guardianes suele ir a pescar bagres a la poza del río, aguas abajo. Ésa sería la ocasión de caer sobre los otros.

—¿Ayudarías a acabar con ellos?

El viejo asintió con gesto decidido. Arquímedes se volvió al americano como pidiendo su opinión, y éste también movió la cabeza afirmativamente. Por último, la muda pregunta fue para Claudia, que se limitó. a encogerse de hombros.

Caía la tarde sobre la factoría, y el capataz, un extraño mestizo de color indefinido al que llamaban Blanquinegro, contemplaba como cada día la puesta del sol, más allá del río. Aguardaba la llegada de los caucheros que traían la goma, que debía pesar, hacer coagular y almacenar luego en forma de grandes bolas hasta que el barco viniera a buscarla para llevársela a Iquitos.

El viejo Sebastián, «El de la pipa», llegó corriendo desde la espesura y lo sacó de su abstracción:

—Ven pronto, Blanquinegro —pidió—. Acabo de encontrar en el bosque, medio muerta, a una mujer. Una blanca.

El capataz lo observó unos instantes, incrédulo:

—Una... blanca... —repitió estúpidamente.

—Blanca —confirmó el viejo—. Y es joven y bonita.

Blanquinegro se puso en pie de un salto y llamó hacia la cabaña:

—¡Leandro! Trae mi revólver y ven conmigo.

Apareció Leandro, una especie de ogro malencarado, y ambos siguieron a «El de la pipa», que ya se encaminaba de nuevo a la espesura. Apresuraron el paso, y a los diez minutos de seguir al viejo, cuando comenzaron a sudar y renegar, Sebastián se detuvo, se hizo a un lado, y señaló un cuerpo tendido en el camino.

Claudia cumplió su papel de perdida en el bosque, hambrienta y destrozada, y se dejó llevar en volandas por los tres hombres hasta el campamento y la cabaña de Blanquinegro, que parecía el más feliz de los hombres con su hallazgo.

Su alegría duró poco; al entrar en la choza fue para encontrarse frente a los cañones de dos rifles que le apuntaban a los ojos.

Tardó en comprender lo que ocurría y no se atrevió a gritar, pues sintió que, por la espalda, le habían colocado un afiladísimo objeto en la garganta. Howard y Arquímedes, que habían aguardado en el linde del bosque a que el capataz y Leandro se fueran tras Sebastián, no tuvieron problema alg no para deslizarse en la cabaña. Dos de los guardianes se habían ido, en efecto, a pescar, y los otros dos andaban atareados en el galpón, preparando la leña y los recipientes que servirían para cuajar la goma que trajeran los trabajadores.

Obligaron a sus prisioneros a tomar asiento, y Arquímedes, dirigiéndose al mestizo, ordenó:

—Llama a los del galpón.

Blanquinegro negó con un gesto e inmediatamente advirtió cómo el machete que tenía en la garganta presionaba y un hilo de sangre comenzaba a correr hacia el pecho.

—¡Llámalos! —repitió Arquímedes.

Blanquinegro miró hacia abajo y vio cómo su sangre contrastaba extrañamente con el absurdo color de su piel. Se iba abriendo paso a lo largo de su pecho carente de vello y, al llegar a la curva del estómago, parecía indecisa sobre el camino a seguir. El corte en el cuello se hizo más amplio y el capataz ya no dudó:

—¡Sancho, Tuerto! —gritó—. ¡Vengan un momento!

—¿Qué quieres? —respondió una voz a lo lejos—. Estamos ocupados...

—¡Que vengan, he dicho! —apremió el mestizo.

Se escuchó un reniego y pesados pasos que se aproximaban. Leandro hizo un gesto hacia delante y abrió la boca con la intención de gritar, alertándolos, pero Claudia, que estaba atenta, fue más rápida, y de una cuchillada le cortó la garganta. Al ver aquello, Blanquinegro se quedó únicamente en blanco, y comenzó a sudar. Claudia luchaba por evitar que el cuerpo de Leandro cayera con estrépito y Arquímedes tuvo que acudir a ayudarla. Entre los dos dejaron al que ya era cadáver en el suelo, y se prepararon para la entrada de Tuerto y Sancho.

Venían comentando sobre si tendrían suficiente leña seca para el día, y no fueron capaces ni de reaccionar cuando se encontraron con el espectáculo de la cabaña: un compañero muerto, otro tan pálido como si lo estuviera también y dos fusiles que se clavaban en los riñones. Se dejaron atar y amordazar sin la menor resistencia. Poco después, no eran —junto a su capataz— más que tres fardos tumbados sobre el charco de sangre de Leandro.

Cuando regresaron los que pescaban, no tuvieron tiempo de poner pie en tierra. Parecieron sospechar algo al no ver a sus compañeros por parte alguna, pero antes de que pudieran echar mano a sus armas, dos disparos —casi a bocajarro desde la maleza que rodeaba el embarcadero— los tiraron de espaldas al río.

Los trabajadores comenzaron a llegar a la factoría cargados con su goma, para encontrarla en manos de extraños. Arquímedes, Howard y el viejo Sebastián los fueron agrupando en un claro, y allí se dispusieron a esperar, entre comentarios, lo que les trajera de bueno o malo la nueva situación.

Cuando «El de la pipa» señaló que ya se habían reunido todos, Arquímedes les dirigió la palabra desde el porche de la cabaña grande, el almacén. Habló como un caudillo que se dirigiera a su tropa, y aunque su español —aprendido de los muchos compañeros de habla hispana que tuvo en la cauchería de Sierra— no era perfecto, bastaba para que se le entendiera.

Su discurso comenzó con su presentación y la de sus compañeros, así como un breve resumen de cuanto habían hecho en aquellos últimos tiempos. Luego expuso lo que pretendía: alzarlos en armas, e ir reuniendo más y más voluntarios a lo largo del río, hasta constituir una fuerza tal, que ni los Arana ni los patrones del Brasil fueran capaces de enfrentarse a ellos. Una vez en Manaos o Belén de Pará, cada cual podría escoger libremente el camino que quisiera. Muchos morirían en la lucha, y eso debían suponerlo antes de iniciar la marcha, pero Arquímedes creía que los que se sintieran verdaderamente hombres preferirían ese riesgo a la seguridad de acabar víctimas del beriberi o los latigazos de los capataces.

Concluido su discurso, señaló:

—Los que quieran venir con nosotros, que se aproximen; los restantes, pueden quedarse donde están.

Antes de que nadie se moviera, un hombre levantó el brazo y preguntó:

—¿Qué van a hacer con Blanquinegro, Sancho y el Tuerto?

—Ustedes deben decidirlo —replicó Arquímedes.

—Me han dado más de doscientos latigazos —dijo el hombre—. Los he ido contando con la esperanza de que llegara un momento como éste. ¿Puedo devolvérselos? Me uniré a ustedes y los seguiré al fin del mundo.

—Puedes hacerlo —admitió El Nordestino.

El hombre avanzó un poco y se colocó donde le señalaban. Otro, un negro que estaba al fondo, preguntó a su vez:

—¿También yo puedo cobrarme los latigazos?

—Naturalmente —admitió Arquímedes—. Mientras resistan...

El negro avanzó a su vez y lo siguieron nueve hombres más. Los restantes parecían indecisos o acobardados.

Arquímedes comprendió que, probablemente, el ver cómo azotaban a quienes los habían aterrorizado durante tanto tiempo, ayudaría a convencer a muchos, y se volvió a Howard pidiéndole que trajera a los prisioneros.

Cuando éstos salieron de la cabaña, apenas podían tenerse en pie. Habían oído cuanto se decía fuera, y sabían lo que les esperaba. El capataz intentó implorar a El Nordestino:

—No puedes hacer eso —sollozó—. Nos matarán a latigazos. Nos desollarán.

Arquímedes se volvió a «El de la pipa».

—¿Cuántos años llevas en la factoría? —quiso saber.

—Ocho.

—¿Cuántos hombres has visto matar a latigazos en ese tiempo?

—Perdí la cuenta —replicó el viejo.

Arquímedes hizo un gesto fatalista, dirigiéndose a Blanquinegro:

—Algún día las cosas debían cambiar. —Luego, volviéndose a los de abajo, dijo—: Son suyos.

A empellones y golpes condujeron a los prisioneros hasta el poste de castigo, que allí, como en el campamento de Curicuriarí, y como en todos los que conocían, ocupaba el centro de la plazoleta principal.

Los ataron uno junto a otro, los tres de cara al poste, con los brazos sobre los hombros, como si mantuvieran una conversación secreta. El negro, que había corrido a buscar el largo látigo, que tantas veces sintiera en su propia espalda, se lo entregó, ceremonioso, a su compañero.

—Tú hablaste primero, Pastueño. El honor es tuyo.

El otro, que por lo visto era natural de Pasto, en Colombia, se escupió las manos, tomó el látigo y lo descargó con furia sobre la espalda del capataz. El látigo, largo, se enroscó en torno al palo, alcanzando a los tres hombres al tiempo, y el grito fue, por lo tanto, múltiple. El Pastueño volvió a la carga una y otra vez, hasta que chorros de sudor le corrían por el cuerpo, y dejó caer el brazo fatigado. Le tendió entonces el látigo al negro, que esperaba impaciente, y se apartó a contemplar el espectáculo, como lo hacían todos, incluida Claudia, que no se había movido de su sitio.

Cuando el negro terminó —y era mucho más fuerte y resistente que el colombiano—, ya apenas quedaba un centímetro de carne sana en las espaldas y las nalgas de los condenados, cuya ropa había saltado, hecha jirones. Sus gritos habían pasado a convertirse en lamentos y uno de ellos —El Tuerto— se había desmayado y pendía inerte de sus compañeros de castigo. Un nuevo trabajador sustituyó al negro, y a éste, otro, y otro. Y cuando acabaron, el que golpeaba ya no golpeaba más que cadáveres.

Arquímedes se volvió entonces a los que parecían indecisos:

—Ahí están quienes los aterrorizaban —dijo—. Mírenlos bien, porque si siguen aquí, algún día acabarán como ellos: muertos a latigazos cuando no sean capaces de traer la goma que exijan. Si vienen con nosotros, yo les prometo al menos una cosa: la muerte será rápida; de un balazo. Y si tenemos suerte, alcanzarán la libertad.

Cinco hombres parecieron vencer sus dudas y se unieron al grupo. Los demás, pusilánimes, prefirieron seguir donde estaban. Arquímedes ordenó entonces que se recogieran los víveres y armas del campamento y que al almacén de caucho se le prendiera fuego. Señaló la partida para el amanecer del día siguiente, y mandó a los hombres que se retiraran a sus cabañas. Esa noche Howard y él se distribuyeron las guardias para evitar sorpresas.

No ocurrió nada, y a la mañana todo estaba dispuesto para la marcha.

Algunos más habían decidido a última hora unirse al grupo. Arquímedes ordenó que en una curiara fueran Claudia, Howard y él, junto a dos remeros. Las tres restantes quedaban al mando del viejo Sebastián, el pastueño colombiano, que se llamaba León, y del negro, al que todos decían Martinico por ser natural de esa isla del Caribe.

Se echaron al río en flotilla y Arquímedes tuvo la precaución de quedarse en último lugar y navegar siempre en tal puesto. De ese modo evitaba traiciones, porque aún no estaba seguro de aquellos hombres. Éstos, por su parte, parecían haberlo acogido como cabecilla, decisión que Howard aceptó desde un principio, un tanto sorprendido por la decisión de su compañero. Podía decirse que se había efectuado un cambio en la forma de ser del brasilero, o quizá, que su auténtica personalidad se puso de pronto al descubierto. El Nordestino actuaba con toda naturalidad, como si no hubiera hecho otra cosa en su vida que mandar gente. Su tono de voz cuando daba una orden no admitía réplica, y parecía que supiera en todo momento lo que deseaba y lo que esperaba de los demás. Se había convertido de la noche a la mañana en un cabecilla, aunque de no haber sido por la necesidad de salvar la vida, Arquímedes da Costa, El Nordestino, hubiera seguido siendo, siempre, un pobre peón semianalfabeto en su Alagoas natal. Pero allí, en el río Napo, en la Amazonia peruana, había comprendido que no quedaba más camino que la lucha, y si bien su compañero Howard estaba probablemente más capacitado para dirigirla, su calidad de extranjero en aquellas tierras, su cómico acento y su mismo aspecto físico —alto, desgarbado, pelirrojo— le cerraban el acceso al mando de unos hombres que necesitaban, ante todo, temer y respetar a su jefe.

La tropa, más triste que alegre, más preocupada que optimista, continuó su marcha hasta que Sebastián, «El de la pipa», indicó que se encontraban ya dentro de la zona de influencia de la nueva factoría. Arquímedes decidió atacarla a la madrugada siguiente, siguiendo el sistema que viera utilizar al turco Yusufaki con el campamento indígena. Dividió a su gente en dos grupos: uno que llegaría por tierra, mandado por él, y otro que lo haría directamente por el río, capitaneado por Howard.

Un hombre —que había trabajado en aquella factoría y conocía perfectamente todas sus trochas y senderos— se brindó como guía para los que fueran por tierra. Esa noche se aproximaron cuanto pudieron, y con la primera claridad iniciaron la marcha, de modo que aún no había hecho su aparición el sol en el horizonte cuando Arquímedes ordenó el ataque.

Todo resultó fácil al gusto del Nordestino, y quince minutos después eran dueños del campamento sin más bajas que dos heridos leves. Entre la gente de Arana había cinco muertos y los demás —en paños menores, y algunos desnudos— aparecían maniatados en el gran patio central.

El Nordestino repitió su arenga a los trabajadores, y esta vez lo hizo con mucha más firmeza y convencimiento, respaldado como estaba por un segundo éxito y por el hecho indiscutible de que los temidos hombres de Arana no eran invencibles. Allí estaban, a su merced, a disposición de quienes habían sufrido sus torturas durante tanto tiempo. Y ahora el arsenal de los rebeldes se incrementaba con un importante número de armas y municiones. Arquímedes las hizo repartir entre los que le acompañaban y en los que tenía ahora absoluta confianza, y esperó la decisión del nuevo grupo de trabajadores. Más de la mitad se le unieron sin pensarlo, felices de su nueva situación y abrazando a sus salvadores. En cuanto a la gente de Arana, ordenó su ejecución inmediata, aunque sin el brutal escarmiento de la vez anterior. Acostumbrar a sus hombres a la bestialidad no conduciría a nada. Se daba cuenta, y lo había comentado con El Gringo, que su principal problema, a partir de ese momento, sería mantener la disciplina entre aquella montonera de desesperados, que comenzaban a disfrutar de una libertad perdida durante años.

A la hora de las ejecuciones, efectuadas de un simple tiro en la nuca para evitar dispendios, algunos de los trabajadores pidieron clemencia para un tipo fuerte y de aspecto bronco al que llamaban Tigre. Alegaron que, pese a ser guardián, se había mostrado siempre particularmente humanitario y justo, y había impedido en más de una ocasión la muerte o el castigo de algunos trabajadores.

Arquímedes lo consultó con Howard, y juntos vieron la oportunidad de dar a su empresa un aire de respetabilidad, convirtiéndola en algo más que la desatada furia de un grupo de libertos. Decidieron, por tanto, montar la comedia de una especie de juicio en el que ellos dos, Claudia, León, el colombiano, «El de la pipa» y el negro Martinico fueran los jueces, y nombraron un acusador y un defensor.

El juicio fue un verdadero éxito, que todos —excepto quizás ellos mismos— consideraron muy en serio. Los jueces tomaron asiento en una mesa improvisada en el gran patio central, y espectadores y testigos se agruparon en torno. Había en aquel campamento una casa de mujerucas como la del Curicuriarí, que asistían también, interesadas, al desarrollo de los acontecimientos.

El tal Tigre, sin dar muestras ni de temor ni de excesivo interés por cuanto ocurría —como si estuviera convencido de que todo aquello no conducía más que a un retraso en su ejecución—, ocupó el centro del claro, y los que pedían su perdón fueron adelantándose y hablando uno tras otro, exponiendo sus razones y enumerando las ocasiones en que habían sido beneficiados por el acusado.

Intervinieron luego tres o cuatro caucheros que pedían su muerte, y uno de ellos se volvió para mostrar en la espalda las cicatrices que el látigo del Tigre había dejado. Arquímedes —portavoz de los jueces— se volvió al vigilante, al que comenzaban a ponérsele mal las cosas.

—¿Qué tienes que decir a eso? —inquirió—. Pueden contarse más de treinta marcas en la espalda de ese hombre.

El individuo tardó en responder. Se diría que no pensaba hacerlo, pero al fin replicó:

—Todo esto es una estupidez y una pérdida de tiempo. Si le di treinta latigazos a ese cretino fue porque el capataz le hubiera dado doscientos, y es tan canijo que se hubiera muerto. En cuanto a las cicatrices, si quiero darle con fuerza, de un solo latigazo le llego a los huesos.

Los jueces se fijaron en sus brazos, que realmente parecían capaces de lo que había asegurado. Arquímedes, considerando que allí había ocasión de obtener una prueba, hizo traer a uno de los hombres de Arana que todavía no habían sido ejecutados y ordenó que desataran al Tigre y le entregaran un látigo.

—Dale a ése —dijo—. Y si consigues lo que has dicho, te creeremos.

El otro se negó:

—Éste ha sido mi compañero de trabajo, bueno o malo, durante mucho tiempo, y no voy a azotarlo ahora.

Arquímedes no podía evitar que aquel tipo le gustase. Le parecía un hombre de los que deseaba tener a su lado, y en los ojos de Howard leyó que le pasaba lo mismo. Consultó con él por lo bajo y El Gringo confesó en un susurro:

—No dejes que lo maten.

El Nordestino asintió y se volvió al llamado Tigre:

—¿Si te perdono la vida, te unirías a nosotros?

El otro pareció meditar la proposición. Quizá por el tono de voz comprendió que tal vez había algo de verdad en todo aquello.

—Depende —dijo al fin—. Tendría que pensarlo y tendría que saber qué vais a hacer y cómo lo haréis.

El Nordestino golpeó la mesa con la parte plana de su machete y se puso en pie, dando por terminada la sesión:

—Este tribunal acuerda aplazar la sentencia. Mientras tanto, el llamado Tigre queda en libertad vigilada.

Algunos caucheros lanzaron al aire sus sombreros con un grito de alegría y acudieron a felicitar al recién liberado. Luego se procedió, sin más dilación, a las ejecuciones que quedaban pendientes, pese a que algunos de los condenados suplicaban clemencia, pedían un juicio, e incluso juraban y perjuraban que se unirían al Nordestino y serían fieles hasta el fin. Todo lo ocurrido contribuyó a que algunos trabajadores más se decidieran a unirse a los rebeldes, y El Gringo y Arquímedes calcularon que contaban con casi medio centenar de hombres, para los cuales disponían de unos veinte rifles, ocho revólveres, y seis o siete viejas escopetas de pistón de las que se cargaban por la boca, que constituían casi tanto peligro para el que disparaba como para el disparado. Había entre su gente media docena de indios cofanes y yumbos, y éstos se procurarían pronto arcos, flechas y cerbatanas con dardos envenenados, lo que no dejaba de ser una ventaja, no sólo por ahorrar armas de fuego, sino por el hecho de que su forma de guerrear y matar —mucho más silenciosa y discreta— podría serles útil.

Decidieron quedarse una temporada en la factoría, concretar sus planes y fortalecer a los hombres. Al parecer, no existía ninguna otra cauchería o lugar habitado de importancia hasta la unión del Napo con el Amazonas, y a Arquímedes no le pasaba inadvertido el hecho de que a la hora de su llegada al gran río, donde se encontraría con el grueso de las fuerzas de los Arana, tendría que tener muy bien calculados todos sus pasos.

CAPÍTULO XI

Llegó la lluvia.

En toda la margen izquierda del Amazonas se recordaría aquel mes de marzo como el más lluvioso del siglo. Un dicho de la región aseguraba: «En el Napo, la mitad del año hay lluvia, y la otra mitad, diluvia», pero aquel marzo superaba todo lo conocido y por conocer.

Comenzó un mediodía con lo que parecía un chaparrón más, anuncio de la estación húmeda, pero no paró al caer la tarde, como todos imaginaban, ni por la noche, ni la siguiente, y alcanzó casi los bíblicos cuarenta días y cuarenta noches de caer agua ininterrumpidamente.

El campamento se convirtió primero en un fangal en el que los hombres se hundían hasta la rodilla para acudir de una cabaña a otra, y el Napo comenzó a ascender; su nivel creció metro a metro, y una mañana, muy temprano, ya no se podía asegurar dónde comenzaba el río y dónde la selva.

Los altos postes sobre los que clavaban las cabañas vieron llegar el agua hasta la rejilla de bambú, mojando los pies de sus habitantes, y los pilares comenzaron a crujir y estremecerse.

Llovía y llovía; el rumor del agua ahogaba las voces y el río arrastraba árboles, animales muertos y los despojos de cuantos cadáveres habían colgado en sus orillas los guerreros aucas.

Arquímedes consultó con el viejo Sebastián, que se mostró confiado en que acabaría pronto, pero a los quince días el anciano comenzó a dudar y al fin llegaron a la conclusión de que aquello era algo nunca visto y no podían hacerse pronósticos. Cada amanecer, los hombres se asomaban a buscar un pedazo de cielo azul que anunciara el fin de las lluvias, y cada amanecer todo aparecía cubierto hasta el horizonte.

Arquímedes llamó a su gente de confianza e hizo venir también a algunos de los indios y a los caucheros que habían vivido más tiempo en la región.

Se reunieron en el gran almacén, sentados sobre bolas de caucho, y El Nordestino expuso brevemente la situación. Si continuaba lloviendo al mismo ritmo, las aguas acabarían por llevarse lo poco que quedaba en la factoría, y aunque no ocurriera, pronto no tendrían qué comer. La caza de los alrededores parecía haber emprendido el éxodo; en el violento río apenas se podía pescar, y de las «chacras» que antiguamente abastecían al campamento, no quedaba nada, sumergidas bajo metros de agua. Por otra parte, intentar lanzarse ahora Napo abajo era un suicidio.

Lo primero que hacía falta era saber hasta dónde alcanzaba la inundación. Las canoas exploratorias no pudieron llegar muy lejos, y un experto cauchero trepador, que había ascendido hasta la copa de un inmenso angelín de ochenta metros, aseguraba que todo cuanto se distinguía era agua. Alcanzaría, quizás, más de cuarenta kilómetros a cada orilla del río. Arquímedes sabía que, durante las grandes inundaciones, algunas crecidas superaban los noventa kilómetros, pero eso era allá donde el Amazonas es más ancho y profundo, y el territorio más llano. Que ocurriera aquí, en un simple afluente, aunque fuera tan importante como el Napo, resultaba en verdad fantástico.

—Tenemos que irnos —dijo al fin.

—Sí, ¿pero adónde?

—Hay que decidirlo. Una semana más, y nos ahogamos como ratas.

—Yo no veo más que una solución —aventuró Martinico—: Construir refugios en la copa de los árboles y esperar.

—¿Esperar a qué; que te caigas y te ahogues...? Hay que irse.

—¡Irse! Es muy fácil decirlo, ¿pero adónde?

—En alguna parte habrá tierras altas que no estén inundadas.

—Sí, claro, tierras altas... en la Sierra. Hasta seis mil metros si quieres. Pero la Sierra está río arriba. ¿Quién es capaz de navegar un solo metro en ese río?

—¿No hay más tierras altas por aquí?

—Ninguna que nosotros sepamos.

Un indio de la tribu cofán, que había escuchado en silencio, alzó el brazo:

—Hace muchos años —dijo—, siendo yo niño, hubo una inundación semejante. Recuerdo que mi tribu tuvo que emigrar y pedir refugio a los huasingas, pequeña familia que habita una gran laguna, a tres días de marcha hacia el Oeste. Son gente feroz, pero hospitalaria si se les pide ayuda con humildad. No hay forma de llegar hasta ellos si no quieren, pues la laguna es un laberinto de manglares y pantanos en el que todo forastero se pierde. Ni aun los Arana pudieron encontrarlos, pese a que su territorio es rico en caucho.

—También la laguna se habrá inundado.

—Sus casas flotan y las trasladan de una a

otra parte siguiendo la pesca o la caza. Es un pueblo nómada y navegante.

—¿Querrían acogernos?

—Tendríamos que acudir sin armas.

—No me gusta —comentó León, el colombiano—. Ahora tengo un rifle que me defiende de los caucheros. No pienso abandonarlo.

Se entabló una violenta discusión. Unos eran partidarios de aceptar cualquier condición antes que perecer ahogados y otros juraban que preferían encaramarse a un árbol como monos y aguantar allí sin ceder sus armas. No querían ponerse en manos de unos salvajes de los que no sabían qué podían esperar. Habían sido hospitalarios con los cofanes hacía por lo menos cuarenta años, era cierto, pero, ¿quién aseguraba que seguirían siéndolo, o que se comportarían de igual modo con los blancos?

Arquímedes puso fin a la discusión pidiendo silencio y se dirigió al indio:

—Dices que esos huasingas tienen casas flotantes, y por eso no les importan las inundaciones... ¿De qué las construyen?

—De madera de balsa, que abunda en su región.

—También podemos hacerlas nosotros. ¿Hay por aquí madera de balsa?

Los caucheros negaron. Había, pero en escasa cantidad, y como estaba la situación, resultaba muy difícil buscar los árboles aislados.

Arquímedes no parecía querer desechar la idea de las viviendas flotantes y se interesó por cualquier tipo de árbol que pudiera aprovecharse para tal fin. Sería necesario derribar troncos gigantescos, desbrozarlos, trocearlos y unirlos entre sí. Un trabajo posible en circunstancias normales, pero no cuando el agua alcanzaba los dos metros de altura.

Arquímedes se impacientó:

—Habrá que hacerlo de un modo u otro. O flotamos como esos salvajes, o acabaremos en las tripas de las pirañas.

Claudia, que había asistido a la reunión, silenciosa como siempre, se puso en pie, avanzó hasta el centro del grupo e hizo un gesto con la mano para que la siguieran hacia el porche. Allí tomó una bola de caucho y, sin más, la lanzó al agua. La bola chapoteó, y se alejó flotando, arrastrada por la corriente; tropezó contra el primer árbol, lo bordeó, y desapareció luego en la espesura.

—Comprendo —masculló El Nordestino, malhumorado—. Somos idiotas y no se nos ha ocurrido emplear el caucho para flotar. Pero podías haberlo dicho sin tanto teatro. Empieza a hartarme esa estúpida manía de no hablar.

Claudia lo miró fijamente, como asombrada. Durante unos instantes no supo qué hacer y se hubiera dicho que estaba a punto de romper a llorar. Arquímedes dio media vuelta y entró en el almacén. Todos lo siguieron, excepto Howard. Claudia se volvió a él en una muda pregunta y El Gringo pareció comprenderla:

—Ahora ha cambiado —dijo—. Es el jefe y necesita que lo respeten.

Se dispuso a entrar de nuevo en el almacén, pero Claudia le detuvo:

—¿También te has cansado de mí?

El americano se volvió y la contempló unos instantes. Había compasión en sus ojos, y al hablar lo hizo como si se dirigiera a una niña:

—No; no me he cansado. Ni él tampoco.

Arquímedes ordenó que se ensartaran las grandes bolas de caucho en largas y afiladas estacas, para que aquellas especies de gigantescas ristras de chorizos se colocaran bajo una de las cabañas, a la que hizo cortar los pilotes que la sujetaban al fondo. Todo el campamento asistió interesado a la operación, y cuando la cabaña salió flotando sobre las bolas de caucho, se escuchó una sonora ovación. El sistema daba resultado, y había en el almacén caucho suficiente para ocho o diez cabañas, en las que —un poco apretados— podrían caber todos.

A los caucheros, aun sabiendo que con ello salvaban la vida, se les encogía el corazón viendo que el caucho —que tanto les había costado arañar a la selva y que constituía una auténtica fortuna— quedaba reducido a simple flotador. Se consolaban, sin embargo, con la idea de que nunca se lo hubieran llevado y de que probablemente, a última hora, Arquímedes ordenaría prenderle fuego.

A medida que las cabañas iban quedando a flote, las condujeron a un remanso protegido por altos árboles, lejos del alcance del cauce principal y de las riadas. Luego, utilizando todos los chinchorros del campamento unidos entre sí, Arquímedes hizo construir una larga red que tendió entre dos gruesos troncos y cada mañana aparecían en ella peces suficientes para mantener —más mal que bien— a la comunidad.

A la semana siguiente, como si se hubiera dado cuenta de que ya no podía vencerlos y en su campamento flotante resistirían cuanto tuviera que venir, la lluvia cesó. Lo hizo de improviso, tal como había llegado, pero a medianoche, y los hombres, que dormían arrullados por el estruendo del agua que caía ininterrumpidamente, se despertaron de improviso, alarmados por el silencio, un silencio roto tan sólo por el rumor del cauce que corría. Se asomaron y aún pudieron distinguir las últimas nubes que se alejaban hacia el Sur y parecían ir descorriendo un cielo increíblemente cuajado de estrellas.

Al amanecer, la selva se llenó de nuevo con los gritos de innumerables pájaros, y dos cotorras vinieron a posarse sobre la mayor de las casas flotantes. Allí permanecieron hasta que los hombres subieron al techo a tender al sol, tanto tiempo añorado, sus prendas húmedas y malolientes. Era como si el mundo hubiera explotado de alegría, y la selva aparecía más verde y más brillante que nunca. Los árboles no habían sido en ese tiempo más que una mancha desdibujada tras la cortina de agua, y ahora se mostraban en todo su esplendor, magníficos, coronados, allá en la copa, de flores multicolores e infinidad de aves. La jungla, en la que no había habido más que un ruido, estalló de nuevo con todos sus rumores, y aquella gente, esclavos recién liberados que no sabían si esa libertad iba a durar mucho, se sintieron felices, como si el nuevo día y el sol les hubiesen traído cuanto soñaban.

El agua descendió rápidamente de nivel, el río volvió a su cauce y las casas flotantes se encontraron de pronto en tierra firme, descansando —torcidas y casi inhabitables— sobre un montón de bolas de caucho y un fangoso y resbaladizo terreno.

Vuelta la normalidad al campamento, Arquímedes mandó a su gente a buscar caza. Era un buen momento para abastecerse de carne fresca; los animales del bosque andaban como desconcertados tras las grandes lluvias, y salían de sus refugios, sin saber adónde dirigirse.

Tuvieron suerte. Apenas habían partido los cazadores, uno de ellos regresó precipitadamente, señalando que había olido una manada de «huanganas» o pécaris, una especie de cerdo salvaje, apreciado por su carne en toda la Amazonia, pero muy temido por su increíble ferocidad.

Rápidamente el campamento se puso en movimiento, y pese al fango y las dificultades, veinte hombres se encaminaron al lugar señalado e iniciaron la siempre delicada tarea de aproximarse al rebaño y cercarlo.

Por fortuna, el «huangana» no tiene ni buen olfato ni mucha vista; viviendo como vive en la espesura y andando en grandes manadas, donde se protegen los unos a los otros, no tienen prácticamente enemigos. Ni el jaguar ni la anaconda se atreverían a atacarlos, conscientes de que quedarían destrozados en pocos instantes por los largos y afilados colmillos de los machos.

Los hombres, conducidos primero por el olor de la manada y luego por sus gruñidos al hociquear raíces y frutos bajo el fango, fueron cercando a las bestias, y antes de aproximarse demasiado, cada uno buscó un árbol al que poder encaramarse en cuanto los cerdos iniciaran la carga. Algunos caucheros precavidos se habían llevado sus espuelas y sus mecates para trepar más fácilmente por cualquier palo, y tan sólo se preocupaban, en ese caso, de buscar uno en el que no hubiera hormigueros ni nidos de avispas.

Todo iba desarrollándose satisfactoriamente, y Arquímedes estaba a punto de dar orden de disparar sobre la desprevenida manada, que se encontraba casi a la vista, cuando León, el colombiano, dio un grito estremecedor y salió corriendo sin rumbo fijo, despavorido.

—¡La Migale! ¡La Migale...! —gritó—. ¡Me picó La Negra!

Y en su carrera, enloquecido como iba, se precipitó sobre el rebaño.

El colombiano no parecía ni verlo ni sentirlo, y tan sólo repetía una y otra vez:

—¡Me ha picado La Negra! ¡Estoy muerto, me ha picado La Negra!

Lo que siguió fue un pandemónium de gritos, tiros, gruñidos y carreras. Cuando todo acabó, había dos hombres destrozados por los pécaris, y el resto encaramado a los árboles, de los que comenzaban a descender tímidamente.

Casi una docena de cerdos habían muerto o pataleaban malheridos, y León, el colombiano, ensangrentado y gimiente, yacía en el mismo lugar donde había caído. Cuando se aproximaron, aún conservaba el conocimiento y los miró con ojos extraviados.

—¡Me mató La Negra! —sollozó—. ¡Me mató La Negra ahora que iba a ser libre!

Todos guardaron silencio impresionados. Sabían lo que significaba ser picado por una araña Migale, La Negra, como se la conocía en la jerga de los caucheros. Una bestia tan pequeña que se la podía casi matar de un escupitajo, pero con tanto veneno en su minúsculo cuerpo de color negro y púrpura, que era capaz de acabar con un hombre de cien kilos.

Martinico se agachó junto al Pastueño.

—¿Estás seguro de que fue La Negra? —preguntó.

El otro afirmó varias veces con la cabeza violentamente.

—Lo estoy —dijo—. La vi perfectamente aquí, sobre mi brazo. Me picó y saltó a tierra.

Mostraba su brazo izquierdo hinchado ya, violáceo y tumefacto.

—Lo siento, hermano —dijo entonces el negro, y con un rápido gesto le descargó un tiro entre los ojos, a menos de medio metro de distancia. El Pastueño cayó hacia atrás y se diría que la cabeza le hubiera estallado, como una nuez del Brasil contra una roca.

Nadie dijo nada. Martinico había hecho por su amigo lo único y lo mejor que podía hacerse: le había ahorrado horas de increíbles sufrimientos.

Arquímedes ordenó recoger las armas de los muertos, cargar con los pécaris y regresar al campamento.

CAPÍTULO XII

Esa noche se comió como no se había comido en mucho tiempo. De los doce cerdos no quedaron más que la piel y los huesos, pero nadie se preocupó, porque la manada contaba con más de cien pécaris y a los indios de la cauchería no les resultaría difícil seguir el rastro al día siguiente y tender una nueva emboscada.

Durmieron a gusto, satisfechos, y muy temprano, cuando se disponían a iniciar la nueva partida, Alonso Mejías, aquel al que todos llamaban Tigre, se plantó ante Arquímedes y le espetó sin más preámbulos:

—Dos hombres han huido con la mejor de las piraguas. Habrán ido a avisar a los Arana.

—¿Cómo lo sabes?

—La curiara no está, y ellos, tampoco. Los vigilaba, porque siempre fueron chivatos que daban parte al capataz de lo que tramaban los caucheros.

—¿Por qué no lo dijiste antes?

—Yo era el menos indicado para acusar a nadie. No tenía pruebas de que siguieran siendo chivatos. Me limité a vigilarlos, y lo sabían. Pero anoche comí demasiado y dormí demasiado.

—¿Estás seguro de que irán a avisar a los Arana?

—Completamente. Lo único que desean es llegar a vigilantes, y con esto lo conseguirán.

—¿Podemos alcanzarlos?

—No. Cogieron la mejor curiara, y el río baja rápido. Mañana llegarán a la unión con el Amazonas, y allí los Arana tienen el grueso de sus fuerzas. En dos días reunirán más de trescientos hombres, y en una semana llegarán otros tantos desde Iquitos.

—¿Si saliésemos ahora podríamos forzar aún la entrada al Amazonas?

—Cuando esa gente llegue allí, pondrá al campamento en pie; cubrirán el río con una cortina de fuego y nos achicharrarán a balazos en cuanto asomemos.

Arquímedes resopló, preocupado. Necesitaba tiempo para meditar la nueva situación. Su plan de atacar el campamento de los Arana, sorprendiendo a su gente y saliendo así a las aguas del Amazonas, quedaba descartado. Se volvió de nuevo a Mejías.

—Gracias —dijo—. Ahora márchate a cazar con los demás y no digas nada. Hagamos lo que hagamos, necesitamos provisiones. Ocúpate de que traigan una buena cantidad de cerdos, que nos van a hacer mucha falta.

Luego buscó a Howard, al viejo Sebastián y a Martinico, su gente de confianza. Les expuso la situación, y juntos trataron de encontrar solución al problema.

—La impresión es que estamos atrapados —comentó Howard—. Con la diferencia de que ahora no somos tres, sino cincuenta. Hemos metido a esta gente en un buen lío.

—Si llegan a enterarse de que los Arana nos

están aguardando en la unión con el Amazonas muchos se rajarán.

—No lo creo. Le han tomado gusto a la libertad.

—Más gusto le tienen a la vida. No confío en ellos.

—Pronto o tarde habrá que decírselo. No podemos ocultar eternamente que va a haber lucha.

—Tal vez podamos evitarla —dijo Arquímedes mostrando uno de los mapas que quitaran al oficial ecuatoriano—. Fijaos en esto: el Napo, antes de desembocar en el Amazonas, corre un buen trecho paralelo a él. Quizá cincuenta kilómetros, quizá más. Y aquí, en la parte más estrecha, la distancia entre ambos ríos no debe ser más de diez kilómetros. Cuando lleguemos a ese punto, podemos internarnos, cruzar a pie y salir al Amazonas, río arriba, a espaldas de los que nos aguardan.

Todos estaban inclinados sobre el mapa. Arquímedes tenía razón, pero el punto en que iban a salir estaba a mitad de camino entre el gran campamento de los Arana, en la confluencia de ambos ríos, e Iquitos. Eso significaba que estarían atrapados. Howard lo indicó así, y Arquímedes hizo un gesto afirmativo:

—Ya me había dado cuenta —dijo—. Pero si nos lanzamos Amazonas abajo antes de que adviertan lo que hemos hecho, podemos cruzar de noche frente a la factoría y seguir.

—¿Amazonas abajo...? ¿Cómo...? No tendremos curiaras, que se habrán quedado en el Napo, y construirlas nos llevaría mucho tiempo.

—Podemos llevar nuestras propias curiaras. Atravesar con ellas la selva y echarlas al agua en el gran río.

Lo miraron asombrados. Martinico fue el primero en protestar:

—¿Estás loco? —preguntó—. Esas curiaras pesan como muertos. ¿Quién es capaz de meterse en la selva con ellas al hombro? Habría que arrastrarlas...

—¡Arrastrémoslas!

Howard, Sebastián y Martinico estaban perplejos. No sabían si El Nordestino hablaba en serio o en broma. Su rostro reflejaba, sin embargo, decisión. Howard se agitó en su asiento como queriendo afianzarse en él, suspiró profundamente y se enfrentó a su amigo, decidido a demostrarle, con paciencia, que lo que pretendía era imposible.

—Tú sabes tan bien como yo que incluso para un hombre resulta difícil internarse en ese monte tupido. Llevamos recorrida mucha selva juntos y lo hemos visto. ¿Cómo piensas abrir trocha para unas canoas de veinte metros que pesan más de una tonelada?

—No serán más de diez o quince kilómetros...

—O veinte o treinta. No lo sabemos con exactitud. Y aunque sean sólo cinco... ¡Es algo inconcebible!

—Por eso lo propongo —replicó Arquímedes—. Porque resulta inconcebible y nadie imaginará que vamos a hacerlo. Se quedarán esperándonos y nosotros habremos pasado a sus espaldas.

Howard se echó atrás en su asiento, dando por concluida la discusión:

—Yo no estoy de acuerdo —dijo—, pero aceptaré la decisión que se tome. Si crees que es una solución, intentémoslo.

—Es lo que pretendo: intentarlo. Si no da resultado, buscaremos otra cosa. Nuestra situación no será peor que ahora.

Esa tarde, cuando los hombres regresaron de la cacería, trayendo consigo otro buen montón de pécaris, Arquímedes dio órdenes de prepararlo todo para partir al amanecer del día siguiente. No contó a nadie sus planes, ni dijo tampoco que dos hombres habían huido a avisar a los Arana. Se limitó a dar las órdenes y a encerrarse de nuevo en su cabaña. No quiso salir a cenar para que no advirtieran su preocupación, y Claudia le trajo unas costillas de cerdo. No se habían visto a solas desde el día del incidente del caucho. En todo ese tiempo ella apenas había puesto los pies fuera de la pequeña choza que le habían destinado. Allí, a solas, pasó los días sin oír más que el estruendo de la lluvia y sin ver más que las paredes de caña.

Dejó la comida junto al Nordestino, y se disponía a retirarse cuando éste la retuvo con un gesto:

—Lamento lo ocurrido el otro día —dijo—. No era mi intención molestarte, y tampoco sentía lo que dije.

Claudia hizo un gesto y abrió la boca para decir algo, pero él la interrumpió, agitando la mano negativamente:

—No, no hace falta que hables —continuó—. Puedes seguir como hasta ahora. Lo único que quiero es que sepas que me gusta que sigas con nosotros.

Comenzó a comer, dando por finalizada la conversación, y Claudia salió. A la mañana siguiente, al amanecer, ya el campamento estaba en pie, y las curiaras, listas para la marcha. Arquímedes ordenó que se reuniese toda la grasa de los pécaris y todo el aceite de palma que hubiera en el campamento. Con la primera claridad, la tropa se echó al agua —aún sucia y turbulenta— del Napo, y poco después la factoría no era más que un punto perdido que iba empequeñeciéndose y desapareció cuando volvieron la primera curva del río.

En ella habían quedado treinta hombres, los acobardados, aquellos que nunca habían creído en la posibilidad de que la empresa acabara en triunfo. Preferían esperar allí el regreso de la gente de Arana y ser esclavos a arriesgarse a la lucha y la muerte. Quedaban también las mujeres, media docena de chiquillos, los ancianos y aquellos a los que el beriberi acabaría pronto y consideraban toda lucha inútil. Habían perdido tiempo atrás su propia batalla contra la enfermedad que los estaba llevando a la tumba.

Los otros navegaron animosos, pero cada vez más preocupados por lo que habían de encontrar aguas abajo.

El río giró bruscamente hacia el Este, casi en ángulo recto, anuncio de que se encontraban ya muy cerca del cauce del gran Amazonas, y Arquímedes permaneció atento a la orilla. Cuando apareció por la margen derecha un diminuto caño apenas capaz de dar paso a las curiaras, ordenó que se metieran por él en fila india y comenzaron a ascender por su tranquilo cauce.

Los hombres se mostraron extrañados y comenzaron a hacer preguntas de curiara a curiara: «¿Qué demonios significaba salirse del Napo cuando tan cerca estaban ya de su desembocadura?» El Nordestino se limitó a pedir que obedecieran sin hacer preguntas y aguardó a que el caño se volviera innavegable y todas las curiaras se reunieran sobre el fondo de piedra de la última playa.

Fue entonces cuando contó lo ocurrido con los dos evadidos, cuya ausencia no había sido notada más que por El Tigre, y explicó también sus planes para llegar al Amazonas.

La discusión se generalizó en pocos momentos. Algunos se creían engañados por no haber sido advertidos del nuevo peligro que corrían, y otros —la mayoría— consideraban impracticable la idea de arrastrar las curiaras a través de la selva.

Arquímedes se armó de paciencia y no pronunció palabra durante largo rato, dejando que se cansaran de discutir. Al fin, cuando parecía que no iban a llegar a parte alguna, intervino:

—Estamos en el camino y no queda más remedio que caminarlo —dijo—. Quien tenga otra idea mejor, que la ponga en práctica, pero yo y los que me sigan, vamos a cruzar este pedazo de tierra. Tal vez nos lleve seis días, tal vez más, pero sabemos que, al fin, saldremos a aguas libres donde nadie nos imagina, y por las que podremos bajar hasta el Brasil. Los que quieran venir, que vengan.

Descendió de la curiara y comenzó a abrir trocha a través de enredaderas y lianas, rumbo al Sur. Howard, Martinico y Sebastián lo imitaron. Los otros continuaron discutiendo largo rato hasta que, poco a poco, y a regañadientes, se unieron al grupo.

El Nordestino envió a cuatro de los mejores rumberos —tres indios y un blanco— a explorar el camino y buscar trochas que pudieran ser utilizadas. Luego dividió a su gente en dos grupos: los dedicados a abrir brecha en la maleza y los encargados de cortar troncos que sirvieran para hacer rodar sobre ellos las curiaras, a las que embadurnaron previamente con grasa de cerdo y aceite de palma.

Se escogieron únicamente las cuatro embarcaciones más ligeras, capaces, no obstante —por su tamaño y construcción—, para todos ellos. Cuando los cien primeros metros de camino estuvieron abiertos, El Nordestino detuvo el trabajo, hizo que todos volvieran atrás y se inició el arrastre de la primera de las embarcaciones. Era un trabajo arduo, pero realizable. El problema no era el esfuerzo, sino la lentitud, y el hecho de que con frecuencia se molestaban los unos a los otros, lo cual les hacía tropezar y caer. Pareció entonces más conveniente arrastrar las curiaras de dos en dos, y así se hizo. Al final del día habían avanzado casi dos kilómetros selva adentro.

La tropa se encontraba agotada, y costó trabajo que esa noche los centinelas no se quedaran dormidos sobre los fusiles.

A la mañana siguiente recomenzaron muy temprano, y los hombres, animados por el éxito inicial, se dispusieron a trabajar duro.

A mediodía regresaron los exploradores, notificando que habían llegado hasta el cauce del Amazonas, donde pudieron aproximarse a uno de los puestos de aprovisionamiento de madera de los grandes barcos que subían a Iquitos.

—¿Había algún barco? —inquirió Arquímedes.

—Uno estaba saliendo y se alejó río abajo. ¡Cómo corren con esas gigantescas ruedas detrás y echando humo como si quemaran medio bosque!

—¿Cuántos hombres había en el puesto?

—Unos diez. Contando a los leñadores que están monte adentro, veinte más.

Arquímedes se volvió a los que trabajaban cortando maleza o arrastrando curiaras y ordenó que pararan.

Se reunieron en torno a él, inquisitivos:

—¿Qué ocurre?

—No necesitamos curiaras. Tendremos una embarcación mejor: un barco de ruedas que nos llevará a Manaos.

—Explícate.

—Está claro: asaltaremos el puesto, esperaremos un barco que venga a cargar leña y nos apoderaremos de él.

Los hombres se miraron y comentaron la idea. A la mayoría les pareció magnífica, sobre todo porque les evitaba un trabajo agotador. El viejo Sebastián, «El de la pipa», fue el único en poner una objeción:

—Eso es piratería —señaló—. Nos echaremos encima todo el Ejército y la Policía del mundo. Ya no lucharemos contra los Arana o los caucheros. Nos pondremos fuera de la Ley.

Arquímedes lo miró fijamente. Parecía que le costaba trabajo comprender:

—¿Ley? ¿Qué Ley? Desde que me trajeron a la Amazonia no he visto más ley que la violencia y la fuerza. Todo el mundo ha hecho conmigo lo que le ha dado la gana, y si los ejércitos y la Policía admiten que se puede esclavizar a miles de hombres para enriquecer a un puñado de hijos de puta, también deben admitir que nos convirtamos en piratas para salir de eso. No vamos a robar un barco, no vamos a matar a nadie; tan sólo vamos a hacer que nos saquen de aquí.

No hubo más discusión. «El de la pipa» no puso ninguna otra objeción al plan, y tras tomarse un merecido descanso y comer algo, la tropa emprendió la marcha hacia el Amazonas, dejando abandonadas, en pleno corazón de la espesura, las cuatro curiaras. Quien se las tropezara en su camino, tendría indudablemente mucho que contar y un extraño misterio que resolver.

Al anochecer, el gigantesco Amazonas, ancho, tranquilo y majestuoso, apareció ante ellos como un gran mar de color café que se deslizaba lentamente hacia el Este.

Arquímedes ordenó hacer alto, cenar sin encender fuego, y aguardar al amanecer siguiente para poder aproximarse al diminuto puerto y apoderarse de él.

La operación no tuvo el menor problema. Arquímedes había dado orden de que se respetara en lo posible las vidas de los hombres del campamento, ya que no eran caucheros ni gente de Arana, sino pobres leñadores, empleados del Gobierno o las compañías navieras. No opusieron resistencia cuando medio centenar de hombres armados irrumpieron en sus cabañas, haciéndoles salir al patio. Se dejaron conducir hasta un alejado almacén, dentro ya del bosque, donde se les encerró, dejando un guardia a la entrada.

El campamento, sin ser grande, era cómodo,

compuesto por media docena de casuchas de madera, un aserradero flotante y un diminuto atracadero que penetraba unos diez metros en el río.

Había allí todo cuanto podía soñar un puñado de hombres salidos del corazón mismo de la selva, pues los barcos que se detenían regularmente los abastecían de lo que necesitaban.

Arquímedes y Howard se establecieron en la casa del director del campo, y lo hicieron venir a su presencia. Era un peruano alto y flaco, de rostro cetrino y aire decidido, que —aunque en un principio protestó y se mostró reacio— acabó por comprender que no podía hacer más que conformarse. Contestó a cuantas preguntas le hizo El Nordestino sobre la llegada de los barcos, su modo de abastecerse y las operaciones normales del campamento.

Todo era sencillo. Los grandes navíos subían o bajaban por el río consumiendo —sobre todo en el primer caso— grandes cantidades de madera, y necesitaban abastecerse constantemente en factorías que se alzaban a todo lo largo de sus casi cinco mil kilómetros de recorrido. Cuando se aproximaban a una de ellas, hacían sonar la sirena, y desde tierra se les contestaba izando la bandera, lo que significaba que no había salvajes por los alrededores.

La nave atracaba, cargaba la leña, que ya estaba dispuesta, y dejaba el correo, las mercancías y los escasísimos pasajeros destinados al lugar. En conjunto, la operación no solía durar más allá de una hora.

Arquímedes quiso saber cuándo llegaría el próximo barco, y de dónde, pero el otro se encogió de hombros.

—Eso nunca puede saberse —dijo—; los que salen de Iquitos suelen ir bien abastecidos y continúan hasta Pebas, o incluso a Caballococha y Leticia, ya en Colombia. La mayoría de los que suben el río necesitan detenerse, pero resulta imposible saber cuándo llegará ni qué barco será.

—¿Qué carga acostumbran llevar?

—Los que bajan de Iquitos, únicamente caucho y pasajeros. Los que vienen de Manaos, mercancías, pasajeros y oro para pagar el caucho.

—¿Oro? ¿Cuánto oro?

—No lo sé. Eso depende del barco.

Arquímedes se volvió a Howard:

—No nos conviene un barco que venga de Iquitos. El caucho no nos sirve para nada, y bastante nos ha fastidiado ya. Pero el que suba a Iquitos, traerá comida, armas, ropas... Todo lo que necesitamos...

—Y oro.

—Sí. Y oro. Pero si lo tocamos seremos piratas, como dice Sebastián.

—No podrás impedir que los hombres se lancen sobre él. Tendremos problemas...

—Lo sé —admitió El Nordestino—. El oro siempre trae problemas, pero no se me ocurre cómo vamos a evitarlo. Si está destinado a pagar el caucho, quiere decir que irá a parar al bolsillo de los Arana, y más de uno opinará que robarle a los Arana no es robar.

—No me preocupa que sea un robo o no —señaló El Gringo—. He robado mucho en mi vida. Me preocupa lo que pueda ocurrir cuando nuestra cuadrilla de salvajes le ponga la vista encima y comiencen a despedazarse por él.

Arquímedes se volvió al peruano:

—Si colabora con nosotros, nos iremos en el primer barco que suba por el río. Mientras, mantenga a su gente tranquila y, sobre todo, no hable con nadie (especialmente con nuestros hombres) del oro de los barcos.

El peruano replicó que había comprendido, y salió acompañado de Martinico, que lo condujo al almacén del bosque.

Cuando se quedaron solos Howard y Arquímedes, el americano preguntó:

—¿Crees que podremos guardar el secreto?
—No lo sé.

—Al fin y al cabo, esa gente merece el dinero más que los Arana. Les permitirá iniciar una nueva vida, sin tener que volver a las caucherías.

—Tendremos que dárselo, pero habrá que esperar a última hora, cuando no provoque robos y asesinatos. Muchos de éstos son capaces de matar a su padre por una libra, y tú lo sabes. No dudarían en asesinar a un compañero, quitarle lo que tuviera, y desaparecer luego en la selva.

Howard se puso en pie, estiró las piernas y se desperezó ruidosamente:

—Bien —dijo—. Ahora no queda más que confiar en que llegue un barco antes de que la gente de Arana descubra que estamos aquí.

A la mañana siguiente, un hombre apareció muerto en un rincón del campamento. Era uno de los primeros que se unieron al grupo, un «siringueiro» fuerte y hosco que respondía al nombre de Aguirre y gozaba de pocas simpatías por su carácter brusco.

Arquímedes fue avisado inmediatamente, y acudió acompañado de Howard. El cadáver aparecía tendido boca abajo, y se diría que había sido arrastrado hasta allí. Al volverle la cara al cielo, en su garganta apareció un tajo que la cercenaba de parte a parte.

El Nordestino se volvió a su compañero, y no necesitaron hablar para comprenderse.

—Que lo entierren —ordenó luego.

—¿Así, sin más? —inquirió un cauchero.

—Rézale un responso si te apetece —rezongó Arquímedes—. ¿Qué otra cosa quieres?

—Saber quién lo mató.

—Eso es cosa mía.

Siempre acompañado de Howard, buscó a Claudia por todo el campamento, y fue a encontrarla a la orilla del río, sentada en una vieja barca desfondada e inservible, contemplando ausente el horizonte.

Tomaron asiento frente a ella, y constituían un cómico grupo, como si trataran de navegar en seco sobre aquella vieja embarcación ruinosa.

El Nordestino fue directamente al grano:

—¿Por qué lo hiciste?

Claudia se encogió de hombros e hizo un gesto que lo mismo podía significar que no lo sabía, o le resultó inevitable.

Arquímedes quiso mostrarse paciente:

—¿Intentó violarte?

Asintió con un gesto.

El Nordestino pareció aceptar la explicación: meditó largo rato y se volvió al Gringo. Éste hizo un gesto fatalista, aunque se diría que pretendía permanecer al margen del problema.

—No puedes ir matando a todo el que te moleste —señaló Arquímedes—. Son hombres, y algunos llevan años sin tocar a una mujer.

—Que me dejen en paz.

—¡Que te dejen en paz! Es fácil decirlo... Lo intentaré. Pero la próxima vez bastará con que grites. Siempre hay alguien cerca.

Claudia volvió a su mutismo y a contemplar la inmensidad del río, como si la conversación hubiese concluido. Arquímedes y El Gringo salieron de la barca y regresaron al campamento. Por el camino, el primero quiso saber la opinión de su amigo.

—Creo que seguirá degollando a todo el que intente ponerle la mano encima. O la dejan tranquila, o nos hará más daño que la gente de Arana.

Cuando llegaron junto a los que acababan de enterrar a Aguirre, Arquímedes no trató de ocultar la verdad. Reunió a sus hombres y les contó lo que había pasado. Luego, concluyó:

—El que se acerque a ella, ya sabe lo que le espera. Y si no lo liquida ella, me lo cargo yo ¿Entendido?

El negro Martinico señaló con la cabeza hacia la tumba.

—Está muy claro, jefe. Está muy claro...

El *Isla de Marahó* apareció en el horizonte, aguas abajo, dos días más tarde. Era un esbelto navío de tres pisos, coronado por una alta chimenea que vomitaba espesas columnas de humo, pintado de rojo y blanco y movido por una gran rueda que giraba en su popa levantando nubes de espuma del agua marrón y turbia del Amazonas. Era extraordinariamente hermoso, y a los que le aguardaban en la orilla se lo pareció más aún; el más bello barco que hubieran visto en su vida.

Se fue aproximando lentamente, y al llegar a unos quinientos metros de la orilla hizo sonar la sirena. Martinico izó la bandera en el mástil del centro del campamento, y el *Isla de Marahó* maniobró con habilidad en el pequeño espigón.

Apenas lo hubo hecho, los caucheros comenzaron a subir a bordo, cargados con pesados troncos y haces de leña. Nadie podía diferenciarles de cualquier estibador que hubiera cumplido idéntica tarea en viajes anteriores, y la única diferencia estaba en que bajo las camisas ocultaban revólveres, y entre la leña, fusiles.

Martinico y un grupo buscaron el camino de las máquinas; Sebastián y su gente se distribuyó por cubierta, y Arquímedes, Howard y Alfonso

Mejías, El Tigre, se encaminaron al puente de mando.

Al entrar, lo hicieron ya con las armas en la mano, y al verlos, el segundo oficial hizo ademán de lanzarse sobre un rifle que colgaba de la pared, pero no tuvo tiempo de rozarlo siquiera; Howard lo dejó muerto de un solo disparo.

El capitán, por su parte, un flemático inglés de nombre Rattingam, no hizo gesto alguno, y pareció considerar el asalto como algo natural y lógico, que estuviera esperando tiempo atrás. Se mostró dispuesto a colaborar con sus asaltantes siempre que ello evitara mayores males a su barco, su tripulación y su pasaje.

Arquímedes garantizó la seguridad de cuantos permanecieran tranquilos, pero no pudo decir lo mismo con respecto a la carga del buque. Había a bordo muchas cosas que sus hombres estaban necesitando.

—La piratería está castigada con la horca —señaló el capitán—. Y eso es piratería.

—Lo será en alta mar —replicó El Nordestino—. Aquí, en el río, no existe esa ley. No existe más ley que la nuestra. Mis órdenes son cargar todo el combustible que pueda, dar media vuelta, y llevarnos a toda máquina al Brasil.

—Mi destino es Iquitos.

—Ya no. Ahora su destino es sacarnos del Perú cueste lo que cueste.

—Me dejará, al menos, desembarcar a los pasajeros. El próximo barco los llevará hasta Iquitos.

—Sólo los ancianos y los niños. Los demás nos servirán de rehenes si las cosas se ponen feas. Y ahora procure salir de aquí cuanto antes.

Martinico y Sebastián se habían apoderado, sin problemas, del resto del barco, y desde el último fogonero a los pasajeros de los camarotes de lujo, todos estaban reunidos —pálidos y temblorosos— en el salón principal. Arquímedes se subió al piano y pronunció un pequeño discurso explicando la situación, para concluir rogando que le comunicaran cualquier robo, abuso o mal trato por parte de su gente, para que pudiera ser castigado. Howard se preocupó de traducir sus palabras a los extranjeros, especialmente ingleses y americanos que había a bordo.

Una hora después, el *Isla de Marahó* había cargado toda la madera de que era capaz, desatracado, y —girando sobre sí mismo— emprendía viaje río abajo, hacia el Brasil.

Caía la tarde, y Claudia contemplaba, apoyada en la baranda del más alto de los puentes, el sol que se ponía en el horizonte, el tranquilo río y la inmensa rueda que allá, a popa, giraba agitando el agua.

A su espalda sonó una voz desconocida:

—Claudia...

Se volvió y contempló extrañada a un pasajero que —demasiado elegante— la observaba apoyado en el quicio de la puerta que conducía al salón.

—Llevo todo el día observándola, y me costaba trabajo admitir que fuera usted —dijo el desconocido—. Ahora, al verla de cerca, estoy seguro.

Claudia no respondió, pero no podía evitar sentirse interesada. Aquel rostro le recordaba algo. Hizo un esfuerzo, pero fue inútil. Él pareció advertirlo:

—Mario Buendía —señaló—. ¿No se acuerda de mí? Mi padre tenía una tienda de calzados en la esquina de su calle, y yo la veía pasar cada mañana al ir a misa.

Las imágenes volvieron, desdibujándose, a la mente de Claudia:

—Sí —confesó al fin—. Recuerdo la zapatería de los Buendía, y lo recuerdo en la puerta, pero hace ya tanto tiempo...

—Ocho años.

—¡Ocho años...! Pero parece una eternidad.

—¿Qué hace usted entre esta gente? Casi nò puedo creerlo: Claudia Díaz-Sucre, la muchacha más cortejada de Caracas, en compañía de una pandilla de piratas.

—Es una larga historia... Y no son piratas: son esclavos que buscan la libertad.

—¿Esclavos? He oído hablar de ellos, pero creí que exageraban. ¿Existen realmente?

—Yo lo fui. Ahí enfrente, donde termina el río y comienza la selva, hay miles de esclavos, aunque usted, desde este barco que sube y baja a todo lo largo del río, no pueda creerlo. ¿Qué hace aquí? ¿Adónde va?

—Viajo —replicó el otro, aproximándose a la barandilla y encendiendo un largo cigarro—. Viajo: ése es mi oficio. Voy de Londres a Iquitos, de Nueva York a Panamá, o de San Francisco a Hong Kong, según vea posibilidades. Y las posibilidades están ahora aquí, en el Amazonas, donde el dinero abunda y a los caucheros les agrada gastárselo en una mesa de póquer.

—¿Jugador?

—Sí, si así puede llamarse. Ayudo a los pasajeros a pasar más entretenidas las largas travesías. A cambio, les gano su dinero y les doy, además, la oportunidad de que ganen el mío.

—¿Cómo pudo llegar a eso desde su zapatería de Caracas?

—¿Cómo pudo llegar a esclava en las selvas del Amazonas...? Por lo visto, la vida nos ha llevado y traído mucho en estos años.

Claudia no respondió. Se volvió de nuevo al río y permaneció largo rato contemplando el último rayo de sol que desaparecía entre los árboles. Al fin, suavemente, admitió:

—Sí, nos ha traído y llevado mucho... ¿No ha vuelto a Caracas?

—El año pasado.

—¿Cómo está?

—Todo sigue igual: tan linda, tan pequeña y tan aburrida como siempre. Un día vi pasar a su madre: iba a la iglesia y vestía de negro. Me dijeron que llevaba luto por usted. Creían que había muerto allá en Guayana, cerca de Ciudad Bolívar.

—Mataron a mi marido. ¿Y a mi padre, no llegó a verlo?

—No, decían que estaba enfermo; la noticia de su muerte le afectó tanto, que quebrantó su salud y ya no salía a la calle. Lo sentí, porque era un caballero y un buen cliente. Siempre que venía a hacerse un par de botas me regalaba un «mediecito», y en aquellos tiempos un «mediecito» era una fortuna para mí.

—¿Y su familia?

—Todos bien... Desaprueban que me haya convertido en jugador. Creen que cualquier día me matarán de un tiro por la espalda, o me apuñalarán para robarme las ganancias de la noche; pero hace tiempo que desistieron de volverme al buen camino.

—¿Le gusta esta vida?

—Es mejor que vender zapatos, y me permite conocer el mundo. Un día soy millonario, y al siguiente estoy arruinado. Puedo hospedarme una semana en el mejor hotel de Londres y dormir en la calle a la siguiente, jugándome un traje contra un pedazo de chorizo. No es una vida ni mejor ni peor que otra cualquiera.

Claudia volvió a quedar en silencio contemplando el río. Trataba de imaginar cuál había sido la vida de aquel Mario Buendía que conociera de pantalón corto y largas y velludas piernas. Lo recordaba como un muchacho tímido que la observaba de reojo al pasar, como si ella, hija única de los Díaz-Sucre, fuera un ser inalcanzable para un

Buendía de los zapateros de la esquina. A veces, su madre lo enviaba a recados cuando faltaban los criados de la casa, y recordaba que un día, en su fiesta de cumpleaños, vino para ayudar a atender a los invitados. Era un muchacho servicial e introvertido, muy distinto al hombre decidido que parecía ahora. Lo miró de reojo y se dijo que resultaba atractivo, aunque no podía saber si era a causa de su elegancia —después de tanto tiempo de tratar con caucheros harapientos— o porque, efectivamente, fuera un hombre guapo. Había perdido tiempo atrás la costumbre de mirar a los hombres desde ese punto de vista.

El otro, por su parte, había sabido esperar, como si comprendiera que estaba siendo examinado. Mario Buendía tenía larga experiencia de tratar con mujeres y podía adivinar lo que estaban pensando. En realidad, en su condición de jugador, todo en él se limitaba a saber lo que pensaba el contrario, fuera hombre o mujer. Aprovechó para recordar también aquellos viejos tiempos en que no era más que un pobre muchachito secretamente enamorado de Claudia Díaz-Sucre, que —pese a tener aproximadamente su misma edad— era toda una mujer. La más hermosa de Caracas, pretendida por los herederos de las mejores familias que aspiraban a su mano y a los cafetales que poseía su padre en las faldas del Ávila. Él estaba ya lejos, enrolado de pinche de cocina en un barco que hacía la ruta Londres-Nueva York-Panamá, cuando tuvo noticias de su boda. Sonrió al rememorar su tristeza de aquel día, cuando recibió la carta en que le comunicaban que su amor de muchacho era ya de otro hombre.

Esa noche, a solas en el sucio camastro del camarote común, había llorado. Pero de eso hacía ya mucho tiempo. Ahora, cuando la creía muerta, Claudia estaba allí, cansada, envejecida, y con el rostro marcado por un increíble sufrimiento que no se sentía capaz de imaginar.

Rompió el silencio.

—¿Cómo es la selva? —preguntó.

—¿La selva?

—Sí. Ese mundo del que acaba de salir y que se ve ahí enfrente...

Claudia meditó unos instantes. Al fin se encogió de hombros:

—No lo sé —replicó—. Me he pasado meses vagando por ella, pero no puedo definirla. Tan sólo recuerdo el miedo, las sombras, el agua, las lianas... Y un cansancio infinito.

—¿Había bestias?

—¿Bestias...? Sí, nosotros. Bestias tratando de sobrevivir... Y pantanos. Todo estaba oscuro, húmedo, frío...

—¿Frío en el Amazonas?

—Sí. Resulta extraño... Hacía calor, mucho calor, pero nunca veíamos el sol; todo estaba en penumbras, y sentíamos frío. El miedo es frío.

—Ahora todo acabó. Pronto estará en casa, en Caracas.

—Caracas... No, no creo que vuelva a ver Caracas nunca.

—¿Por qué dice eso? ¿No lo desea?

—Es lo único que deseo en este mundo... ¡Volver! Pero no volveré. Lo presiento.

—No debe hablar así... Aún está impresionada por cuanto ha ocurrido. Pero debe ir haciéndose a la idea de que todo pasó... Ya no está en la selva; está en un barco moderno y confortable, rodeada de gente civilizada.

—¿Gente civilizada? ¿Ésos? Siringueiros desesperados capaces de matar a su propia madre: ladrones, asesinos, violadores... ¿Aún no se ha dado cuenta de quién se ha apoderado del barco?

—El jefe, ese Arquímedes... Parece buena gente... Y el otro, el pelirrojo.

—Tan sólo son dos, y los otros, cincuenta. Y también son asesinos. Matan, matan, matan...

Buendía parecía sorprendido por el tono de rencor de la voz de Claudia.

—Creía que eran sus amigos... —comentó con timidez.

—¿Mis amigos? ¿Dónde estaban aquella noche?

—¿Qué noche?

Claudia lo miró fijamente, como extrañada de que no supiera a qué se refería.

—Aquella noche —murmuró—. Aquella noche...

Arquímedes y El Gringo obligaron al capitán Rattingam a abrir la caja fuerte del barco. Tal como el peruano señalara, aparecía repleta de esterlinas de oro destinadas a pagar el caucho de los Arana.

El Nordestino dejó media docena de ellas en la caja, echó las restantes en un mantel, y escondió éste bajo la cama del capitán.

—Nadie irá a buscarlas ahí —señaló—. Cuando todo acabe, las repartiremos entre mi gente, pero de momento es preferible que no se sepa que existen. Usted, capitán, si desea que en su barco haya paz y mis hombres no empiecen a matarse por culpa de ese oro, mantenga la boca cerrada.

—Entiendo...

—Más le vale. Lo único que puede salvarles es mi autoridad y el respeto que Howard les merece. Con ese oro por medio, no hay respeto ni autoridad que valga.

Lo interrumpió una llamada a la puerta. Era el negro Martinico, que aparecía con el semblante descompuesto.

—El viejo Sebastián —señaló sin más preámbulos—. El muy estúpido se bañó desnudo en el río el otro día, y se le metió un «candirú». Lo está pasando muy mal y grita como un condenado. Si no hacemos algo, morirá.

Arquímedes soltó un reniego. El «candirú», un diminuto habitante de las aguas, acostumbra introducirse en el pene de cuantos hombres o animales se bañan en el río. Aunque por lo general poco común, resulta, sin embargo, difícil de combatir cuando ha logrado su objetivo, ya que una vez dentro del pene clava sus espinas dorsales en las paredes laterales y se establece definitivamente en una forma de vida parasitaria que produce terribles dolores y la muerte.

Resultaba inconcebible que un cauchero de la experiencia del viejo de la pipa hubiera cometido el error de bañarse desnudo.

Arquímedes preguntó al capitán si había algún médico a bordo, pero la respuesta fue negativa. Bajaron a ver al viejo, que aullaba de dolor y tenía el pene hinchado a casi tres veces su diámetro normal.

El Tigre y otro cauchero trataban de darle ánimos, pero «El de la pipa» rugía y maldecía al mundo, y sobre todo se maldecía a sí mismo.

—Búscame un médico, Nordestino, o me voy de ésta al otro barrio —pidió.

Arquímedes, consciente de que no podía hacer nada, no supo qué decir, murmuró unas palabras de ánimo, y salió al pasillo. Allí le alcanzaron El Tigre y el otro cauchero, que repitieron la petición del viejo:

—Busca a un médico, o ese viejo loco se nos muere.

—¿Dónde quieren que encuentre un médico? Al único lugar donde podríamos llegar a tiempo es Iquitos, y ya saben lo que nos espera allí. No puedo exponer a toda mi gente por él. No es justo.

—Pero lo va a pasar muy mal —señaló Howard—. Ese dolor no hay quien lo aguante...

En ese momento se escuchó un alarido, y cuando penetraron en tromba en el camarote, se encontraron al viejo en pie, con su machete de cauchero en la mano, el pene cortado en la otra, y sangrando como un cerdo. Tiró el despojo sobre la cama y exclamó:

—¡Para lo que me servía ya...!

Luego cayó de espaldas sin conocimiento.

CAPÍTULO XIII

Comenzaba a clarear cuando apareció por la izquierda la ancha boca del Napo.

Mejías, El Tigre, despertó a Arquímedes y le señaló un punto, en la unión de ambos ríos, donde se distinguía apenas un grupo de chozas.

—El campamento de los Arana —dijo—. Ahí nos deben estar esperando.

—Poco imaginan que estamos a sus espaldas.

El Tigre mostró entonces un gigantesco almacén flotante que aparecía apartado un centenar de metros del resto de las chozas.

—Aquél es el depósito de la goma. Todo lo que se recoge en el Napo y sus afluentes se guarda ahí, y una vez al año se embarca para Londres. Debe haber millones de libras... ¡Una fortuna!

El *Isla de Marahó* continuaba su marcha aproximándose al campamento. Poco a poco, éste se iba haciendo más visible, e incluso podía distinguirse ya a los somnolientos vigilantes, y a las mujeres más madrugadoras que comenzaban a lavar la ropa en el río antes de que el sol cayera a plomo.

Las aguas estaban altas en el Amazonas, y llegaban casi hasta los suelos de las cabañas, de modo que las lavanderas no tenían que salir al porche e inclinarse sobre la corriente. El poblado había pasado a ser —de un hacinamiento de chozas clavadas sobre altos postes en la orilla, a veinte metros del río— un villorrio lacustre en el que, para cruzar de casa a casa, había que utilizar pasarela o piragua.

Arquímedes, que lo contemplaba todo en silencio, pareció tomar una decisión:

—Avisa a la gente —ordenó—. Y que despierten también al capitán. Quiero verlos dentro de cinco minutos en el puente de mando.

Mejías, El Tigre, salió de estampida con el rostro iluminado, como si fuera la orden que había estado esperando. Cinco minutos después, todos los caucheros, el capitán Rattingam y su tripulación, aguardaban las instrucciones de Arquímedes.

Éste fue claro y preciso, señalando en muy pocas palabras lo que cada cual tenía que hacer. El capitán quiso protestar, pero El Nordestino lo puso en manos de Martinico con un solo comentario:

—Ocúpate de que haga lo que he dicho.

—Seguro, jefe —replicó el negro—. Segurito...

Minutos después, el *Isla de Marahó* giraba suavemente a babor, y ponía proa hacia el campamento de los Arana a la par que aumentaba notablemente la velocidad de su andadura.

A medida que se fue aproximando, las chozas ganaron en tamaño y nitidez, comenzaron a captarse detalles de la vida del poblado, y pudieron distinguir perfectamente las facciones de los guardianes y las mujeres que lavaban.

En un principio, guardianes y mujeres alzaron el rostro para contemplar con cierta indiferencia el barco de cabotaje que se iba aproximando. Luego, su expresión fue cambiando y se tornó en sorpresa y desconcierto al advertir que el barco parecía encaminarse directamente hacia ellos, y, al fin, el desconcierto degeneró en franca alarma. Las mujeres comenzaron a gritar y correr, los hombres a disparar y todo se convirtió en un pandemónium, mientras el *Isla de Marahó*, alto, rugiente, poderoso y veloz, se lanzaba como una tromba sobre las frágiles chozas lacustres, y comenzaba a barrerlas y destrozarlas como la trilladora que aplasta la paja. La gran rueda de popa recogía los restos —madera, muebles, hombres— y los lanzaba al aire como pelotas de goma.

Fue en verdad un espectáculo dantesco. El barco daba marcha atrás una y otra vez para avanzar nuevamente con más ímpetu, y a cada pasada un puñado de chozas eran barridas de la faz del río, mientras las curiaras se hundían, y los hombres de Arana —sacados del sueño bruscamente— caían al agua entre gritos.

Concluida la tarea, el *Isla de Marahó* se aproximó al almacén de caucho. Desde cubierta volaron varias antorchas y pronto la fortuna en goma que esperaba para su embarque no era más que una gigantesca hoguera que lanzaba al aire una columna de humo negro y espeso.

Navegaban de nuevo calmosamente, río abajo, cuando Arquímedes subió al puente de mando y sonrió al capitán.

—¿Ve cómo no le pasó nada a su barco? —comentó—. Unos desperfectos en proa y la pintura de los costados desconchada...

—Ha sido un asesinato en masa... La mayor bestialidad que he visto en mi vida.

—Ellos estaban ahí, armados hasta los dientes, esperando que apareciéramos confiadamente Napo abajo, para hacernos trizas... Les hemos dado lo que pensaban darnos...

—¡Pero había mujeres!

—Cuatro putas roñosas... Hubiera preferido no hacerles daño, pero no teníamos tiempo para galanterías... Los Arana se acordarán de nosotros mucho tiempo... ¡Mucho tiempo...!

Cuando salió a cubierta, sus hombres lo aclamaron jubilosos, pero El Nordestino pidió calma.

—No hay que entusiasmarse —señaló—. No siempre va a ser tan fácil... Guarden fuerzas para cuando haya lucha... Y ahora, bajen a las bodegas y tomen de ellas lo que necesiten...

Los hombres gritaron y se apretujaron hacia las escalas que llevaban a las bodegas, pero Arquímedes los atajó:

—¡Que cada cual coja lo preciso, pero no más! —ordenó—. No quiero saqueo ni pillaje y, sobre todo, que nadie moleste a los pasajeros.

Luego pidió a Howard, Martinico y Alfonso Mejías que se ocuparan de hacer cumplir sus órdenes, y volvió al puesto de mando, junto al capitán.

El reparto de prendas y armas se llevó a cabo con un cierto orden, aunque de tanto en tanto se entablara la inevitable disputa, que Howard resolvía. Se diría que todo iba por buen camino, pero al poco un marinero vino a avisar al capitán que en un camarote de primera clase se escuchaban ruidos sospechosos y un pasajero vecino aseguraba haber oído gritos.

Arquímedes y el capitán acudieron precipitadamente y se detuvieron ante la cerrada puerta. Algunos pasajeros se asomaban al pasillo, y todos parecían alarmados.

—¿Quién ocupa este camarote? —preguntó el capitán a un camarero.

—Una señora y su hija, que regresan a Iquitos desde Francia. Apenas salen a cubierta y nunca suben al comedor.

El capitán hizo un gesto y golpeó la puerta.

—¡Señora! Por favor, ¿quiere usted abrir...?

No hubo respuesta, aunque dentro se escuchó ruido, pasos, y voces que hablaban quedamente. El capitán repitió su llamada, con idéntico resultado, y Arquímedes intervino apartándole suavemente y golpeando con fuerza la puerta:

—¡Abran! —ordenó—. Quienquiera que esté ahí dentro... Si no lo hacen, echaré la puerta abajo.

Hubo un nuevo silencio, pero al poco lo rompió una voz bronca, que gritó:

—¡Déjanos en paz, Nordestino! Esto no va contigo. Tenemos derecho a divertirnos un poco.

Arquímedes palideció. Apretó con fuerza los dientes y repitió:

—¡Abre...! Te doy un minuto.

—Entra a buscarnos —replicó otra voz, en la que el Nordestino reconoció a uno de sus hombres.

Ordenó al capitán y a los pasajeros que se apartaran y sacó el revólver. En ese momento hizo su aparición Howard, atraído por el escándalo. Arquímedes le puso al corriente de lo que ocurría, y El Gringo hizo un gesto de asentimiento empuñando también su arma.

—Bien —dijo—. Vamos a entrar por ellos.

Disparó sobre la cerradura, que saltó hecha pedazos, y de una patada abrió de par en par la puerta. Desde el interior partieron tres disparos, pero ya El Gringo y El Nordestino se habían colocado a cada lado del quicio. Aguardaron unos instantes y Arquímedes repitió:

—Es mejor que salgan de una vez.

—¡Entra tú, hijo de perra! —replicaron desde dentro.

El Gringo hizo un gesto señalando que estaba dispuesto, y al mismo tiempo se lanzaron de cabeza al interior del camarote, rodando por el suelo. Dentro había tres hombres, pero sólo uno alcanzó a apretar el gatillo antes de que Howard lo dejara muerto. Los otros alzaron los brazos tirando las armas. La muchacha había sido violada.

A la mañana siguiente, muy temprano, Arquímedes ordenó que todo el mundo —incluida la tripulación del barco, el pasaje, y en especial sus hombres— se reunieran en la cubierta superior, donde mandó traer a los prisioneros. Sin grandes ceremonias, hizo que los arrojaran desde aquella altura al río, en el que desaparecieron instantáneamente. Luego se volvió a su gente:

—Todo el que mate, viole, robe o haga algo que vaya contra mis órdenes, seguirá el mismo camino. ¿Está claro?

La reunión se deshizo, y quién más, quién menos, se alejó comentando lo ocurrido.

Mario Buendía aprovechó para acercarse a Claudia, que contemplaba el río en el punto en que desaparecieron los caucheros.

—Unos métodos algo bruscos los de su amigo, ¿no le parece?

Claudia le observó unos instantes y negó con la cabeza:

—En absoluto —replicó—. La muerte es poco castigo. Por mí, habrían tenido toda una larga semana de agonía.

El otro quedó impresionado, más por el tono de su voz que por su palabras:

—La violación no está castigada con la muerte en ninguna parte —protestó.

—Esas leyes no deben haber sido hechas por una mujer violada —señaló Claudia.

Mario, confuso, no supo qué responder, y permanecieron en silencio, contemplando la inmensidad del río, cuyas orillas apenas se distinguían en el horizonte. Fue ella la que habló nuevamente:

—¿Sabe? He vivido dos años en Manaos, a sólo veinte kilómetros del Amazonas y nunca lo había visto. Ésta es la primera vez, y cuanto más navegamos por él, más increíble me parece. ¿Qué anchura cree que tiene ahora?

Buendía se encogió de hombros, e hizo un esfuerzo tratando de calcular:

—Tal vez veinte kilómetros, tal vez más. En su parte más ancha, dicen que pasa de los setenta, y allí no se distinguen las orillas. Ya lo verá: es como un mar.

—Un mar sin olas y sin tempestades, pero que mata más hombres que el peor de los océanos. Y todo por culpa del caucho.

—Si no fuera por el caucho, estas selvas seguirían como en la Edad de Piedra. Y si algún día se agota, volverá a lo mismo: un inmenso desierto verde por el que vagarán puñados de salvajes desnudos matándose los unos a los otros.

Claudia fue a responder, pero se interrumpió, hizo un esfuerzo y luego pidió:

—Hábleme de Caracas.

—¿De Caracas...? ¿Qué quiere que le diga?

Cuando Arquímedes pasó por allí, una hora después, en su camino hacia el puente de mando, aún seguían hablando de Caracas, y había una animación desconocida en el rostro de Claudia. El Nordestino sintió que algo extraño se agitaba dentro de él y no pudo saber si era satisfacción por verla cambiada, o celos porque un advenedizo hubiera conseguido en unos días lo que ni Howard ni él lograron en meses. A veces se había preguntado qué sentía por Claudia, y nunca supo responder. En otras circunstancias se habría enamorado de ella —era la mujer más extraordinaria que hubiera conocido nunca—, pero después de todo lo ocurrido, después de verla humillada, y casi destrozada por las gentes de Sierra, la compasión había acallado cualquier sentimiento. Se había acostumbrado a considerarla un ser indefenso al que había que poner a salvo. Pero la crueldad que demostraba, su capacidad de matar sin sentir remordimiento, habían chocado violentamente contra ese deseo de protegerla.

Ahora, aquel Mario Buendía, aunque no le gustara por su condición de jugador y su aire de petimetre, le parecía como caído del cielo. El recuerdo de Caracas, de una niñez feliz, era —y lo sabían desde tiempo atrás— lo que Claudia necesitaba. Tal vez el jugador se brindara a acompañarla hasta Venezuela, y Arquímedes creía que, llegado el momento, podría convencerle, aunque fuera a base de echar mano a algunas esterlinas de oro. Parte de ese oro le correspondía también a Claudia, que había sufrido más que cualquiera a causa de los caucheros.

Unos cuerpos negros que saltaban junto a la proa lo sacaron de sus pensamientos.

—¡Delfines!

Se acodó en la borda a contemplarlos. Siempre le habían gustado los delfines —«botos» como los llamaban en el río— y no se acostumbraba a verlos allí, a casi cuatro mil kilómetros del mar, en plena selva. En una ocasión había llegado incluso a ver uno allá arriba, en el Curicuriarí, y recordaba que un indio le contó que a veces esos «botos» se convierten de noche en hermosas mujeres que salen del agua a enamorar a los hombres. Cuando lo han conseguido y los tienen inermes entre sus brazos, se arrojan con ellos al río y los ahogan. También contaban las leyendas del Amazonas que cuando se mata a un delfín, una mujer joven y hermosa muere al poco tiempo.

Los «botos» se aburrieron de jugar con el barco, se alejaron aguas arriba, y Arquímedes continuó su camino hacia el puente de mando, en el que Howard y el capitán charlaban en inglés. Los escuchó un rato, aunque no entendía nada, pero le gustaba el sonido de aquel idioma extraño tan distinto al suyo, y tan distinto al castellano que hablaba la mayoría de su gente. Al fin Howard se volvió, entusiasmado:

—El capitán asegura que pronto el caucho dejará de ser negocio aquí, en Amazonia.

Arquímedes los miró incrédulo. Sus ojos iban de uno al otro, queriendo comprender algo que estaba lejos de su entendimiento. Howard se volvió al capitán:

—¡Cuénteselo! —pidió.

El capitán dudó, parecía incómodo, y por último murmuró:

—No me gustaría que la noticia se propagara. Si se llega a saber que intervine en eso, puede costarme caro.

—Arquímedes no dirá nada, como no lo diré yo. ¿Se da cuenta de lo que significa? Todo este inmenso tinglado se vendrá abajo. No habrá más esclavos, ni *razzias*, ni muertes.

—Sí —admitió el capitán—. Y el oro parará de correr, la gente abandonará las caucherías y Manaos dejará de ser la ciudad más rica del mundo para volver al villorrio que era. Pero quizá todo sea un sueño y nunca ocurra.

—¿Se puede saber de qué se trata? —se impacientó Arquímedes—. ¿De qué están hablando?

—Le contaba a su amigo —dijo el capitán— que hace unos años, antes de pensar en serio en establecerme en el río, ayudé a un inglés de Santarem, un tal Henry Vickham, a sacar del país tres sacos de semillas del árbol del caucho. Eso está rigurosamente castigado, pero conocía en Belem a unos oficiales de aduanas que se dejaban sobornar. Llevamos las semillas a Londres, donde un botánico consiguió que arraigaran en un jardín de aclimatamiento, y me volví. Luego supe que trasladaron las plantas a las posesiones inglesas de Malasia y, al parecer, los árboles están creciendo bien. No aislados, como aquí, sino en grandes plantaciones, alineados uno junto a otro y sin problemas de búsqueda y transporte. La tierra es rica, y si todo sigue como hasta ahora, pronto se producirá allí mucho más caucho del que hayan dado nunca estas selvas.

—Demasiado hermoso para ser cierto —comentó Arquímedes—. Sería lo único que podría acabar con esta porquería. Me gustaría ver qué iban a hacer todos los Sierra, Arana, Saldaña y Echevarría de la región...

—No creo que les importe —dijo Howard—. Pasarán años antes de que ese caucho sea una amenaza para el Amazonas. En ese tiempo, los Sierra, los Arana y los Echevarría tendrán tanto dinero que no sabrán qué hacer con él. La solución es acabar con ellos ahora.

—¿Para qué? Aunque murieran, vendrían otros. Lo único que puede liquidar el negocio es eso: que Manaos se hunda; que ya no corra el dinero; que todos se vayan. —Sonrió como si estuviese pensando en algo muy divertido—. Si eso llega a ocurrir —continuó—, prometo que me estableceré en Manaos y me quedaré hasta que muera de viejo, viendo cómo esa ciudad maldita desaparece, se la come la selva o la invaden de nuevo los jaguares y serpientes.

—Tendrías que vivir cien años.

—Sería la única razón por la que valdría la pena vivirlos.

CAPÍTULO XIV

Esa noche, con el barco completamente a oscuras y ni un solo rumor a bordo, el *Isla de Marahó* cruzó la línea fronteriza, dejando a babor las luces de la ciudad colombiana de Leticia, y·a estribor, la brasileña Benjamín Constant. Cuando amaneció, se encontraron ya en Brasil, y aunque también allí se les buscaba, les pareció, sin embargo, que se encontraban mucho más a salvo.

El río, el gigantesco Amazonas, inconcebible para quien no lo hubiera visto nunca, iba cobrando más y más anchura, más y más profundidad, y ya era como un mar infinito y monótono.

Los hombres se aburrían; les inquietaba aquel no hacer nada; pasar las horas sin ver más que cielo, agua turbia, y a lo lejos, la selva. Cuando Arquímedes bajó, en una de sus frecuentes visitas al viejo Sebastián, que se reponía lentamente, encontró el camarote ocupado por varios de sus hombres, entre los que el negro Martinico parecía llevar la voz cantante. Al entrar El Nordestino se

hizo un silencio tan extraño, que no pudo menos
que advertir:

—¿Qué ocurre? ¿Qué conspiración es ésta?

—No es ninguna conspiración —replicó Martinico—. Estamos tratando de imaginar en qué acabará todo.

—Ya lo saben: en Belem. Allí, que cada cual
tome su rumbo, y suerte.

—¡Suerte! —repitió uno—. Pero es todo lo que
tendremos... ¿Qué vamos a hacer entonces? Acabaremos en lo mismo: endeudados y volviendo
a las caucherías.

—Eso es cosa de cada cual. Yo sólo prometí
sacarlos del Napo y devolverles la libertad.

—Estos barcos que suben y bajan el río van
cargados de oro, caucho y mercancías. ¿Por qué
no podemos apoderarnos de otros?

—Porque sería piratería.

—¿Y qué? —quiso saber Martinico—. Lo que
llevan esos barcos nos pertenece. A nosotros y a
otros muchos caucheros que están dejando la vida
en la selva. Poco a poco, más gente se nos iría
uniendo y llegaríamos a ser los reyes, los dueños
de la Amazonia. Podemos esconder el barco en
cualquier afluente del Purús, y nadie lo encontraría nunca.

—¿Y qué haríamos con los pasajeros y tripulantes?

—A los pasajeros los podemos dejar en cualquier parte. Los tripulantes tendrían que venir
con nosotros para manejar el barco.

—¡Unos piratas que ni siquiera saben navegar!
¿Qué pasaría si en un momento crítico la tripulación decidiera parar las máquinas?

—Los matábamos.

—Y una vez muertos, ¡animal!, ¿quién ponía
de nuevo las máquinas en marcha...? Para ser pirata, lo primero que hay que hacer es saber de
barcos.

—Con Howard y tú sería distinto. Pronto aprenderíais a manejar este trasto. Tú serías el jefe.

Cuando Arquímedes le contó al Gringo la conversación, éste se echó a reír.

—¡Pirata! —exclamó—. Quizás es lo único que no he sido en este mundo. No estaría mal como experiencia, pero no en este río. Lo que quiero es salir de la selva. Irme muy lejos, tal vez al Canadá, donde creo que nadie me busca y donde podré revolcarme en la nieve y pasar frío después de años de sudar. ¿Tú qué harás? ¿Te convertirás en pirata?

Arquímedes negó con un gesto:

—Ya te lo he dicho: me estableceré en Manaos a ver cómo se destruye, si lo que el capitán nos contó resulta cierto.

—¿Y si no lo es?

—Si no lo es, buscaré cualquier rincón perdido, un lugar donde nadie me conozca y nadie hable de caucho.

—Podrías hacer mucho por esta gente... Te siguen, tienen fe en ti. Darías batalla a todos los Sierra y todos los Arana. Alza a los esclavos. Aplasta a los caucheros...

Arquímedes lo miró largamente y sonrió con tristeza:

—Nadie puede luchar contra eso. Nadie puede empujar a los miserables contra los poderosos. Los poderosos son siempre poderosos.

—¡Inténtalo...!

—¿Para qué? ¿Para acabar como Antonio El Consejero...? ¿Para que me arrastren como a tantos otros que creyeron poder cambiar el mundo...? No, yo sé lo que es eso...

»Llevamos mucho tiempo juntos, Gringo, mucho, pero no sabes nada de mí... Te he dicho que nací en el Nordeste, el Alagoas, pero si no conoces el Sertao, no puedes saber lo que es aquello. ¡La sed! De niño siempre sufrí sed... Mi padre trabajó día y noche para abrir un pozo tras la choza y conseguirnos un poco de agua turbia y caliente, pero el patrón lo descubrió y lo obligó a cegarlo para que tuviéramos que comprarle agua de su fuente. Dos horas teníamos que andar mi hermano y yo para traer el agua, y cada cántaro que nos daban era una hora más que mi padre debía trabajar en las tierras del patrón. Agua a cambio de sudor, ése era el trato. Y un día mi madre tuvo que acostarse con el capataz a cambio de una cabra, pues necesitaba leche para mi hermana. Pero a los tres días vino el patrón, dijo que la cabra no podía pastar en sus tierras, y se la llevó. Esa noche mi padre lo mató y emprendieron la marcha hacia Canudos, hacia la tierra de Antonio El Consejero.

Howard le miró con asombro:

—¿Estuviste en Canudos? ¿Conociste a Antonio El Consejero?

—Lo vi morir y cómo lo arrastraban. Y mi padre y mi hermano también murieron ese día, y a mi madre se la llevaron y jamás volví a verla. Yo me salvé porque aún no levantaba un metro del suelo y me consideraban incapaz de sostener un arma.

—¡Debió ser espantoso!

—Ya estaba acostumbrado... Los niños de Canudos jugábamos con las calaveras de los soldados que habían intentado acabar con Antonio. Los caminos que llevaban a Canudos estaban adornados con sus cadáveres, uno cada tres metros, en doble fila, y aparecían así por kilómetros y kilómetros. De niño vi correr más sangre que agua.

—¿Cómo era Antonio?

—Un loco... Al principio todos lo adoraban. Hablaba de Dios, de la vida eterna; del fin del mundo que pronto llegaría en forma de enorme planeta negro... Pero a medida que acudían nuevas gentes y todos lo alababan; cuando al fin Canudos fue un hervidero de desesperados que lo creían un profeta o un Cristo redivivo, se fue haciendo caprichoso y cruel, e incitaba a la gente a cometer todos los desmanes. Hombres y mujeres se mataban a machetazos. Y Antonio todo lo aplaudía, y decía que nada importaba, pues él cargaba esos pecados sobre su conciencia y sería el único que tendría que dar cuentas el día del Juicio Final.

—¿Por qué lo seguían entonces?

—¿Qué otra cosa podían hacer? Eran hambrientos y desesperados de los que nadie se ocupó nunca más que para explotar. Los hombres de Antonio asaltaban los poblados y haciendas y traían comida y alcohol en abundancia. Canudos era como un reino independiente, un estado salvaje en el corazón de la catanga, capaz de desafiar al poderoso Brasil. Llegó un ejército y se perdió en el desierto. Los escasos sobrevivientes fueron pasados a cuchillo. Llegó un segundo ejército, y también fue aniquilado. Llegó un tercero, al mando del temible coronel Tamiringo, y pasó a convertirse en adorno de las puertas de la ciudad... Todos creían firmemente que Antonio era un protegido del Cielo, que él tenía razón y el resto del mundo estaba equivocado... Y así fue como aguardamos, confiados, al cuarto ejército, y ese cuarto ejército no dejó piedra sobre piedra de Canudos. Cuando todos se fueron, me encontré solo, en medio de las cenizas y el desierto, rodeado por miles de cadáveres... Debía tener entonces poco más de diez años.

Quedaron en silencio. Howard, meditando en cuanto acababan de contarle, y Arquímedes, sumido en sus recuerdos, en aquellos lejanos años de su infancia. Al fin, dando por concluida la conversación, señaló:

—¿Comprendes ahora por qué no quiero convertirme en caudillo de rebeldes? Siempre pensaría en Antonio, y en que acabaría pareciéndome a él.

—Tú eres distinto.

—¿Cómo lo sabes? Lo perdió el saberse poderoso, y yo me doy cuenta de que el poder me gusta. Ordeno y me obedecen. Algún día (como él) no sabría controlar mis órdenes.

—Yo te conozco. Sí sabrías.

—No puedo arriesgarme...

Howard, tumbado en cubierta a la sombra de la chimenea, dejaba correr el tiempo fumando sin ganas. Las máquinas rugían, aproximándolo a Manaos, la ciudad de donde salió rumbo a las caucherías del Curicuriarí.

Y en Manaos, Sierra.

No esperaba El Argentino esa sorpresa. ¡Diablos, qué poco se lo debía imaginar...! Trataba de forzar su mente en busca de una muerte digna de Carmelo Sierra. Un tiro no bastaba... Ni ahogarlo, ni echarlo vivo a las pirañas...

¡Tal vez las hormigas...! Le habían hablado de un suplicio empleado por los Arana, que parecía prometedor... Sentar al reo sobre un nido de hormigas rojas abriéndole el ano por medio de una caña hueca. Las hormigas penetran por esa caña, llegan a los intestinos, y comienzan a devorar al hombre de dentro afuera. Pueden pasar días antes de que muera en medio de dolores inconcebibles.

El viejo Sebastián, «El de la pipa», aseguraba que a un amigo suyo —fugitivo impenitente—, los Arana habían acabado por matarlo así para ejemplo de otros caucheros que pensaron evadirse.

¡Hormigas...! No era mala la idea... Mas para Sierra soñaba con algo nuevo, exclusivo.

Lo sacó de sus pensamientos una figura que se había detenido ante él. Era un pasajero; un hombre de edad mediana, gesto triste y aspecto adinerado. Alzó el rostro hacia él y lo miró. El otro parecía cohibido.

—¿Podría hablar un instante con usted? —preguntó.

Le indicó que tomara asiento. El pasajero lo hizo, y de un bolsillo sacó un pequeño retrato que tendió al pelirrojo. Se trataba de una bella mujer de gesto dulce, aunque el retrato ya debía tener algunos años y aparecía manoseado y descolorido.

—Me llamo Bodard —dijo el otro—, Julián Bodard, y ésta es mi esposa... Tan sólo quería preguntarle si usted, que tanto ha viajado por el Amazonas, la ha visto alguna vez.

El Gringo estudió el rostro con detenimiento. La ansiedad del individuo le impresionó. Se diría que su voz estaba a punto de quebrarse, que iba a romper en sollozos. Negó con un gesto:

—Lo siento. Nunca la he visto.

Bodard recogió el retrato y lo guardó en silencio. Se quedó muy quieto mirando a la lejanía. Howard lo observaba interesado, pero el otro parecía ausente. Fue a ponerse en pie, pero el americano le colocó la mano sobre el antebrazo.

—¿Para qué la busca? Si se fue, olvídela... Hay otras.

El hombre lo miró sin comprender, y al fin negó lentamente.

—No se fue. Me la quitaron... ¿Comprende? Se la llevaron a la fuerza, y me consta que si aún vive debe estar en algún lugar de esta maldita selva.

Howard pensó en Claudia, y sintió curiosidad. Suavemente consiguió que Bodard tomara asiento otra vez a su lado, y pidió que le contara lo ocurrido.

El otro dudó; luego comenzó su historia:

—Llegamos de Francia —dijo—. Allí todo iba mal, y pensábamos que, jóvenes recién casados, el fabuloso mundo del caucho nos brindaba una oportunidad única. Pero cambié el caucho por diamantes, y nos fuimos a los yacimientos del Jatuba y el Río das Mortes...

—¡Se la llevó al Río das Mortes!

—Ella era una mujer valerosa, y no podíamos vivir el uno sin el otro. Trabajábamos juntos en el río, día y noche, soñando con encontrar suficiente para regresar a casa y emprender algo digno.

—¡Pero aquello es un infierno! Ni los hombres lo aguantan.

—Ahora lo sé, pero entonces no. Enfermó y tuve que llevarla a Cuiabá. Yo estaba seguro de haber dado con un yacimiento en un afluente del Jatubá, pero no tenía dinero para explotarlo. Un almacenista me ofreció lo que necesitaba a cambio del treinta por ciento de mis ganancias. Mi mujer se quedaría en prenda, como garantía de mi vuelta. Pedí un año de tiempo y regresé en la fecha señalada. Millonario, rico, ¡riquísimo! Tanto como nadie hubiera soñado nunca serlo, pero el almacenista había vendido mi esposa a un cauchero por el doble de lo que me había entregado en mercancías.

—¿Qué hizo usted?

—Le saqué los ojos, pero no supo decirme quién era, ni adónde había ido ese cauchero. Le corté las manos, pero también fue inútil; llegué a despellejarlo vivo, pero nada. Desde entonces ofrezco cuanto tengo —una fortuna— a quien me la devuelva. ¿Cree usted que estará en Iquitos?

—Quizá... ¿Cuánto tiempo hace que la busca?

—Seis años...

—¿Y ni siquiera sabe si está viva?

—Alguien me aseguró haberla visto hace dos años, en Leticia. Pero vengo de allí, y nadie la recuerda. Tal vez en Iquitos...

—Tal vez...

El hombre se alejó, pero se detuvo ante la llamada de Howard.

—¡Eh! Oiga... Por si alguna vez la veo... ¿Cómo se llama su esposa...?

—Clara.

Continuaron los días de barco y río.

Uno tras otro se iban desgranando, iguales a sí mismos, sin más horizontes que la selva y el cielo; azul y verde sobre el agua marrón del Amazonas.

No había más mundo, no había otro paisaje, no había seres humanos, ni incluso animales: tan sólo alguna garza que volaba hacia el Sur. Las eternas loras, las inevitables loras de la espesura, quedaban ahora muy lejos, en el horizonte, sobre las copas de los árboles.

En ocasiones se cruzaron con grandes navíos que hacían sonar la sirena a modo de saludo; otras, se adelantaban a grupos de piraguas o lanchones cargados de caucho, bananas o haces de leña. Todos tenían idéntico destino: Manaos, porque todo en el universo amazónico tenía una sola meta u origen: Manaos.

La vida a bordo seguía su curso. Arquímedes estrechó la vigilancia sobre su propia gente, y prohibió terminantemente que volvieran a hacerse referencias a la piratería. Cuando sorprendió a uno de sus hombres incitando a sus compañeros a insistir en el proyecto, hizo que lo azotaran. Luego ordenó subir un lujosísimo ataúd que había visto en las bodegas y que iba destinado a un rico cauchero de Iquitos. Colocó dentro al rebelde, paró las máquinas e hizo que lo depositaran suavemente en la corriente.

Cuando el barco se alejó de nuevo, el hombre quedó allí en medio, quejándose y maldiciendo, sentado en el fondo de un ataúd de caoba forrado de violeta que le servía de extraña curiara. Como para azotarlo le habían despojado de los pantalones, su aspecto no podía ser más ridículo, y así pasó, de supuesto líder y jefe de piratas, a hazmerreír de sus compañeros.

Arquímedes se había convertido en amo y señor del barco; era temido y respetado, y la continua presencia de Howard y Alfonso Mejías, El Tigre, contribuía a aumentar ese temor. El Tigre era la mano derecha de El Gringo, quien era a su vez mano derecha de El Nordestino, y en ese orden jerárquico no cabía discusión alguna. Martinico había sido ligeramente relegado a un segundo plano por sus simpatías hacia los «piratizantes», y el viejo Sebastián perdió gran parte de su empuje desde el incidente del «candirú». Cada vez que daba una orden se le reían en las barbas, y continuamente hacían alusiones a la pérdida de su arma más preciada.

El viejo se quejaba, mohíno:

—¡Y pensar que en su tiempo fue famosa...! ¡Cuando en São Paulo alzaron el monolito a los Bandeirantes, las putas del barrio opinaron que era «tan hermoso y recto como el machete de Sebastián...»! ¡Pero de eso hace ya cuarenta años...! ¡Nunca creí que pudiéramos separarnos algún día...!

—¡Cosas de la vida! —lo consolaba Mejías—. Lo importante es que fuera bueno mientras duró...

—Bueno fue, bueno fue... Y yo diría que excelente...

Esa excelencia de los atributos masculinos de los siringueiros, era precisamente lo que más quebraderos de cabeza estaba dando a Arquímedes, al que cada vez resultaba más difícil contener a su gente y hacer que respetaran a las mujeres de a bordo. El castigo sufrido por los que violaron a la muchacha había contenido a muchos, pero ese mismo castigo —ejemplar, al parecer, en su momento— se había convertido, ahora, en motivo de crítica.

Había querido la mala fortuna que la muchacha violada no hubiera respondido —como era de esperar— con una reacción trágica. Al parecer, había encontrado la cosa francamente interesante, y ahora toda la preocupación de su madre estaba en evitar que se le escabullera y se fuera a algún rincón, a continuar siendo «ferozmente violada» por otros caucheros.

Eso tenía dos inconvenientes: en primer lugar, sus escapadas no bastaban para satisfacer a cuarenta y tantos caucheros ansiosos. Por el contrario, hacía aumentar su excitación, de modo que se pasaban las horas rondando su camarote y con una idea fija en la mente. En segundo lugar, había convertido en inútil y estúpida la ejecución de sus violadores.

Todos se hacían la misma pregunta: ¿Se atrevería Arquímedes a arrojar al río a un nuevo violador?

Nadie sabía la respuesta, pero, por suerte, nadie fue capaz tampoco de arriesgarse a averiguarla por sí mismo.

Por su parte, Claudia parecía haber sufrido una completa transformación. Continuaba siendo una mujer extraña y silenciosa, pero en lo que se refería a Buendía todo cambiaba. Continuamente podía vérseles paseando por cubierta o contemplando el río, y a menudo se la oía reír ante alguna frase de su galanteador. Podía pensarse en una despreocupada pareja libre de problemas, que se encontraba dispuesta a reanudar unas relaciones que podrían haber existido en otro tiempo.

En cuanto caía la noche, sin embargo, Claudia se retiraba a su camarote sin que Buendía hiciera nunca ademán de seguirla. Él se encaminaba entonces a la sala de juego, donde permanecía casi hasta el amanecer, enfrascado en largas partidas de póquer en las que casi siempre intervenían los mismos pasajeros: un ingeniero americano, un comerciante de Iquitos y el silencioso y mustio Julián Bodard, que, sin abrir jamás la boca, se jugaba el dinero de un modo disparatado, como si tuviera prisa por quitárselo de encima.

Invariablemente, ese dinero iba a parar a manos de Buendía.

La noche que Arquímedes, Mejías El Tigre y tres de sus hombres de más confianza abandonaron las aguas del Amazonas, se internaron en las limpias y tranquilas del Negro y distinguieron a lo lejos las luces de Manaos, nada parecía indicar que la ciudad pensara desaparecer algún día.

El *Isla de Marahó* había quedado oculto en un riachuelo, a media jornada de distancia, y Howard —que por demasiado conocido en Manaos prefería no dejarse ver en la ciudad— se hizo cargo del mando.

La embarcación de Arquímedes —una curiara que compró a unos indios— se fue aproximando lentamente al barrio flotante, y cuando se confundió con los cientos de piraguas, lanchones y viviendas que constituían el abigarrado mundo del río, nadie pareció reparar en su presencia. Existían dos Manaos: la de tierra firme, alzada sobre una colina refrescada por los vientos del río, ciudad de piedra aunque prevaleciera en ella la madera, y la Manaos flotante, que cada día cambiaba de forma y en la que se daban cita todos los habitantes de las aguas amazónicas.

En tierra vivían los ricos caucheros, los comerciantes, los miembros del Gobierno y la Administración y los empleados de las compañías extranjeras que habían visto en la ciudad de la selva un inmejorable negocio. Los ingleses acababan de construir un muelle flotante —único en el mundo—, capaz para inmensos navíos y capaz, también, de subir o bajar quince metros con los distintos desniveles de la estación seca o las lluvias. Los alemanes proyectaban una línea de tranvías, y una empresa especializada de Nueva York acababa de terminar el alcantarillado de la ciudad. Junto al dique flotante, y dominando el río, se alzaba un macizo edificio marrón oscuro, la mayor aduana de América, por la que pasaba obligatoriamente todo el caucho capaz de producir la selva. Frente a esa Aduana se abría una inmensa plaza, ocupada en toda su parte norte por la catedral, y subiendo luego hacia una colina, aparecía allí, en lo alto, el increíble Teatro de la Ópera. Había sido construido —como la Aduana— en Inglaterra, trasladándolo luego piedra a piedra, como un inmenso rompecabezas, hasta el lugar que ocupaba ahora.

Rattingam había asegurado que las butacas estaban tapizadas en seda, y los adornos de los palcos laminados en oro. Ahora, contemplándolo desde fuera, refulgente con sus mil luces de noche de gala, Arquímedes creía por primera vez que podía ser cierto lo que el capitán había dicho. Y podía ser cierto, también, que cada columna de aquel teatro fuera de mármol blanco traído de Europa.

Esa noche actuaba una famosa compañía italiana. De la anterior que se había atrevido a llegar hasta aquella ciudad de la selva, habían muerto, víctimas de la fiebre amarilla, el beriberi o violencias, el ochenta por ciento de sus componentes, pero eso no impedía que otras vinieran, porque sabían que en una semana en Manaos ganarían más dinero que en un año en cualquier lugar del mundo.

Pasaba ya de la medianoche y, aun así, la ciudad bullía de animación. De todas partes surgían risas, voces, música, y las calles que desembocaban en la plaza Río Negro aparecían invadidas por mujeres espléndidas, que daban su precio en libras, en «contos», dólares, e incluso en caucho.

El Nordestino y sus compañeros iban de un lado a otro contemplándolo todo como hipnotizados, y les pareció increíble que pudiera existir una vida semejante allí, cuando a sólo unos minutos de la puerta del teatro se abría la selva, una selva plagada de jaguares, de anacondas, de toda clase de bestias peligrosas.

Cien mil personas se agitaban en la cálida noche de Manaos aprovechando la suave temperatura de esas horas. En pleno día, bajo un calor tórrido y un sol de fuego, preferían permanecer al abrigo de las casas, al fresco de los altos techos.

Manaos dormía de día y vivía de noche, y es que en realidad era una ciudad que no necesitaba trabajar, porque toda su actividad le llegaba de fuera, del comercio y el caucho.

Para comerciar en caucho, cualquier hora era buena, y la mayor parte de las transacciones se hacían en los intermedios de la ópera, ante las mesas de los bares o en los salones de las más lujosas casas de prostitución.

Se calculaba que uno de cada cuatro habitantes vivía —directa o indirectamente— de la prostitución, y otros muchos, del juego, el alcohol, las drogas o cualquier vicio humano que pudiera existir. Y es que Manaos, ciudad parásita, tenía que estar habitada, lógicamente, por parásitos.

Recorrieron la ciudad en espera de que llegara la hora de la salida del teatro. Santos, uno de los hombres de Arquímedes y el único que conocía Manaos, aseguraba que esa salida constituía todo un espectáculo. Cenaron en una taberna cerca del barrio flotante, y cuando Arquímedes pagó con una pesada esterlina de oro, sus compañeros lo miraron con sorpresa:

—¿De dónde la has sacado? —preguntó Mejías, El Tigre.

—Del barco —respondió Arquímedes con tranquilidad—. Hay muchas, y las repartiremos cuando todo acabe.

—¿Por qué no lo dijiste antes?

—Para evitar problemas. El oro es mal consejero.

—¿Por qué no dijiste eso a los que te propusieron convertirse en piratas?

—Sólo serviría para decidirlos a hacerlo. No quiero que algo que yo inicié, acabe de ese modo.

—No serían los primeros piratas del Amazonas. Ni los últimos. Esas selvas y esos ríos son más seguros que el mayor de los océanos, y corre por aquí más oro que el que los españoles sacaron del Perú.

Arquímedes se puso en pie, dando por terminada la discusión.

—Aunque así sea. No quiero oír hablar de piratería.

La salida del Teatro de la Ópera de Manaos constituía realmente un curioso espectáculo. Hermosas muchachas de todos los colores, razas y nacionalidades, se mostraban orgullosas de sus recién adquiridas joyas, y la mayoría lucían pieles y abrigos de visón, que las hacían sudar a chorros en el bochorno de aquel clima tropical. Se diría que lo importante no era acudir a la ópera —de la que nadie entendía nada—, sino únicamente participar en aquel desfile donde todas competían por ver quién lucía prendas y joyas más valiosas. Sus acompañantes no desmerecían, y bajo la mayoría de los trajes de etiqueta, las largas capas negras y los altos sombreros de copa, se ocultaban rudos cuerpos que probablemente antes nunca habían vestido más que una camisa. Parecía norma que los zapatos —todos relucientes— quedaran estrechos, tanto en ellos como en ellas, por lo que parecía aquél un desfile de dolientes, que trataran de disimular con sonrisas de circunstancias sus padecimientos.

Apenas iban apareciendo en la gran entrada esplendorosamente iluminada, se aproximaban sus carruajes, pero antes lo hacían los guardaespaldas de los más ricos caucheros.

La salida del gobernador, acompañado de una bella mulata envuelta en un manto de chinchilla, provocó murmullos, algunos aplausos y bastantes silbidos.

Arquímedes, mezclado con sus compañeros entre la multitud, contemplaba todo, fascinado, como el niño que asiste a un desfile de reyes magos, pero su expresión cambió cuando vio aparecer

—detrás del gobernador— a Carmelo Sierra, que salía entre una llamativa rubia, que no podía negar su profesión liberal, y el turco Yusufaki, al que acompañaba una de sus muchas mujeres: una gorda vestida a la usanza árabe.

El Turco y Sierra charlaban animadamente —tal vez de negocios—, y quedaron allí, en la puerta, esperando la llegada de un coche tirado por dos hermosos caballos.

Arquímedes. sintió que el corazón le daba un vuelco, y tuvo que contenerse para no sacar el revólver y acabar con aquel par de canallas. Con la cabeza se los señaló a sus compañeros.

—Ahí están. ¡Y juntos! El Turco debe estar tratando de venderle nuevos esclavos para el Curicuriarí.

Santos señaló a su vez a un gordo sudoroso que acababa de quitarse la chaqueta. Lo acompañaba un matón profesional, y ambos dirigían inquietas miradas hacia Sierra:

—Aquél es Saldaña —dijo—. Fue mi primer amo, y el que me vendió a los Arana.

Poco a poco la plaza se fue despoblando y las calles quedaron solitarias. Arquímedes consideró que había llegado la hora de buscar dónde dormir: un lugar que no llamara la atención.

—En Manaos, para no llamar la atención, lo mejor es un prostíbulo —aventuró Santos, y sus compañeros acogieron calurosamente la proposición.

Arquímedes no parecía muy de acuerdo, pero entre todos lo convencieron. El Nordestino temía tropezar con alguno de los hombres de Sierra o de la cuadrilla de Yusufaki. Eso pondría sobre aviso al Argentino y al Turco, y haría que se le echara encima —acusado como estaba de asesinato— toda la policía de la ciudad.

Santos aseguró conocer un lugar modesto y discreto, que resultó haberse convertido en el transcurso de los años, y gracias al oro de los caucheros, en una lujosísima mansión de estilo recargadísimo. Tenía un inmenso salón, todo tapizado en blanco, con blancas alfombras y blancos muebles, por el que pululaban una docena de blancas muchachas inmaculadamente semivestidas con transparentes saltos de cama blancos.

El lugar se llamaba, lógicamente, «Casablanca», y su propietaria era una negra retinta, vestida de negro de pies a cabeza, que parecía el ser más feliz del mundo por el simple hecho de contrastar violentamente con cuanto la rodeaba. Al principio se mostró reacia a dejar entrar el grupo, pero la convencieron las libras esterlinas de Arquímedes, con la única condición de que abandonaran en la entrada los revólveres. Luego mandó llamar a sus chicas, para que cada cual escogiera una, y exigió un precio exorbitante cuando supo que tenían intención de pasar allí todo lo que quedaba de noche y la mañana siguiente.

Trataron de protestar, pero la negra los convenció de que, pese a sus exigencias, les saldría más barato que dormir en cualquiera de los hoteles de la ciudad si conseguían una cama, cosa realmente difícil.

El Nordestino no tenía mucho interés en discutir. En el momento de entrar, su vista había recaído en una muchacha pequeña y morena, de grandes ojos negros y carnes firmes, que le sonreía. Puso el dinero exigido sobre el mostrador y señaló con el dedo:

—Ésa para mí —dijo—. Cada cual que agarre la que quiera, y mañana a mediodía, todo el mundo aquí, en pie y sereno.

Enlazó a la muchacha por el talle.

—¿Cómo te llamas? —preguntó.

La otra hizo un gesto de indiferencia.

—Puedes llamarme como quieras.

—¿Por qué?

—Porque prefiero que nadie sepa mi nombre y que cada cual me llame de un modo distinto.

Aquí en la casa me conocen por La Peruana, La Cholita. Si algún día preguntas por mí, basta con que digas eso. ¿No te gustaría llamarme como tu novia, o como tu mujer?

—Yo no tengo novia, ni mujer, ni nada —señaló El Nordestino—. Pero voy a llamarte Claudia.

Claudia abrió la puerta, y en el umbral surgió Mario Buendía, tan sonriente como siempre. Pareció sorprendida.

—Creí que estaría en su partida de cada noche —dijo.

—Hoy no es posible. Anclados en este riachuelo en que no corre el viento, el calor resulta inaguantable, y la gente se siente atrapada. Si esto continúa, y sus compañeros no nos liberan pronto, los ánimos van a comenzar a exaltarse. La paciencia está llegando al límite.

—En un par de días, cuando Arquímedes regrese, los dejarán en libertad. Podrá quedarse en Manaos, y algún barco lo llevará hasta Iquitos.

—Ya no tengo interés en volver a Iquitos —señaló el jugador—. Ahora mi destino es Caracas. Y dejarla allí a salvo.

—No es necesario que me acompañe. Desde Belem, cualquier barco me llevará.

—No me sentiría tranquilo. Además, la cara de sus padres al verla aparecer con vida, es algo que merece un viaje. ¿Me va a tener aquí en pie toda la noche?

Al decirlo, mostró la mano que ocultaba en la espalda, y en la que llevaba una botella de champán y dos copas.

—Había pensado que brindáramos por nuestro encuentro y por el final de la aventura —añadió.

Claudia dudó, pero Mario, apartándola suavemente, entró en la habitación y cerró la puerta con el pie:

—No puede pasarse la vida teniéndome miedo —comentó.

Claudia parecía un tanto desconcertada, confusa, como si no supiera qué posición debía adoptar.

—Nunca le he tenido miedo —susurró en voz muy baja—. Nunca.

—Pues lo disimula... Cuando me aproximo, se aparta; cuando la rozo, da un salto... Siempre está como en tensión, y sin embargo, con otros hombres la noto serena, firme, decidida... ¿Por qué?

No pudo responder. Él lo hizo por ella.

—Yo se lo diré... Ellos son caucheros, compañeros de aventura, ¡salvajes! Usted no puede considerarlos... Pero yo le recuerdo su juventud, los muchachos que venían a verla; los nervios cuando el «catire» Méndez acudía por las noches al pie de su ventana.

—¿Lo sabe?

—Naturalmente... Yo espiaba... Yo fui el único que supo de sus amores con el «catire»... Lo odiaba. ¡Era un imbécil!

—Sí, ahora me doy cuenta. Era un imbécil, pero yo no tenía más que quince años.

—Una vez la besó... ¡Dios, quise matarlo! Lo vi trepar por la fachada y darle un beso a través de la reja... Estaba rezando para que se cayera y se rompiera el alma.

—Lo recuerdo. Alguien le tiró una piedra.

Mario Buendía dejó la botella y las copas sobre la mesa y se volvió sonriendo:

—Fui yo.

Se aproximó a ella, tendió la mano y la obligó a alzar la cara.

—Fui yo, y no me avergüenza confesarlo. La amaba, y aunque no lo supiera, la consideraba algo mío... ¡Dios, cómo la amaba! ¡Cómo la amo todavía...!

Claudia intentó apartarse con suavidad.

—Ya no soy la misma.

—Para mí sigue siéndolo. Y a veces creo que nada ha cambiado: que seguimos allá en Caracas, y todo esto no es más que un juego: jugar a piratas.

La atrajo hacia sí y la besó largamente. No encontró resistencia, y Claudia le devolvió el beso. Sin pasión, pero sin rechazarlo tampoco, como si fuera su obligación. Después, muy suavemente, Buendía comenzó a desabrocharle el vestido, y cuando éste cayó al suelo, también cayó un afilado cuchillo, que resonó pesadamente. Lo tomó, y pareció sorprendido. Lo observó unos instantes y lo dejó sobre la mesilla de noche.

—¿Siempre lo lleva encima? —preguntó.

Claudia no respondió, hizo un ligero gesto afirmativo, sin apartar la vista del cuchillo, y luego, inmóvil, helada, permitió que él siguiera desnudándola. Mansamente se dejó tender sobre la cama, y soportó en silencio, lejana, sus caricias.

Mario Buendía se fue excitando más y más, y quizá lo excitaba aquella indiferencia; aquella inexpresividad de la mujer que parecía haberse convertido en piedra. La besó una y otra vez; le repitió cien veces que la quería, que la había amado siempre, y luego, con toda la delicadeza de que un hombre es capaz, penetró en ella.

Claudia lo oía, lo sentía, pero no dijo una sola palabra, ni respondió a una sola de sus caricias, hasta que, súbitamente, tomó el cuchillo y lo degolló.

CAPÍTULO XV

Arquímedes pasó la noche más feliz y divertida de su vida. La Cholita Claudia —«Claudiña»,
como había terminado llamándola— resultó una
muchacha encantadoramente enloquecida, que
ejercía su profesión con la alegría y el entusiasmo
de una colegiala en vacaciones.

Hacía el amor con verdadero interés, entregán-
dose en cada ocasión, y en los intermedios sal-
taba, reía, cantaba, improvisaba escenas de ópera
que había visto en el teatro, entablaba batallas de
almohadas y contaba historias picantes. Resultaba, en definitiva, un ser absorbente, que tuvo al
Nordestino toda la noche despierto. Cuando, a la
mañana siguiente, se reunió con sus hombres, apenas podía mantenerse en pie.

—¡Eh! —exclamó Mejías al verlo—. ¿Qué te
han hecho?

—Quizás algún día, si consigo recuperarme, te
lo cuente.

«Claudiña», que había bajado a despedirlo, lo
besó, cariñosa, y pidió:

—Vuelve pronto. Me gustas.

El quinteto salió del prostíbulo, feliz y satisfecho, aunque agotado. Hacía un calor agobiante y las calles aparecían vacías. Incluso para ellos, acostumbrados desde tanto tiempo atrás a la tórrida temperatura amazónica, el calor de Manaos, en los días que no soplaba la brisa del río, resultaba insoportable. En pleno monte, los altos árboles sumían la jungla en una penumbra que mitigaba el calor, pero allí las piedras de las calles y los muros de las casas parecían devolver centuplicados los rayos del sol. Todo Manaos era como un horno inmenso en el que los hombres se consumían.

Buscaron algo de comer, y no encontraron a esa hora otro sitio que un lanchón de la ciudad flotante, un remedo de restaurante maloliente, no sólo por la calidad de sus guisos, sino por el hecho de que los desperdicios y residuos humanos de todo el barrio flotaban en el agua entre infinidad de embarcaciones. El río —estancado— apenas tenía fuerza para arrastrar tanta porquería.

La ciudad flotante era por ello un nido de ratas y un emporio de enfermedades. Se amontonaban allí, en las más terribles condiciones higiénicas, diez o quince mil personas que vivían hacinadas en una increíble promiscuidad, pasando de embarcación a embarcación a través de estrechas pasarelas, haciendo sus necesidades en el río, en un agua que utilizaban para lavarse e incluso beber. Las epidemias de la ciudad flotante causaban de tanto en tanto estragos entre su población, pero, pese a ello, continuaba existiendo, y aún existiría medio siglo más.

Era también refugio de todos los asesinos, ladrones y maleantes de Manaos, pues sabían que nadie, ni aun la Policía o el Ejército, sería capaz de ir a buscarlos allí, en lo que consideraba su fortaleza.

—Para acabar con toda esta porquería —comentó Arquímedes— sólo hay un medio: prender-le fuego.

—Ya lo hicieron una vez —replicó Santos—. Pero no dio resultado. En diez minutos las embarcaciones se dispersaron por el río. Al día siguiente volvieron y todo quedó igual.

Dedicaron el resto del día a recorrer la ciudad y buscaron la casa de Sierra.

Como todas las que pertenecían a gente de dinero o importancia —desde el gobernador al delegado de la compañía inglesa de navegación—, aparecía inexpugnable; una auténtica fortaleza protegida por guardias armados y rodeada de altos muros coronados de cristales rotos.

Luego visitaron el puerto, con sus gigantescos almacenes, en los que se amontonaban las bolas de caucho y un incesante ir y venir de gentes y barcos.

Fuerzas del Ejército e inspectores de aduanas vigilaban el embarque del caucho en los grandes diques, y de tanto en tanto obligaban a partir en dos alguna bola de goma, para cerciorarse de que en el interior no se ocultaban piedras que aumentaran su peso o semillas del *Hebea brasilensis*.

Contemplando aquellas montañas de bolas de caucho, uno de los hombres comentó:

—¿Qué cantidad de dinero habrá ahí?

—¿Qué cantidad de sudor habrá ahí también? —replicó Arquímedes—. Si algo me apetece realmente, es prenderle fuego a todo ese caucho y a toda esta ciudad.

—No sería muy difícil —señaló Mejías, El Tigre—. Basta con arrimarle candela a la goma y esperar que la brisa del río haga el resto.

—¿Y quién le arrima candela con esa barrera de soldados? —quiso saber Santos—. En cuanto des un paso más allá de esa verja, te dejan frito. Cada una de esas bolas vale su peso en oro.

A la hora de la cena, en la taberna de la noche anterior —llamada del «Irmao Paulista» por ser propiedad de un diminuto natural de São Paulo— discutieron en un rincón las dificultades que presentaba el proyecto de acabar con Sierra.

—Creo que deberías olvidar eso y preocuparnos únicamente de salvar el pellejo —comentó Santos—. En cuanto liquidemos a Sierra, nos barrerán del mapa, por más que nos escondamos. Son demasiado poderosos. ¿Sabéis que Marcos Vargas ha mandado levantar una fuente, en el jardín de su casa, de la que mana constantemente champán francés? ¿Os imagináis el dineral que hace falta para permitirse algo así? ¿Cómo vamos a luchar contra esa gente?

—Tenemos algo en nuestro favor —replicó Arquímedes—. No saben que estamos aquí.

Terminada la cena, decidieron acudir de nuevo a la salida del teatro, donde el espectáculo era el mismo del día anterior. Volvieron a ver a Sierra, Yusufaki, Saldaña e incluso a Marcos Vargas, el de la fuente de champán en el jardín. Arquímedes se informó de que la compañía de ópera aún permanecería en Manaos una semana, lo que quería decir que toda la «sociedad de Manaos» acudiría noche tras noche, aunque la obra se repitiese. Sabido era que la obra resultaba lo menos importante a la hora de acudir a la ópera. Los grandes carteles de la entrada anunciaban para esa noche *La Traviata*, y para la siguiente, *Aida*, y Arquímedes trataba de hacerse una idea de lo que significaban aquellos nombres. Le habían dicho que la ópera era una especie de representación en la que los actores, en lugar de hablar, cantaban, y El Nordestino se preguntaba cómo diablos el público podría creerse algo semejante cuando, además, los que cantaban lo hacían en un idioma que ni Dios entendía.

Mejías opinaba que la ópera estaba hecha para gente culta, y Arquímedes quería saber qué clase de cultura podía tener Sierra, o el turco Yusufaki, que malamente si hablaba cristiano.

Terminada la mascarada, El Argentino salió acompañado únicamente de la prostituta rubia, mientras Yusufaki charlaba animadamente con Saldaña. Por lo visto, El Turco estaba jugando con ambos, tratando de obtener el mejor precio por sus esclavos.

Decidieron pasar nuevamente la noche en un prostíbulo. Mejías y Santos eran de la opinión de buscar otro para evitar sorpresas, pero Arquímedes —que se había pasado el día recordando a Claudiña— insistió en volver a «Casablanca».

Cuando entraron en el gran salón no vio a la muchacha, y la negra propietaria le comunicó que en esos momentos se encontraba «atendiendo» a un cliente. Podía esperarla o cambiar de chica, y El Nordestino sintió que algo se le revolvía dentro.

Decidió elegir otra, una trigueña de enormes pechos, y subió con ella a la habitación, pero pronto advirtió que nada era igual y echaba de menos a La Cholita.

Estaba pensando en marcharse cuando la puerta se abrió bruscamente y Claudiña entró como una tromba.

—¡Eres un cerdo! —exclamó—. ¿Por qué no me has esperado?

—¿Por qué tenía que hacerlo? Tú estabas con otro.

—¡Pero es que ése es mi oficio!

Luego, decidida, agarró las botas y la ropa de Arquímedes, que estaban en un rincón, y salió, encaminándose hacia su habitación. Ya desde el pasillo gritó:

—¡Deja a esa puerca y ven conmigo!

Arquímedes se quedó unos instantes desconcertado. Se volvió a la trigueña, que permanecía indiferente, y envolviéndose como pudo en una sábana, salió al pasillo y corrió hacia la habitación de la peruana.

Santos, que venía del retrete, estalló en carcajadas y comenzó a dar grandes voces llamando a Mejías para que no se perdiera el espectáculo de su jefe en cueros. Arquímedes le maldijo el alma y corrió hacia el dormitorio como si lo persiguiesen todos los demonios.

La noche resultó tan perfecta como la anterior, y Claudiña se las ingenió, con armas puramente femeninas, para arrancarle al Nordestino la promesa de que la llevaría a la ópera al día siguiente.

Apenas lo hubo hecho, Arquímedes se arrepintió, pero ya resultaba demasiado tarde para volverse atrás. Por otro lado, le llamaba poderosamente la atención ver el teatro por dentro.

Por la mañana le entregó un buen puñado de monedas a la negra propietaria de «Casablanca» con el encargo de que le consiguiera un palco desde el cual pudiera ver y pasar inadvertido. Luego seleccionó a Santos y Mejías, El Tigre, para que lo acompañaran.

Necesitaban ropa, y acudieron al mejor sastre de la ciudad, que abría su lujosísimo taller —alfombrado de rojo— en el corazón mismo de la plaza de la Catedral. En los primeros momentos se mostró reacio a atenderlos, pero el sonido del oro lo decidió bien pronto y comenzó a mostrarles los mejores géneros recién llegados de Europa. Se encontraban en pleno panegírico cuando se abrió la puerta y penetró un pomposo individuo tratando de averiguar si estaban ya planchadas sus camisas de etiqueta. El sastre respondió que el barco de Londres estaba a punto de llegar y que en un par de días le llevaría las camisas a casa.

El hombre arrugó el ceño con aire molesto:

—Reconozco que allí lo hacen mejor —aceptó—. Pero empiezo a encontrar fastidioso eso de tener que enviar las camisas a Londres a que las planchen...

—Una persona de su categoría no puede ir por el mundo de cualquier manera —replicó, untuoso, el sastre—. Usted sabe que todo el que verdaderamente es alguien en Manaos manda su ropa a planchar a Inglaterra... ¿Acaso ha tenido un mal año en sus caucherías...?

—¡Oh! ¡No, no...! ¿Cómo se le ocurre? —se apresuró a protestar el otro—. Precisamente acabo de comprarme un palacio veneciano.

El hombre se envaneció y dirigió una orgullosa mirada a Arquímedes y sus compañeros. Estaba claro que trataba de impresionarlos, y lo estaba consiguiendo, pero cuando habló, lo hizo como si no hubiese reparado en su presencia.

—Por cierto... —continuó dirigiéndose al sastre—. He oído decir que esa compatriota suya, Sarah Bernhardt, actuará en el teatro el mes que viene... ¿Es hermosa?

—Tengo entendido que mucho, señor...

—Me gustaría acostarme con ella... Es un capricho... Usted podría servirme de intérprete... Yo no hablo ni una palabra de extranjero, ya lo sabe...

—Será difícil... Creo que esa señora no acos...

—¡Bueno, bueno...! Por el precio que no sea... ¡Dos mil libras...! ¡Tres mil si hace falta...! Lo que pida. Es un capricho, ya se lo he dicho...

—Haré lo que pueda...

—Confío en ello... Y no se olvide de mis camisas.

Salió. Arquímedes se volvió al sastre.

—¿Quién era ése?

El otro hizo un gesto despectivo:

—Un muerto de hambre. Ha hecho algún dinero con el caucho y anda desesperado por igualarse a los grandes... ¡Tres mil libras...! ¡Miserable! Saldaña anda ofreciendo diez mil a quien le consiga a la Pavlova... Y la Bernhardt no es menos que la Pavlova, ¡digo yo!

—¿Y esa Pavlova quién es?

—Una que baila.

—Ya.

—¿Y es como para pagar diez mil libras? —quiso saber Mejías.

—¿Y yo qué sé? Nadie la ha visto... Aún faltan tres meses para que venga...

—Pero a lo mejor es vieja...

El sastre se encogió de hombros como significando que eso no tenía importancia.

Cuando salieron de allí, Arquímedes se sentía indignado.

—¡Diez mil libras...! ¡Diez mil libras de caucho significan por lo menos treinta siringueiros muertos...! ¡Años de trabajo...! Todo para que el hijo de perra de Saldaña se acueste con una tipa que a lo mejor es vieja...

Se detuvo en el centro de la plaza, contempló los edificios, la Aduana, la catedral, los hoteles, el Teatro de la Ópera allí, al final de la calle, en lo alto de la colina, y apretando los puños con fuerza masculló:

—¡Algún día esto tiene que desaparecer...! Caerá un rayo y arrasará con todo, o vendrá el río y se lo llevará. Pero si esta ciudad no explota, ¡es que nunca ha habido Dios en parte alguna...!

CAPÍTULO XVI

Cuando El Nordestino llegó al Teatro de la Ópera, con La Cholita colgada del brazo y Mejías y Santos tras él, le sorprendió advertir una inusitada agitación y la presencia de más guardias armados que de costumbre.

Se estableció con Claudia en un palco diminuto, al fondo, y envió a Santos a averiguar lo que ocurría. Estaba ya a punto de alzarse el telón cuando el otro volvió. Parecía agitado.

—Hay una cañonera peruana en el puerto —fue lo primero que dijo—. Nos vienen buscando. Saben que asaltamos el barco, aunque aún no lo han encontrado. Saben incluso quiénes somos. La Policía y el Ejército andan revueltos. El gobernador ha mandado aviso a Belem de Pará, en la desembocadura, para que envíen cañoneros río arriba, a cortarnos el paso...

Arquímedes no dijo nada. Se quedó pensativo, con la mirada fija en el patio de butacas. La Cholita escuchaba sin comprender. Mejías y Santos permanecían a la expectativa.

La música comenzó a sonar, y El Nordestino continuaba en silencio, como si la noticia no le hubiese afectado. Pensaba. Su vista fue a recaer en un palco del piso bajo, al otro lado del patio de butacas. Sierra, siempre junto a la rubia, discutía acaloradamente con dos hombres. El Argentino parecía inquieto.

El telón comenzó a alzarse, y Arquímedes hizo señas a sus compañeros para que tomasen asiento y permanecieran tranquilos. Los dos hombres abandonaron el palco de Sierra y lo dejaron solo con la rubia.

Una mujer salió al escenario y comenzó a gritar algo incomprensible, acompañada por una orquesta estridente. El Nordestino la observó como si perteneciera a otro mundo.

Tardó más de diez minutos en reaccionar. Se volvió a Santos y murmuró en voz baja:

—Busca a los otros y espera en el puerto con la curiara lista para salir zumbando. Estaremos allí en media hora...

Santos asintió, se levantó y se fue, procurando no ser advertido.

Arquímedes continuó contemplando la representación. Ahora el escenario aparecía lleno a rebosar de gente que gritaba y gesticulaba. Los observó unos instantes con interés, pero pronto su curiosidad decayó por completo al comprobar que no entendía nada de lo que pasaba allí.

Su mirada vagó por la sala; se detuvo en la nuca del turco Yusufaki, en la mole obesa de Saldaña, en el palco del gobernador, que lo dominaba todo, y volvió una vez más a Sierra, que se agitaba inquieto en su butaca.

Pasó un largo rato, y Mejías hizo un gesto queriendo señalar que el tiempo apremiaba. Arquímedes metió la mano en el bolsillo de la chaqueta y sacó un puñado de monedas de oro que dejó sobre el regazo de Claudiña.

—¡Toma! —dijo—. Quédate con esto... Tenemos que irnos...

—¿Adónde?

—No puedo decírtelo... Pero volveré... Volveré a buscarte, te lo prometo...

Se puso en pie y, seguido por Mejías, se encaminó a la salida. La Cholita lo detuvo unos instantes, tomándolo por la manga.

—¡Vuelve por mí! —pidió—. No me importa lo que hayas hecho, pero, por favor... ¡Vuelve...!

Arquímedes la tranquilizó con una sonrisa y salió.

Los pasillos estaban vacíos. Descendieron hasta el piso bajo y llegaron en silencio hasta la puerta del palco de Sierra. Arquímedes hizo un gesto con la cabeza hacia dentro.

—Dile que salga. Que la Policía quiere hablarle sobre el barco secuestrado. Que es importante ..

Mejías desapareció tras la cortina, y Arquímedes aguardó, asegurándose de que no había nadie por los alrededores. Cuando El Argentino apareció acompañado de Mejías, El Nordestino le daba la espalda. Sierra venía refunfuñando:

—¿Qué diablos pasa ahora? Ya he dicho todo lo que...

Se interrumpió, asombrado. Arquímedes se había vuelto bruscamente, colocándole un cuchillo ante los ojos. El Argentino hizo ademán de gritar pidiendo auxilio, pero Mejías le tapó la boca con una mano, sujetándole fuertemente por la espalda. Quedó dominado, incapaz de zafarse.

El Nordestino lo observó unos instantes sonriendo. Luego, sin deshacer su sonrisa, le asestó, una tras otra, cinco rápidas puñaladas en el estómago. Mejías continuaba evitando que gritase, y cuando al fin lo dejó deslizarse al suelo suavemente, Sierra agonizaba y no era capaz más que de emitir un sordo estertor.

Arquímedes le clavó el cuchillo por última vez, lo dejó allí y, dando media vuelta, se alejaron rápidamente hacia la salida.

Al cruzar la puerta ante los guardianes armados, comentó en voz alta:

—¡Esto de la ópera no hay quien lo aguante!

Luego se perdieron en la noche, hacia el puerto.

En el puerto reinaba una agitación inusitada. La cañonera peruana se disponía a levar anclas nuevamente en busca siempre del *Isla de Marahó*, al que suponían por las proximidades, y un destacamento del Ejército brasileño reforzaba ahora su tripulación.

La Policía interrogaba a los lugareños y pescadores del río por si tenían noticias del barco, y se comenzaban a enviar canoas y exploradores a los ríos y lagunas de las cercanías.

Alguien aseguraba haber visto el barco en el Gran Río, pero no podía aclarar si había cruzado la unión con el Negro, siguiendo hacia Belem de Pará, o se encontraba oculto en algún afluente.

Arquímedes y Mejías atravesaron rápidamente entre la multitud, que se extendía en comentarios de todo tipo, y se encaminaron hacia la curiara en que Santos y los otros aguardaban visiblemente nerviosos. No se les ocultaba que, con la llegada del nuevo día, cualquiera de los exploradores que habían salido en su busca daría con el escondite del *Isla de Marahó*.

Remaron sin interrupción durante más de seis horas, y con la primera claridad avistaron el caño y la laguna en que se encontraba oculto el barco. Apenas pisó cubierta, Arquímedes ordenó que comenzaran a calentarse las máquinas, y a las dos horas —casi sin presión en las calderas— el *Isla de Marahó* abandonó la laguna y se adentró de nuevo en las aguas del Gran Amazonas.

Aún no habían navegado media docena de kilómetros, cuando dos hombres que marchaban pausadamente en una piragua río abajo, se detuvieron a observarlos con interés y, luego, dando media vuelta, se alejaron remando a toda prisa, aguas arriba, hacia Manaos.

El Nordestino los contempló desde lejos y se volvió a Howard:

—Ésos corren a dar el soplo... En unas horas tendremos a las cañoneras pisándonos los talones...

Abandonó la cubierta y se encaminó directamente al camarote de Claudia. La muchacha se encontraba hundida en un gran sillón, con la mirada fija en un ventanuco por el que se distinguía, a lo lejos, la inacabable hilera de altos árboles que escoltaba el río.

Tomó asiento frente a ella, al borde de la cama. Pasó un largo rato en silencio, hasta que Claudia lo miró, aunque podría decirse que en realidad ni siquiera estaba viéndolo.

—Sierra ha muerto —dijo—. Lo maté anoche.

No obtuvo respuesta, como si sus palabras no hubiesen llegado a los oídos de Claudia, que no había hecho gesto alguno. Esperó.

—Creí que podría interesarte —continuó al rato—. Ya no tienes que temer nada... Ha pagado lo que te hizo.

La muchacha sonrió con infinita tristeza...

—¿Tú crees? —preguntó.

Guardó silencio unos instantes y luego continuó:

—Da igual... Todo me es igual. Llegué a creer que saberlo muerto me alegraría, pero no es así. No me importa que viva o muera. No me importa ni él ni nadie... Estoy cansada... Muy cansada, y quiero acabar de una vez...

—Pronto estarás en Caracas...

—No quiero volver a Caracas.

Arquímedes se asombró, no de sus palabras,

sino de la firmeza de su tono.

—¿Por qué? —quiso saber—. ¿Qué te ha hecho cambiar de idea...?

Se encogió de hombros:

—No lo sé... Únicamente sé que aquél ya no es mi mundo... No quiero aparecer de pronto como una resucitada y convertirme en objeto de curiosidad... Mis padres me creen muerta: el dolor habrá pasado con el tiempo: no soy más que un recuerdo, un bello y querido recuerdo de una muchacha alegre que ellos vieron marcharse hace años... ¿Por qué causarles un nuevo dolor con mi presencia? Ya no soy la misma: costaría trabajo incluso reconocerme, y siempre sería una extraña; una sombra que recuerda vagamente la Claudia de antes...

—¡Eso es una estupidez! Nada puede compararse a la alegría de saberte viva. De volver a verte.

—¿Saberme viva? ¿Crees que no hubiera preferido mi muerte que todo lo que he pasado...? Mi padre, tan estricto... Mi madre, con su férreo sentido de la moral... ¿Dudarían entre verme muerta o juguete de un centenar de caucheros...?

—Eso es una monstruosidad...

—En tu mundo sí... En el de mi familia, no... ¿Cómo puedo presentarme ante ellos y decirles: yo soy Claudia? Yo, que he asesinado a cinco hombres con mi propia mano, y me he acostado con más de cien caucheros.

—No fue culpa tuya...

—¿Quién sabe eso? Ni siquiera yo sé dónde empieza mi culpa y acaba la ajena... ¿Cuál hubiera sido mi vida si me limito a someterme a Sierra, esperar que se canse de mí y marcharme luego? ¿Por qué tuve que provocar todo esto acostándome con Howard...? Quería vengarme de Sierra, y mira a lo que me llevó la venganza...

—¿Qué otra cosa puedes hacer más que volver a Caracas? Eres joven... Tienes toda la vida por delante. Dentro de unos años habrás olvidado y podrás empezar de nuevo. Tu familia tiene dinero. También te toca parte del oro de este barco... Podrás ir a Europa; hacer un largo viaje...

—Quizá lo haga... Pero sin volver a Caracas.

—¿Crees que tus padres merecen eso? Tienen derecho a verte, y haces mal en juzgarlos. No imagines cómo te van a recibir. No pienses en lo que dirán o pensarán los demás. Espera a verlo. Para marcharte, siempre estarás a tiempo.

Claudia lo miró largo rato en silencio. Por último agitó la cabeza negativamente:

—No has comprendido nada —señaló—. No se trata de ellos. Se trata de mí. No es como ellos me vean, sino como me veo yo. No es lo que ellos sientan, sino lo que soy incapaz de sentir. Estoy muerta —exclamó con violencia—. ¡Muerta, y es estúpido continuar negándolo...!

Arquímedes estuvo a punto de seguir argumentando, pero no lo hizo. Tenía demasiados problemas y pensó que siempre habría tiempo de discutir con Claudia si salían bien de todo aquel asunto de las cañoneras y el Ejército.

Habría de arrepentirse mientras viviera. Nunca volvería a tener ocasión de hablar con ella, de intentar convencerla de que regresara a Caracas, a su mundo, junto a sus padres.

Esa tarde un cauchero disparó sobre un delfín, un «boto», que se alejó herido y fue a morir en la orilla.

Esa noche Claudia desapareció para siempre, y únicamente ella supo el momento que escogió para lanzarse a las aguas del gran río.

CAPÍTULO XVII

Arquímedes reunió a sus «capitanes»: Howard, Mejías, Sebastián, Santos y el mismo Martinico.

—¿Qué se les ocurre para salir de este lío? —inquirió.

—Estamos como antes —rezongó Howard—. Acorralados. Con la diferencia de que al principio nos perseguían los hombres de Sierra, luego, la pandilla de los Arana, y ahora, todo el Ejército brasileño... No cabe duda de que vamos progresando.

—La cosa no es para bromas.

—Lo sé... ¿Pero qué quieres que te diga? No se me ocurre nada.

—¿Cuánto crees que tardaremos en tropezar con las cañoneras? —quiso saber Mejías, el más práctico.

—No tengo idea... Depende de lo aprisa que corran. Un día o dos, supongo...

—Podemos esconder el barco en cualquier laguna.

—Eso no soluciona nada... Nos encontrarían pronto o tarde... Los caucheros les ayudarían a buscarnos, y esos malditos conocen esta región mejor que nosotros...

—¡Nos quedan dos soluciones: hacerles frente, o tirarnos al río con una piedra al cuello...! ¡A ver!

—Hay otro camino...

Todos se miraron. Arquímedes tardó en hablar. Sabía la impresión que iba a causar, y esperó. Al fin, lentamente, soltó el nombre.

—Santo Antonio.

No estaba equivocado. Incluso el impasible Howard, que se había enfrentado a todo en este mundo, le miró estupefacto.

—¡Santo Antonio...!

—¿Santo Antonio...?

—Santo Antonio...

—¡Dios del Cielo! Santo Antonio... ¿Te has vuelto loco...?

Era, en verdad, haberse vuelto loco. Veinte mil hombres habían muerto ya en Santo Antonio, y muchos miles más morirían antes de que se acabara aquel maldito ferrocarril.

¡Santo Antonio...! Más tarde terminaría llamándose Porto Velho, pero aún seguía siendo el Santo Antonio de las infinitas tumbas, de la fiebre amarilla, los indios antropófagos y el paludismo.

Eso quedaba allá, en la frontera con Bolivia, en la región más inaccesible del planeta: tierra de las más salvajes tribus conocidas. ¡El fin del mundo!, pero, quizá por eso mismo, el lugar más rico en árboles del caucho de toda la Amazonia.

Río Madeira arriba, muy arriba, dejaban las aguas súbitamente de correr calmosas y se precipitaban furiosas y temibles en una sucesión de diecinueve cataratas gigantescas, cataratas que se habían convertido en el más infranqueable muro que la Naturaleza opusiera jamás al avance del ser humano.

Resultaba imposible soñar siquiera con enfrentarse a ellas, pero más allá estaba el caucho; bosques de *hebeas* vírgenes, ¡millones de árboles, y cada uno de ellos lloraba oro día y noche!

Aquellos bosques podían enriquecer a centenares y miles de hombres, pero estaban condenados a quedarse allí para siempre. De un lado se alzaba la inaccesible cordillera de los Andes; de otro, las cataratas del Madeira y las tribus antropófagas y negrófagas.

Cuantos lo intentaron habían muerto, y el caucho seguía en el mismo lugar riéndose de los siringueiros. Algún boliviano bajaba desde la alta sierra, pero no había forma de regresar. Las caravanas que ascendían pesadamente la cordillera eran aniquiladas por las tribus hostiles, y sólo una de cada veinte llegaba al Pacífico con la décima parte de su carga inicial.

Allí estaba el tesoro, y nadie podía alcanzarlo.

Pero la ambición de los hombres no tiene límites, y un buen día, en 1854, nació la idea de construir un ferrocarril de la selva que comunicase —a través de casi cuatrocientos kilómetros— los bosques de *hebeas* con la parte navegable del Madeira.

Era un sueño de locos, ¡imposible!, pero nada hay imposible para quien pretende hacerse rico.

Una compañía inglesa inició los trabajos de la «Madeira-Mamoré Railway», pero muy pronto los miles de muertos lo hicieron desistir del absurdo empeño. Las obras quedaron abandonadas, y años más tarde los americanos de Filadelfia decidieron continuar lo que ya se llama «el ferrocarril de la muerte». Lanzaron sobre la selva todo el poderío de su dinero y sus máquinas, y al fin comprendieron que habían gastado treinta toneladas de oro puro para montar cinco kilómetros de raíles. Había muerto la tercera parte de la mano de obra, y cada kilómetro de vía estaba marcado por un cementerio.

Los indios surgían de lo más profundo de la

espesura y se entretenían en lanzar sus flechas envenenadas sobre los trabajadores, o acudían, en lo más cerrado de la noche, a llevarse los rieles y las traviesas. Las serpientes venenosas causaban estragos, y la fiebre amarilla y el paludismo hacían el resto. Primero se ofrecían sueldos fabulosos y se contrataba a la gente en la lejana Europa y hasta en el Extremo Oriente. Luego, sabida ya la fama del «ferrocarril de la muerte», ni siquiera esos sueldos surtían efecto, y la gente huía selva adentro. De setecientos alemanes contratados, sobrevivieron cincuenta, que decidieron emprender la huida a campo traviesa, selva adentro, perseguidos por sus capataces y acosados por los salvajes. Tan sólo seis —hambrientos, desesperados, enloquecidos— llegaron al fin a las márgenes del Amazonas y alcanzaron Manaos.

Miles y miles de muertos, y la empresa fracasó de nuevo.

Pero el caucho continuaba allí.

Y también la ambición.

Otra empresa norteamericana, esta vez del Maine, acababa de hacerse cargo de las obras. Había hecho cálculos exactos: se llegó a la conclusión de que costaría cincuenta muertos por kilómetro de vía férrea, es decir, un muerto cada veinte metros, pero estaban dispuestos a pagar el precio. No necesitaban más que encontrar la gente dispuesta a morir de ese modo. La solución, como siempre, estaba en los esclavos; buscar lejos los esclavos, y esclavizar también a quien apareciese por las cercanías de Santo Antonio.

El ferrocarril Madeira-Mamoré se terminaría al fin en 1912, y su tributo en vidas sería bastante más alto del calculado en un principio. Aún hoy, pueden verse hileras de tumbas que jalonan la vía a todo lo largo de su recorrido, y en sus cruces no existe nombre alguno. Tan sólo una inscripción común: «muerto por los indios», sin importar si fue en verdad un indio o la malaria.

Y hubo algo tragicómico en esa empresa maldita. Después de cincuenta años de trabajos, después de montañas de cadáveres y tanto sufrimiento, al año de inaugurarse el ferrocarril —1913—, las caucherías inglesas de Malasia comenzaron a rendir a plena producción, el caucho amazónico perdió su valor, y el ferrocarril Madeira-Mamoré se convirtió en inútil.

Los caucheros, supersticiosos, creyendo que era ese «ferrocarril de la muerte» el que había traído la mala suerte, quisieron destruirlo arrancando sus rieles, y fue necesaria la intervención del Ejército para conservar su naciente inutilidad.

Pero todo eso ocurría mucho más tarde, y en aquellos días, decir Santo Antonio era como mentar al mismísimo Satanás: un Satanás de carne y hueso.

—Eso sería meterse en la boca del lobo —señaló Mejías—. En cuanto asomáramos por allí, nos pondrían a picar piedras, tumbar árboles y tender raíles.

—¡Es peor que las caucherías…!

—Prefiero hacerle frente a las cañoneras y a todo el Ejército brasileño…

El Nordestino pidió calma. Le costó trabajo, pues nadie quería oír hablar de Santo Antonio. Cuando logró —dando un puñetazo en la mesa— que le escucharan, continuó:

—Todo eso está muy bien —señaló—. Tienen razón: nos pondrían a trabajar hasta matarnos. Pero eso ocurriría si fuéramos de uno en uno. Somos cincuenta hombres bien armados. Haremos un trato con los del ferrocarril: si nos dejan pasar, no habrá lío: huiremos por la vía que están abriendo hasta Bolivia. Pero si quieren agarrarnos, alzaremos a sus trabajadores y acabaremos con todo ese mierdero.

—Tienen muchos guardianes…

—Pero están desperdigados a todo lo largo de las obras, vigilando a los trabajadores y conteniendo a los indios. No creo que en Santo Antonio sean más de treinta.

—Están bien armados. Mejor que nosotros.

—Pero no lo saben. Cuando lo averigüen, ya estaremos lejos.

—Es muy arriesgado.

—¿Y qué hay que no sea arriesgado? ¿Quedarnos aquí? ¿Hacerles frente a las cañoneras? ¿Volver a Manaos?

Todos guardaron silencio. No encontraban solución, pero tampoco les parecía solución Santo Antonio. Su solo nombre les producía terror, y resultaba difícil aterrorizar a aquellos hombres.

—Es una locura... Es una locura... —repetía una y otra vez Martinico.

—¿Te callarás? —refunfuñó Arquímedes—. ¿Locura? Todo es locura en esta selva maldita... Y allá en la Catinga. No he visto más que locuras desde que tengo uso de razón. ¿Qué me importa una más? Si los gringos del ferrocarril nos dejan pasar, bien... Si quieren jaleo, lo tendrán, y echaré sobre ellos a sus miles de trabajadores. Se lo pensarán mucho, ya lo verás.

—Son demasiado fuertes.

—¿Quién ha dicho? La mayoría están enfermos. Son muchos, sí... Miles, pero ocho de cada diez tienen malaria y andan revolcándose en una choza, incapaces de mantener un arma. Esos pantanos están apestados. Se los están comiendo.

—También nos comerán a nosotros, ¿qué crees? ¿Que la fiebre amarilla y la malaria no nos afectan? Nos mandarán al otro barrio como a ellos...

—Quizá... Seguro... Pero vamos de paso, mientras ellos están allí trabajando... No son más que cuatrocientos kilómetros y ya tienen abierto el camino. Parte podremos recorrerla en tren. Me he informado... Casi cien kilómetros funcionan ya.

—No me fío de los gringos —señaló Mejías. Luego reparó en Howard y se disculpó—: Perdona... Olvidé que tú lo eras...

—Puro accidente, hermano... Puro accidente —le tranquilizó el pelirrojo—. No te preocupes... Yo tampoco me fío de los gringos.

—Ni yo —admitió Arquímedes—. Pero pienso tomar mis precauciones. Llegaremos con el barco hasta Santo Antonio, e iniciaremos las conversaciones. Si la cosa está clara, desembarcaremos. Si hay alguna duda, nos volvemos atrás, y en paz.

—Parece fácil...

—Demasiado fácil...

—Pero las cañoneras nos vendrán pisando los talones...

—Y en el barco empiezan a escasear los víveres. El viaje hasta Santo Antonio es largo remontando el río.

—Lo más probable es que las cañoneras nos alcancen antes. Son más rápidas, y este barco va muy pesado.

—Todo puede arreglarse.

—Según tú, todo puede arreglarse.

Arquímedes hizo un gesto de asentimiento. Media hora después había ordenado al capitán atracar el barco al primer desembarcadero que encontrara en su camino. Cuando lo hubo hecho, obligó a bajar al pasaje, sus pertenencias y la tripulación que no fuera absolutamente imprescindible. También ordenó cargar cuanta madera había en la factoría, así como dejar en tierra las mercancías de las bodegas. Por último, requisó los víveres del campamento, se despidió de los pasajeros y tripulantes que quedaban en tierra —felices por el fin de su aventura—, y ordenó al capitán reemprender la marcha.

—¡A toda máquina! —señaló—. Hasta que las calderas revienten...

Y, en efecto, las máquinas estuvieron a punto de reventar cuando el *Isla de Marahó* abandonó esa noche el cauce del Gran Amazonas y comenzó a remontar la corriente del río Madeira, que bajaba crecido, arrastrando sus aguas todos los troncos caídos y maleza que le daban su nombre.

Selva. Más selva. Siempre selva.

Río y selva.

Primero fue el Putumayo. Luego, el Napo. Por fin, el inmenso Amazonas, y ahora, el Madeira.

Miles de kilómetros de uno a otro. Habían recorrido casi tanta distancia como la que separa Siberia del Sáhara, y sin embargo, el paisaje seguía siendo idéntico; se diría que se trataba de los mismos árboles, las mismas flores, el mismo río. Incluso las mismas loras que chillaban histéricas.

Comenzaron a encontrar los primeros puestos de vigilancia de las gentes del ferrocarril. Había docenas de ellos a todo lo largo del Madeira y sus tributarios, y no tenían otro fin que evitar la fuga de los esclavos y trabajadores de la vía férrea. Abundaba la gente fuertemente armada, que no hacía ningún gesto hostil hacia el barco que subía a Santo Antonio. Imaginaban que se trataba de un nuevo buque de los muchos que abastecían el campamento. Allí, en el más perdido confín de la Amazonia, todo, absolutamente todo —víveres, armas, vestidos, licores o tabaco— tenía que importarse. El alto Madeira era incapaz de producir nada. Nada que no fuera goma o muertos.

Eran muchos miles los hombres que la «Madeira-Mamoré Railway» tenía que alimentar, mal que bien, en Santo Antonio y a todo lo largo de la vía. Y era muchísimo más lo que tenía que proveer de medicinas; el ferrocarril consumía más medicamentos y whisky que carne, harina o patatas. El noventa por ciento del personal estaba siempre incapacitado para trabajar por enfermedad, y el otro diez por ciento combatía su miedo a esa enfermedad con la bebida.

Y allí, a aquella antesala del infierno en la que miles de hombres libraban una batalla ya perdida con la muerte, llegó un amanecer el *Isla de Marahó*.

Un grupo salió a recibirlos. Suponían también que se trataba de un nuevo —aunque inesperado— barco de aprovisionamiento, y parecieron muy sorprendidos al advertir que no atracaba en el pequeño espigón, sino se limitaba a fondear frente a la orilla, manteniendo las máquinas en marcha.

Se destacó una lancha, que se arrimó al muelle. Venían en ella Arquímedes, Howard, Martinico, Santos y tres hombres más, fuertemente armados. Alfonso Mejías, El Tigre, y el viejo Sebastián habían quedado al mando del barco.

—¿Quién manda aquí? —inquirió El Nordestino.

Los lugareños se miraron sorprendidos. Uno de ellos se encogió de hombros.

—Hay un delegado del Gobierno brasileño y un teniente del Ejército...

—No me refiero a eso. ¿Quién manda entre los americanos?

Señalaron hacia la mejor de las casas que se distinguían tras ellos, a corta distancia de la orilla.

—Kramer. El ingeniero.

Se encaminaron resueltamente al edificio, apenas algo más que una cabaña de adobe con techo de cinc. Santo Antonio, el pueblo —si es que se podía llamar pueblo a aquello—, presentaba un aspecto realmente desolador. Montañas de basura aparecían por las calles, que no eran sino verdaderos lodazales con más charcos que terreno firme. En ellos chapoteaban los transeúntes, algún que otro niño famélico con un pie en la tumba y bandadas de zamuros que ni siquiera se molestaban en disputarse los desperdicios, pues había de sobra para todos.

Una vaca acababa de ser sacrificada en medio de algo que quería ser plaza, y la piel, los intestinos y la cabeza habían quedado abandonados. La sangre aún estaba fresca y una nube de moscas y mosquitos revoloteaba sobre el charco.

Una mujeruca se asomó a una ventana y arrojó tranquilamente un cubo de excrementos que fue a caer sobre otro montón ya existente. El hedor resultaba insoportable.

—No me extraña que mueran como chinches —murmuró Arquímedes—. Aquí no podrían vivir ni los cerdos.

Uno de los lugareños hizo un gesto fatalista, queriendo indicar que no había remedio.

—La mano de obra útil está en el ferrocarril, y no se puede pedir a los enfermos que vayan al río a hacer sus necesidades. Los muertos pasan días antes de que los entierren. Y si no hay quien lo haga, se les arroja al río, y en paz...

Entraron en la casa del Ferrocarril. Dos hombres armados trataron de cortarles el paso, pero antes de que pudieran reaccionar, Martinico y Santos los tenían encañonados. Arquímedes empujó decidido una puerta y penetró sin más ceremonia en una gran estancia repleta de mapas, planos, diagramas y documentos. La ocupaban tres hombres que parecían muy interesados en un mapa, y se volvieron, molestos por la interrupción.

Al reparar en el aire amenazador y las armas de los recién llegados, palidecieron, aunque hicieron un esfuerzo por conservar la calma.

—¿Qué pasa aquí? —masculló el que parecía superior—. ¿Qué modo es éste de entrar en mi despacho?

Nadie le hizo caso, y los hombres de Arquímedes se distribuyeron por la habitación sin dejar de vigilar, con las armas listas. Howard se dirigió al que había hablado.

—¿Usted es Kramer? ¿El que manda aquí?

—Yo soy Kramer... ¿Qué quieren?

—Hablar. Amigablemente... Estamos huyendo... Vamos a Bolivia y necesitamos que su ferrocarril nos acerque a la frontera. Luego seguiremos a pie. Somos cincuenta, y bien armados. Si nos dejan pasar, no ocurrirá nada. Si quiere guerra, daremos mucho quehacer.

El tal Kramer —un hombrecillo calvo y pálido de gesto avinagrado— meditó unos instantes. Al fin negó:

—Lo siento —dijo—. No puedo hacer lo que piden... Somos diez mil... ¿Qué piensa conseguir con cincuenta bandoleros?

—Mucho. De sus diez mil, la mayoría son esclavos dispuestos a escapar con nosotros si les damos ocasión. En cuanto a sus hombres —los vigilantes—, la mayoría andan comidos por la malaria, incapaces de mantener un arma. Sería una dura lucha.

—Eso está por ver. Para llegar a la frontera tienen que atravesar el túnel que hemos abierto en la selva, y que está dominado por mi gente de punta a punta. No avanzarían un metro. Olvide esa idiotez y regresen por donde han venido. Es un consejo.

Howard se volvió a Arquímedes, que no parecía sorprendido.

—¿Por qué se niega? —quiso saber El Nordestino.

La respuesta de Kramer fue, hasta cierto punto, razonable.

—Aquí hay miles de hombres que no se fugan o se rebelan por miedo. Están convencidos de que somos más fuertes. Si demostramos debilidad ante un puñado de vagabundos que tratan de asustarnos, estamos perdidos.

Arquímedes meditó, y luego, señalando a uno de los hombres que estaban con Kramer, preguntó:

—¿Quién es ése?

Cuando le respondieron que el segundo ingeniero, hizo un gesto a Martinico que éste comprendió de inmediato. Sacó su largo machete de cauchero, se aproximó al hombre por detrás, le tapó la boca con la mano, y luego, tranquilamente, de un solo tajo, le cortó el cuello hasta casi separarle la cabeza del tronco.

Se hizo un silencio impresionante. Todos habían quedado desconcertados, incapaces de creer que se pudiera matar a alguien con semejante indiferencia. Kramer tuvo que buscar apoyo, y tomó asiento sin dejar de contemplar el cadáver de su ayudante, que Martinico depositaba suavemente en el suelo.

Arquímedes hizo un gesto hacia Kramer, que era en realidad una muda pregunta. Quería saber si había cambiado de opinión.

El ingeniero, que temblaba visiblemente, volvió a negar, aunque esta vez con menos firmeza. Arquímedes señaló al segundo de sus acompañantes.

—¿Y éste quién es?

El hombre dio un paso atrás, aterrorizado, y su mirada fue instintivamente hacia el machete de Martinico, que aún sangraba, pese a que el negro trataba de limpiarlo en un plano.

—¡Oigan...! ¿Están locos...? No pueden hacer eso... —Se volvió a Howard—. No hagan eso... Yo soy nada más que el jefe de personal... No sacarán nada con mi muerte... Él es quien tiene que decidir... ¡No se acerque! ¡No se acerque!

Al decirlo iba girando por la habitación, huyendo de Martinico, que buscaba tomar posiciones tras él. Kramer lo observaba, pálido como un cadáver, pero trataba de mantenerse firme.

De pronto Arquímedes sacó del bolsillo un fósforo, lo encendió, y lo arrimó al papel que tenía más cerca, que comenzó a arder rápidamente. Kramer se abalanzó sobre él, tratando de apagarlo.

—¿Qué hace? —gritó—. Son los planos del ferrocarril... El trabajo de años...

El Nordestino se dio cuenta de que había dado en el clavo, y arrimó la cerilla a un montón de documentos.

—¡Vamos! —ordenó—. ¡Prendan fuego a toda esa mierda!

Sus hombres se dispusieron a cumplir lo indicado, y al ver el cariz que tomaba la situación, Kramer alzó los brazos dándose por vencido.

—¡Está bien...! ¡Está bien...! Haré lo que piden, pero que no toquen mis papeles... —Luego se volvió al jefe de personal—. Que preparen una locomotora y dos vagones. Lleve a esta gente al final de la vía.

El otro asintió feliz al ver que se libraba de caer en manos de Martinico, y salió como alma que lleva el diablo. Arquímedes quiso saber cuánto tardaría la locomotora en estar lista. Al confirmarle que no más de una hora, envió a Santos a bordo para que dispusiera el desembarco del resto de los siringueiros. Mejías debía dirigirlo de modo que quedara siempre una posibilidad de regresar a bordo si las cosas se complicaban.

Pero no se complicaron. En el tiempo previsto la locomotora estaba dispuesta y la gente en tierra. Arquímedes ordenó a Martinico que recogiera los planos y documentos que parecieran de mayor importancia, los metiera en un saco y cargara con ellos. Luego se ocupó él mismo de mantener a Kramer bajo vigilancia.

El capitán Rattingam bajó también a tierra, a despedirse de Howard y El Nordestino. Se diría que sentía separarse de quienes se habían apoderado de su barco y le habían proporcionado tanto quebradero de cabeza.

—Les deseo suerte —dijo estrechando la mano del Nordestino—. Espero que puedan alcanzar Bolivia y olvidar para siempre todo esto... ¿Qué harán entonces?

—Confío en llegar al Canadá —señaló Howard—. Y si éste me hace caso, se vendrá conmigo.

—¡Qué voy a pintar yo en Canadá, con ese frío y sin entender una palabra! Lo más probable es que algún día, pronto o tarde, regrese a Manaos.

—Hombre de ideas fijas.

—Si no lo fuera, aún seguiría en el Curicuriarí, sacando caucho para Sierra. —Hizo una pausa—. Le estoy agradecido por todo, capitán. Quisiera que no me guardase rencor.

El otro sonrió:

—En el fondo, yo estaba de su parte —señaló—. Tienen razón, aunque no esté de acuerdo con sus métodos. Repito: ¡suerte!

—¿No traerá problemas que nos quedemos con su oro?

—No es mío, sino de los Arana, y no lo tenían asegurado. Me alegra que se lo queden. Si les sirve para llegar a Canadá, será el mejor fin que pueda tener.

Arquímedes había hecho bajar a tierra el oro. Junto al desembarcadero dio orden a Sebastián de que comenzara a repartirlo entre la gente. Los siringueiros —que no lo esperaban— comenzaron a dar vivas a Arquímedes y se agolparon en torno al Viejo, lo que estuvo a punto de poner en grave peligro el orden.

Algunos habitantes de Santo Antonio —en especial mujeres y niños— se habían aproximado, curiosos, y El Nordestino temía que tal curiosidad pudiera extenderse y traer complicaciones. Aceleró el reparto, se guardó las monedas que le correspondieron e instó a sus hombres para que subieran al tren, que aguardaba.

Súbitamente se escuchó —llegando río abajo— el sonar de una sirena. Al volverse hacia allá pudieron distinguir, sobre las copas de los árboles, una gruesa columna de humo que avanzaba rápidamente. Fuera lo que fuera, no tardaría en alcanzar la curva del río y aparecer a la vista del pueblo.

Arquímedes se volvió al capitán.

—¿Cree que se trata de una cañonera?

El otro se encogió de hombros:

—Muy rápida viene, pero también podría tratarse de un buen barco... Lo mejor es que no se queden a averiguarlo.

El Nordestino estuvo de acuerdo y gritó a su gente que se apresurara. Luego, empujó ante él a Kramer —al que obligaba a que les acompañara— y, subiendo a la locomotora, ordenó al maquinista que la pusiera en marcha.

El tren comenzó a moverse lentamente y a los pocos instantes desaparecía en la espesura. Aunque Arquímedes estuvo mirando hacia atrás hasta el último momento, no pudo averiguar si la columna de humo que se aproximaba pertenecía o no a una cañonera del Ejército.

CAPÍTULO XVIII

Se trataba, en verdad, de un túnel en la selva. La maleza había sido derribada para tender las vías, pero los árboles vecinos —gigantescos— habían extendido sus ramas a cincuenta metros de altura, cubriendo con un techo verde el espacio libre que abrieron los hombres.

El tren avanzaba en la penumbra de una luz glauca que desdibujaba los contornos, abriéndose paso entre una vegetación que, a menudo, alcanzaba hasta los mismos raíles y rozaba los costados de la locomotora.

—Si el tren dejara de pasar un mes —se dijo Arquímedes—, resultaría imposible volver a encontrar la vía.

Comenzaron a hacer su aparición los cementerios. Todo un rosario de ellos, y aunque la vieja máquina avanzaba muy despacio, no hubiera dado tiempo para rezar un padrenuestro a cada grupo de tumbas que encontraron en el camino.

Howard se volvió a Kramer.

—¿Cree que vale la pena tanto muerto? —inquirió.

—Es el progreso —señaló el otro—. La civilización. Cuando esta línea esté terminada, todo el caucho del interior saldrá por aquí.

—...Y unos cuantos accionistas se harán ricos, allá en Norteamérica. Me gustaría traerlos aquí, a que vieran eso, a que se los comieran las fiebres...

—No parece quién para dar lecciones de moralidad.

—No, en efecto —admitió El Gringo—. Pero comparado con su Compañía, soy un santo. ¡De lo que son capaces por dinero! Y a lo mejor, pronto este ferrocarril no sirve para nada... ¿Oyó hablar del caucho de Malasia?

—Sí. Pero no es de mi incumbencia. Me pagan por construir un ferrocarril, y lo hago. Una vez terminado, me es indiferente que lo utilicen para sacar caucho, o pasear niños.

—¿Realmente espera verlo concluido?

—Lo terminaré, aunque sea lo último que haga en mi vida.

—De eso puede estar seguro. No creo que viva mucho más, si es que llega al fin... ¿Se ha mirado a un espejo? ¡Está verde...! Reconozco esos síntomas. He visto a muchos así. El hígado se le está hinchando, y llegará a parecer una sandía. Un día le estallará, y ¡paff! Si lo abren, lo encuentran comido de gusanos... Es muy común por estas tierras.

El otro lo fulminó con la mirada:

—No sabía que fuera médico.

—No lo soy. No hace falta para distinguir un paludismo, una fiebre amarilla, un reventón de hígado, o una picada de serpiente. Aquí, en la Amazonia, es el pan nuestro de cada día. Eso y el beriberi. Y usted se va al otro barrio de un reventón... No verá el final del ferrocarril.

Lo interrumpió la voz del maquinista que, señalando hacia delante, indicó:

—¡Indios!

Luego hizo sonar el silbato para avisar a los de atrás, y se apresuró a correr un enrejado metálico que cubría su ventanilla.

Howard y Arquímedes trataron de distinguir a los salvajes, pero no fueron capaces de ver nada en la espesura. Hubieran asegurado que se trataba de fantasías del maquinista, si al poco no hubieran rebotado cuatro o cinco flechas contra los costados de la máquina. Una de ellas entró por la ventanilla de un vagón y fue a clavarse en la pared, pero nadie hizo el menor gesto de alarma, pese a que se la suponía envenenada. Más de una vez, tales flechas habían matado a pasajeros que dormían tranquilamente, y aún seguirían haciéndolo. Pero ésas eran cosas de la jungla amazónica; riesgos como el de pisar una serpiente o ser picado por una araña Migale. No había que hacer demasiado caso, y ni se podía soñar en perseguir y castigar a los indios. Aquéllos no eran los tranquilos salvajes del Putumayo o el Curicuriarí; no eran siquiera los desesperados aucas lanzados a matar cuando ya no les quedaba otro camino. Eran auténticos asesinos, a los que gustaba matar por matar. Y les gustaba, además, comerse a sus víctimas.

Conocían bien su selva, y conocían bien la forma de ocultarse en ella, desaparecer como tragados por la tierra y volver a surgir allí donde menos se les imaginara. Eran astutos y feroces, y practicaban constantemente, por placer, el arte de la guerra.

Antes de llegar a las rocas, a las mil vueltas y revueltas, ya en las faldas mismas de los Andes, la selva se abría en infinitos pantanos; ciénagas interminables en las que únicamente los «Cintas Largas» eran capaces de subsistir y orientarse. Desde ellas, desde sus escondidos refugios iniciaban sus correrías por las proximidades, atacando a los siringueiros, los campamentos del ferrocarril e incluso los mismos puestos militares de la frontera.

Su rapiña no tenía límite, como tampoco lo tenía su audacia, y quizá por eso lograban mantenerse libres e independientes. No habían pasado a ser, como la mayoría de los indios amazónicos, esclavos de los caucheros.

Aquí, en el territorio de Acre, y en toda la región que más tarde se llamaría Rondonia, los salvajes eran los auténticos amos.

Y seguirían siéndolo muchos años. Cuando el ser humano pusiera por primera vez el pie en la Luna, los «Cintas Largas» continuarían disparando sus flechas contra el ferrocarril que cubría la línea Madeira-Mamoré.

El maquinista volvió a descorrer la reja metálica para permitir que el aire entrara fácilmente y Howard le preguntó cómo demonios podía saber que ya había pasado el peligro, del mismo modo que supo cuándo iban a aparecer los indios.

—Costumbre —replicó el otro—. A esos salvajes nunca se les ve: se les presiente.

No tuvieron más tropiezos hasta alcanzar Jaciparaná. Allí acababa la vía y se alzaba el segundo campamento base de la Compañía. Su aspecto no difería mucho de Santo Antonio, salvo por el hecho de que no tenían ni siquiera el ancho Madeira con sus aguas rápidas y su brisa refrescante. Jaciparaná era el último agujero del mundo, difícil de imaginar aun conociendo la riqueza cauchera de sus alrededores.

Por todas partes se amontonaban las traviesas, los raíles y los materiales de construcción. Todo resultaba tan fantástico en aquel ferrocarril, que, dada la dificultad de la mano de obra, las traviesas no habían sido fabricadas con los árboles vecinos, sino que se trajeron especialmente desde Australia. Los raíles eran suecos; las locomotoras y vagones, desechos del famoso «Union Pacific», el primer tren que atravesara los Estados Unidos de costa a costa.

Jaciparaná no podía ser considerado en realidad un pueblo. Tan sólo una gigantesca enfermería. Unos junto a otros, se alzaban los galpones —cuatro postes y un techo de paja sin paredes—, y en su interior se amontonaban los chinchorros de los enfermos, los moribundos y aun los muertos, que a menudo se quedaban allí durante días antes de que alguien advirtiera que ya apestaban, y tuviera fuerzas para llevárselos a otro lado.

Una vez más, la fiebre amarilla acababa de hacer una de sus apariciones, diezmando a los trabajadores y dejando a los supervivientes maltrechos o incapaces de reaccionar. Habría allí unas tres mil personas, pero el silencio era tan impresionante, y existía tan poco movimiento por las calles, que se podría pensar que era aquélla una aldea abandonada.

Los enfermos habían aprendido a no quejarse, ¿para qué?, y no había niños que gritaran, mujeres que peleasen o vendedores que ofrecieran mercancía alguna. Todo el que estaba en condiciones de mantenerse en pie trabajaba en el tendido de las vías, y el que no estuviera tendiendo vías era porque realmente estaba ya al borde de la tumba. Incluso el gritar demasiado, el quejarse, podía ser considerado como un derroche de energías que podían muy bien ser aprovechadas en colocar traviesas.

Silencio por tanto. Silencio y quietud en un pueblo fantasma, en un gigantesco cementerio de vivos.

Cuando Arquímedes y su gente pusieron el pie en tierra, lo hicieron recelosos, con las armas a punto, dispuestos a repeler cualquier ataque por parte de los hombres de Kramer. Pronto comprendieron que nada debían temer, al menos allí, en Jaciparaná, donde nadie parecía tener fuerzas para apretar el gatillo de un arma.

—¿Qué pasaría si los indios decidieran atacar? Sería un juego pasar a cuchillo a esta gente.

—No lo harán —aseguró Kramer—. Le temen más a la enfermedad que a las balas. La fiebre amarilla o el paludismo no los afectan, pero basta un simple estornudo, un resfriado, una gripe, para que mueran como moscas. La tuberculosis y la gripe los aniquilan como a nuestra gente la malaria.

Arquímedes quiso saber dónde se encontraba el grueso de los trabajadores y guardianes. Cuando le comunicaron que a unos cinco kilómetros al suroeste, extendió en el suelo uno de los mapas de Kramer y le ordenó a éste que le mostrara el itinerario del ferrocarril, y el punto más próximo de la frontera boliviana.

El ingeniero hizo lo que se le pedía. El túnel abierto en la selva, sin vías ni traviesas, avanzaba aún unos cuarenta kilómetros. Desde allí, una vieja trocha conducía, en dos días de marcha, hasta Abuna, otra vez sobre el río Madeira. Frente a ella, en la orilla, podía verse Maoa, el primer puesto militar boliviano. Desde Maoa, y en poco más de un mes de viaje, se llegaba a la capital, La Paz.

—¡La Paz! —replicó Arquímedes—. Suena bien. ¿Sabías que se llamaba así la capital de Bolivia?

Howard se encogió de hombros.

—No, ni me importa cómo se llame, con tal de que allí nadie hable de caucho. ¿Se puede ir desde La Paz a Canadá?

La pregunta iba dirigida a Kramer, que asintió:

—Sí, naturalmente. Es un viaje largo, pero puede hacerse.

—¿Qué esperamos entonces?

El Nordestino ordenó a su gente que se apoderara de la mayor cantidad de víveres posible, y no tuvieron problema para hacerse con ellos en los almacenes. Nadie hizo gesto alguno para oponerse.

Luego, siempre sin abandonar a Kramer, que constituía un rehén inapreciable, del mismo modo que lo constituían sus planos y mapas, emprendieron la marcha a pie por el amplio túnel abierto en la espesura.

Pronto comenzó a llegar hasta ellos el ruido de las máquinas, el golpear de las hachas y el repicar de los martillos. Cuando al doblar un recodo desembocaron en el punto en que se trabajaba, Arquímedes sintió que el corazón le daba un vuelco.

Era como un inmenso hormiguero en el que miles de hombres se afanaban colocando traviesas y montando raíles, dirigidos y vigilados por un sinnúmero de guardianes armados, cubiertos a su vez por ocho o diez nidos de ametralladoras sabiamente distribuidas en la falda de una colina que dominaba la vía...

La mayoría de los hombres aparecían encadenados, y a aquellos que no lo estaban, sus cuidadores los consideraban incapaces de llegar muy lejos. La rebelión parecía imposible, y al primer intento acabarían barridos por las ametralladoras.

Arquímedes y Howard se miraron. Pasar a la fuerza era un suicidio, y Kramer tenía razón: sus cincuenta hombres armados constituían una fuerza ridícula para forzar el camino. Eran un puñado de desarrapados muertos de hambre frente a un auténtico ejército.

El ingeniero se dio cuenta de lo que pensaban, y sonrió con aire de suficiencia:

—¿Qué dice ahora? —inquirió dirigiéndose a Howard—. ¿Continúa decidido su amigo?

—Él siempre está decidido —replicó El Gringo—. No le queda otro remedio.

Luego se volvió al Nordestino, que continuaba observando el espectáculo de los trabajadores y sus guardianes.

—¿Qué piensas hacer? —preguntó.

La mayoría de sus hombres se habían reunido en torno a Arquímedes esperando órdenes. Estaban asustados. Cruzar era caer acribillados.

El grupo ya había sido visto por los vigilantes, y algunas de las ametralladoras se habían vuelto a apuntarles, aunque permanecían a la expectativa. Ocho hombres fuertemente armados vinieron hacia ellos, intentando averiguar quiénes eran y qué pretendían.

Howard bajó la mano en busca de su revólver. Mejías y algunos otros lo imitaron, y eso hizo que los servidores de las ametralladoras se apresuraran a montar también sus máquinas.

Los trabajadores comenzaron a darse cuenta de lo que ocurría, y poco a poco fueron dejando el trabajo, por lo que el estrépito pasó lentamente a transformarse en silencio.

Un silencio que llegó a convertirse en agobiante, y se diría que el claro en la selva se había cargado súbitamente de electricidad. Cualquier gesto, el menor movimiento, degeneraría en batalla, y Arquímedes lo comprendió.

—No os mováis —ordenó—. No toquéis las armas.

No se escuchaba más que el resonar de los pasos de los hombres que se aproximaban.

—Nos van a achicharrar —susurró Martinico.

CAPÍTULO XIX

El patrón detuvo el asmático motor y permitió que la sucia embarcación se deslizara por la suave corriente hasta rozar el solitario embarcadero.

Su ayudante saltó a tierra y afirmó el cabo a la estaca. Luego, tendió la mano a los pasajeros, un negro, dos caboclos y aquel tipo que en todo el viaje se había limitado a decir que venía de muy lejos, del extranjero, y confesaba ser del Nordeste, sertanejo de Alagoas.

Cuando le hubieron alcanzado su maleta, dirigió una larga mirada a su alrededor e inició la marcha por el dique flotante, tras el negro y los caboclos que se alejaban.

Ya no había vapores haciendo cola para descargar sus mercancías llegadas desde el confín del mundo. Ya no se distinguían las montañas de bolas de caucho allá arriba, a espaldas del edificio de la Aduana.

Todo era quietud, abandono.

El cielo aparecía encapotado, gris, amenazando lluvia, sin que ésta llegara a descargar, entristeciendo aún más el ambiente.

Arquímedes sonrió al recordar el día en que Howard le aseguró que necesitaría vivir cien años para asistir al hundimiento de Manaos, a la desaparición de la ciudad maldita. ¡Qué equivocado estaba...! Bastaron quince, y ahora la tenía allí, ante él: derrotada, vacía, olvidada.

Manaos soñó con ser capital del Brasil, y casi capital de Sudamérica, la ciudad más rica del mundo, capaz en su locura de disputarle la hegemonía mundial a Londres, París o Nueva York, y de ese sueño ya no quedaban más que los despojos de su cadáver maloliente. Era como el decorado de un inmenso teatro. Al marcharse los actores, fue reducida a papel y tramoya.

¿Cuántos quedaban? ¿Tres... cuatro mil habitantes de los cien mil de antaño? ¿Y quiénes eran? ¿Por qué no se iban todos ya, si no quedaba esperanza alguna?

Al subir por el río había visto las factorías abandonadas, los árboles sin marcas, los lanchones de carga desfondados e inservibles. Desolación.

Aquella desolación significaba que los esclavos habían vuelto a sus casas, que las mujeres habían dejado de ser violadas, que los tristes y atontados indios podían corretear nuevamente por su selva, sin más problemas que el sustento diario.

De la gran locura no quedaba más que el recuerdo y las tumbas... Miles, ¡millones! de tumbas, esparcidas por las más gigantescas selvas conocidas, por la increíble inmensidad del desierto verde.

Había un nombre que bendecir eternamente: el de un inglés ambicioso, Henry Vickham, que pensando únicamente en su provecho propio, se había arriesgado a sacar del Brasil setenta mil semillas del árbol del caucho. No lo hizo por los esclavos, las mujeres o los indios, pero, aun así,

Arquímedes pensaba que habría que levantarle algún día un monumento en alguna parte.

Tal vez allí, en el corazón de aquella plaza de la Catedral en que acababa de desembocar ahora. El hombre que destruyó una ciudad, un imperio, un mundo, debía tener una estatua en el centro exacto de esa ciudad, ese imperio, ese mundo...

Porque todo lo que él destruyó estaba maldito.

Cruzó ante la sastrería en que un día le costó una fortuna hacerse un traje para ir a la ópera. La puerta estaba abierta, y el local aparecía vacío, con las paredes desnudas, el papel caído y excrementos humanos esparcidos por aquel suelo antes cubierto por una hermosa alfombra roja. ¿Dónde estaban los que se hacían planchar las camisas en Londres? ¿Qué sería de aquel tipo que pretendía acostarse con una actriz de teatro por tres mil libras...? Le gustaba imaginarlo mendigando unas monedas para poder comer, del mismo modo que Manaos mendigaba algún habitante para continuar sintiéndose ciudad.

Siguió hasta el Teatro de la Ópera. Idéntico abandono, y una portezuela posterior que le permitió colarse dentro. Era la entrada de artistas, y tuvo que subir media docena de escalones para alcanzar el escenario. Todo era polvo y telarañas, y la triste luz del día gris apenas lograba atravesar los sucios ventanales.

Recordaba el palco que ocupaba Sierra. Y el del gobernador, allá arriba, todo laminado en oro.

Y aquel otro diminuto, que ocupara él mismo con Claudiña, Mejías y Santos...

¡Qué distinto todo!, y parecía no obstante que el tiempo se hubiera detenido, que de pronto las luces se encenderían y comenzarían a entrar los espectadores.

Podría prenderle fuego al teatro, y nadie acudiría a apagarlo, pero no quería hacerlo. Prefería que continuara allí, que sirviera para recordar al mundo lo que había sido la locura del caucho, peor que la peor de las guerras conocidas.

¡La guerra! Allá en Francia, en Verdún, sus compañeros se asombraban de que aquel brasileño silencioso continuase inmutable cuando todo parecía venirse abajo. ¿Cómo podía ser de otro modo para quien había conocido el Curicuriarí, Santo Antonio y Jaciparaná...? ¿Existía algo que pudiera asustarle ya?

¿Qué significaba Verdún para un niño de Canudos? Muertos, muertos, nada más que muertos. Lo mismo de siempre.

Aún contempló largo rato el vacío patio de butacas, aún dedicó un último pensamiento a Sierra, y recogiendo su maleta salió a la calle.

Pronto comenzaría a llover. El cielo cada vez estaba más negro, más cargado, y un viento molesto, racheado, llegaba del río. Debía buscar dónde alojarse, pero no conocía ningún hotel en Manaos. Al menos, ninguno que funcionase aún. Se encaminó a «Casablanca» —uno de los pocos lugares en que había sido feliz en su vida— y no lo sorprendió encontrarla también abandonada. El jardín era ya otra vez propiedad de la selva, y ésta había penetrado incluso por las tablas del piso bajo, cubriendo parte del salón. Ya nada era blanco; un gris indeterminado y sucio se había adueñado del lugar.

Comenzó a subir los escalones, pero desistió. Prefería conservar el recuerdo de la habitación de Claudiña como era entonces, con la presencia de la muchacha alegrándolo todo.

¡Claudiña...! ¿Cuánto tiempo le habría esperado?

Claudiña. Su recuerdo le había acompañado mucho tiempo. Pero más, mucho más, el otro: el de Claudia.

¡Estaba todo tan lejos...!

Escuchó ruido en el piso inferior, y al volverse pudo distinguir una serpiente que corría a esconderse bajo las tablas.

Era el fin.

Salió de allí sin saber adónde dirigirse. Caían las primeras gotas y apresuró el paso hacia la puerta. Entró en la taberna del «Irmao Paulista», aunque en su interior no se encontraban más que su diminuto propietario y una mujeruca con innegable aspecto de ramera.

Pidió algo de comer, y el paulistano se sintió feliz de tener un cliente, aunque no era mucho lo que podía ofrecerle: frango, patatas y plátanos fritos. Si acaso, un par de huevos...

Se metió en la cocina a preparar lo ordenado, y Arquímedes quedó solo ante una botella de cerveza. La mujeruca vino a sentarse a su lado sin pedir permiso. Traía su propio vaso y lo mostró. No había coquetería, ni provocación, cuando pidió:

—¿Me das un poco?

El Nordestino le sirvió. La otra bebió con avidez: luego guardó silencio unos instantes y, por último, comentó:

—Tú no eres de aquí... Nunca te vi antes... ¿De dónde vienes?

—De Europa.

—¿De la guerra?

Arquímedes asintió en silencio. La mujeruca pareció interesarse.

—¿Cuándo acabará?

—Ya acabó. Hace tiempo...

—¿Hace tiempo...? Aquí no nos enteramos de nada. De nada... ¡Acabó la guerra...! —repitió—. ¿Oíste eso, «paulista»? Acabó la guerra...

El «Irmao Paulista» asomó la cabeza sorprendido.

—¡Caramba, Clara...! ¿Estás loca? Hace años que acabó.

La mujer pareció meditar la respuesta. Había algo de trastornado en ella; tal vez la sempiterna borracha. Le costaba trabajo asimilar las ideas.

—Acabó la guerra... —repitió una vez más—. Entonces, ¿por qué el Consulado no me devuelve a casa? Yo soy francesa, ¿sabes? Pedí que me repatriaran hace mucho, pero me dijeron que había guerra en Francia y era imposible... Pero si la guerra ha terminado, tienen que repatriarme... ¿Por qué no me repatrían, paulista? —gritó hacia dentro—. ¿Por qué?

El otro volvió a sacar la cabeza y contestó riendo:

—Si el Consulado tuviera que repatriar a todas las putas que vinieron en la época del caucho, Francia se arruinaba... ¡Por eso no te repatrían...!

—¡Pero yo no soy puta...! —protestó la otra; luego pareció pensarlo mejor—. Bueno... No lo era. Cuando vine no lo era. —Se volvió a Arquímedes, que no le prestaba demasiada atención—. No lo era, de verdad... ¡Te lo juro! Vine con mi marido... Queríamos ganar algún dinero y regresar, pero él se perdió en la selva. Es cierto.

Arquímedes le sirvió un nuevo vaso de cerveza, y la mujer bebió con idéntica avidez. Luego pareció sumirse en el sopor de lo que ya debía ser eterna borrachera.

Al poco regresó el paulista con la comida. Sirvió y también se sentó a la mesa, a observar a Arquímedes mientras comía.

—¿Nunca había estado por aquí? —preguntó.

—Hace años... Muchos.

—¿Cauchero?

—Más o menos... —Hizo una pausa—. ¿Conoció a una muchacha a la que llamaban La Cholita? Era peruana, pequeña, bonita...

—¿La Cholita? Sí, claro... Todo el mundo la conoció en Manaos... Rondó por aquí durante años. También loca. Como ésta. Decía que estaba esperando a Arquímedes, El Nordestino. Que había prometido volver a buscarla.

—Yo soy Arquímedes.

El otro lo miró con asombro. Por unos instantes no supo qué decir, y se volvió a Clara, como para ponerla de testigo de lo que acababa de oír.

Al fin, incrédulo, repitió:

—¿Arquímedes...? ¿El Nordestino? ¿El jefe de los rebeldes del Napo?

—Asintió en silencio, pero al otro le costaba trabajo admitirlo.

—No es posible... No. No es posible...

El Nordestino se encogió de hombros y continuó comiendo, indiferente. Esa misma indiferencia excitó la curiosidad·del paulista. Fue a preguntar algo, pero acabó por negar convencido:

—El Nordestino murió allá arriba, en Santo Antonio... Los del ferrocarril lo aniquilaron. Murieron todos: El Gringo, Mejías El Tigre, Martinico, Sebastián... Todos. Fue la batalla más sonada de la historia del Amazonas... Por eso se convirtieron en leyenda...

Arquímedes sonrió burlón. Siguió comiendo y mantuvo el interés del otro. Luego bebió largamente y por último negó lentamente:

—No hay tal leyenda —dijo—. No hubo tal batalla... Los del ferrocarril necesitaban conservar su prestigio, y nosotros necesitábamos conservar la vida... —Hizo una pausa—. Llegué a un acuerdo. Fingimos retirarnos y que nos perseguían, nos cercaban y nos aniquilaban con sus ametralladoras. Pero todo fueron tiros al aire. Nadie resultó herido, porque a la primera sangre yo hubiera prendido fuego a los papeles del ferrocarril. Cuando la «batalla» concluyó y estuvimos «muertos», dimos un rodeo y alcanzamos, sin problema, la frontera.

El paulista agitó la cabeza desconcertado.

—¿Entonces todo fue mentira?

—Mentira.

—¿Y la leyenda?

—Leyenda.

El «Irmao Paulista», impresionado, tendió la mano y se sirvió un vaso de cerveza. Clara abrió los ojos y extendió el suyo.

—Dame —pidió.

Llenó también su vaso y bebieron. Luego, la mujeruca, algo más espabilada, se volvió a Arquímedes.

—¿Por qué no vienes a acostarte conmigo? —inquirió—. Te saldrá más barato que el hotel...

F I N